La Perle du Dragon

Patrick Carré

La Perle du Dragon

ROMAN

Albin Michel

22, rue Huyghens, 75014 Paris

ISBN 2-226-10709-6

À Boobz

Son corps a la douceur et la gloire de l'or,
Sa parole chatoie de pures jouissances
Et son esprit rayonne, adamantin et bon :
Au Bouddha qui me lit, l'hommage du silence !

Silence de la neige sur les cendres de mon maître.

La cour est déserte, la famille royale a rejoint ses palais, et la communauté ses monastères. Douze hallebardiers montent la garde autour du bûcher défait ; une poignée de novices chuchotants s'activent aux nécessaires liturgies. Le souverain nous a chargés, Seng-jouei, Seng-jong et moi, de retourner les cendres, lorsqu'elles auront refroidi, pour y recueillir les précieuses reliques de Kumârajîva, le maître national Che.

Mon maître n'était pas mon maître seulement, mais le maître du prince et du royaume et, surtout, le maître de ses propres passions. Le seigneur Che a quitté ce monde et mon cœur, lorsqu'il ne se tait pas, n'aspire qu'à le rejoindre.

Des torches s'allument ; on nous apporte des tisanes brûlantes ; emmitouflés dans nos manteaux et nos châles, nous buvons bruyamment sans nous regarder, sans souffler mot. Plus brillantes que les flambeaux, les braises du bûcher clignotent ; la nuit bleuit la neige ; il ne fait ni froid, ni chaud : il ne fait rien.

Et ce rien me happe jusqu'au petit jour.

Avant d'ouvrir les yeux, de relever la tête, j'écoute :

– Nirvâna sans restes, avec restes... Ces restes seraient-ils...

Je reconnais la voix du marquis d'An-tch'eng. Ce militaire impénitent ne manque pas de sollicitude même à l'égard de ses ennemis et, à l'instar de son frère le roi, les subtilités de la Loi merveilleuse ne cessent de lui écarquiller le cœur et les yeux.

Seng-jouei et Seng-jong, mes vénérables aînés, lui répondent assez sèchement qu'il n'est pas l'heure de céder aux purs propos.

– Puis-je alors me joindre à vous, révérends, quand vous chercherez les saintes reliques du maître ?

– Eh bien, entends-je grognonner Seng-jong, il n'est peut-être pas opportun...

– Holà ! fais-je en me découvrant la tête. Pourquoi ne serait-il pas opportun que le marquis nous aide ? Il portera le reliquaire. Oseriez-vous interdire à quiconque le champ de bonheur des cendres de notre maître ?

Dans la blancheur du ciel et de la terre nous nous levons tous les quatre et, comme nous nous rajustons, de nouveau l'on s'empresse autour de nous avec des cassolettes, des bols fumants. Je confie le reliquaire vide au marquis d'An-tch'eng dont le sourire et les yeux expriment d'admirables regrets.

– Je composerai pour vous, marquis, un traité sur les nirvânas avec restes et sans restes.

– Révérend, je ne voudrais pas...

– Allons ! lance Seng-jouei l'ancien, le probe, le sage.

On nous avance nos bottes et la neige, épaisse d'un pouce, craque sous nos pas. Le bûcher n'est plus qu'un vague monticule blanc. Les hallebardiers se raidissent à notre passage. Le marquis porte fièrement le coffret sur ses mains grandes ouvertes. Jouei, Jong et moi, nous nous agenouillons comme un seul homme en murmurant une longue formule de purification et nos doigts indifférents au froid écartent délicatement la neige avant de sonder les cendres mouillées.

Seng-jouei ne peut contenir un glapissement ; dans sa main boueuse et grise scintillent une douzaine de billes nacrées : les os du maître. Puis c'est à Seng-jong de crier victoire.

– Les poils diamantés du seigneur Che, déclare-t-il en brandissant une pleine poignée de perles noires comme de l'obsidienne.

Marmonnant de plus belle, mes deux aînés vont verser les précieuses reliques dans le coffret du marquis.

– Le maître était un saint extraordinaire, commente ce dernier. J'en ai vu, des bûchers, mais jamais on ne m'en avait rapporté de tels joyaux, des pierreries... surnaturelles.

Rien de surnaturel, pensé-je, les genoux glacés, les doigts soudain gourds. Mais à peine me tais-je que, de la dextre, je tombe sur un filon de perles blanches et, de l'autre main, sur une minière de jais. Des os sublimés et des phanères encore ; rien de rouge, pas de chair vitrifiée, ô mon maître !

– Pourquoi le maître n'a-t-il pas laissé de larmes de

rubis ? demande le marquis alors que je lâche mes joyaux dans son coffret de santal.

Haussant les sourcils, je retourne à la mine. Nous labourons en vain, la pulpe des doigts à vif ; nous ne déterrons plus rien mais ne laisserons pas un pouce de cendres inexploré. Jouei et Jong, recroquevillés dans les restes boueux de notre maître, gargouillent les formules sanskrites dont leur concentration s'affermit ; moi, j'ai envie de pleurer, et je pleure.

– Assez pour les reliques grossières ! m'exclamé-je en me redressant d'un coup.

– Jamais ! me renvoie Jouei qui se lève à son tour.

– Le maître aurait-il laissé d'autres reliques que celles-ci ? s'inquiète le marquis.

– Et comment ! y va Seng-jong qui, crotté de la tête aux pieds, brandit entre le pouce et l'index droits un calot vermeil entouré d'un halo plus pâle.

– La chair du maître ! s'émerveille le marquis.

Jouei se tait intensément, ses yeux s'agrandissent, étincellent. Brusquement obnubilé, je retombe à genoux les mains en avant, les paupières fermées : dans la boue mes doigts rencontrent alors un objet lisse, quelque chose de tiède et de mou que j'arrache au limon, quelque chose de fuselé, d'oblong : une langue remarquablement rosée, avec son épaisse racine et son dos rond, sa couronne papuleuse et sa pointe lisse. La langue du seigneur Kumârajîva !

Je m'écrie :

– La langue du plus grand traducteur de tous les temps ! Regardez, mes amis, la langue de notre maître vénéré !

J'exulte. Jouei et Jong paraissent médusés. Ebahi plus encore, le marquis me tend le précieux coffret comme si, de cette auguste langue, il fallait que je me décharge sur-le-champ. Je tiens la langue de mon maître au creux de mes mains ; je la contemple avidement : peut-être va-t-elle me parler, peut-être un message indestructible s'y trouve-t-il inscrit.

Et en effet, à bien y regarder, le sillon terminal bordé de scintillantes papilles y trace en violacé, même à travers mes larmes, la forme exacte de la lettre A en écriture brâhmie.

Nous avons porté les restes miraculeux au roi mais, autour du trône, on n'a parlé que de partage impossible, de rituels extravagants, de champ de bonheur juste et injuste, immérité, abstrus. Jouei, Jong et moi, nous avons pris congé pour nous recueillir. Que le marquis d'An-tch'eng et son puissant frère, le souverain Yao Sing, règlent cette nouvelle guerre des reliques à leur façon !

Et pour nous recueillir hors des temps sur le subtil héritage du maître, sur ses textes et leur insondable sens, nous sommes repartis pour le Temple Chaumière, l'immense monastère – en dépit de son nom – où nous avons nos cellules et nos bibliothèques, nos bureaux et nos oratoires, à l'orée des ravins et des pics des montagnes du Midi. Loin de ce vil chaos que nous avions oublié de prévoir, mondain mélange d'admirable et d'abject auquel l'état monastique devrait permettre d'échapper.

Ici, la neige est à jamais immaculée.

Loin même de cette blancheur qui confirme l'orphelin en moi, je préfère sangloter dans la pénombre de ma chambre où seul apparaît, au-dessus de la lampe à huile, l'aimable visage du bouddha Maitreya. C'est brutalement l'hiver en mon esprit, la solitude qu'une phrase envahit :

« Pour vous prouver encore que je n'ai pas menti, lorsque je serai mort et qu'on aura brûlé ma dépouille, les uns accapareront ma langue et les autres ce qu'elle a dit. »

Ces paroles de Kumârajîva surgissent comme un hoquet sous mon crâne, puis se font cri diffus. L'ami de l'inconditionnelle droiture aurait-il jamais menti ? L'héritier de l'omniscient Nâgârjuna se serait-il jamais trompé ? Le trouble flatte et le limpide éblouit ; l'homme flatté vire au démon ; ébloui, c'est un démon aveugle. Et tant d'aveugles démons n'ont d'autre raison de vivre que de contredire et déchirer ce qui n'a pas de contraire et ne peut se détruire.

J'aimerais librement me languir de mon seigneur, ou plutôt le rejoindre dans l'absolue dimension que si souvent il m'a montrée et qu'à l'instant j'ignore. Mais n'ai-je pas promis au marquis d'An-tch'eng de lui répondre par écrit sur les nirvânas avec restes et sans restes ?

Cette langue, relique imputrescible et illusoire trésor, passé la joie de l'avoir trouvée et l'amertume de l'avoir aussitôt perdue, ne m'est au fond rien de particulier sinon la cent millième confirmation de la pureté de mon maître défunt : seul un être accompli peut ainsi faire parler ses cendres.

Il est si banal que le saint ait des ennemis : pour tant de mondains, la probité n'est qu'une forme floue, une pâleur de la misère. Au saint il faut des ennemis et à vous, marquis, des explications. N'est-il pas vrai que, pendant ces dix dernières années, vous êtes resté prisonnier du front Nord ? Aujourd'hui cependant, malgré tous vos efforts, Ho-lien Po-po le traître marche sur la capitale.

Pendant ce temps, le seigneur Che a traduit et commenté plus de trois cents rouleaux de soûtras et de commentaires mais d'aucuns, ne percevant de son altitude que le fier détachement et non la profondeur compatissante, ont cru bon de l'accuser de forfaiture. C'est pour la gloire de la vérité et pour votre édification, marquis, et particulièrement pour lever tous les doutes sur la juste méthode d'illumination, que j'aimerais vous narrer la guerre de cour, de temple et de cœur que le maître dut mener, non contre ses ennemis, mais avec eux, contre la démone ignorance.

J'ai eu l'insigne honneur, dès les premières années du Commencement de la Propagation – il y a douze ans déjà –, de me trouver parmi ses disciples les plus proches et d'être son confident. Non que le grand homme eût besoin de se confier à un enfant comme moi, mais il voulait me transmettre la sagesse qu'il avait recueillie pendant soixante et quelques années de vie.

Oh, je me sens échapper à ce monde en charpie ! Comme le dauphin Yao Hong, je suis l'esclave de la maladie, j'ai la tête écrasée dans l'étau de mes actes nuisibles, et cette douleur jointe à ma nouvelle solitude me suggère de déménager pour de bon.

Scabreux départ, retour ici.

Vous savez, marquis, que le réel est forcément scabreux aussi, ou, disons, inconcevable, et cet inconcevable, je veux, pour vous, en arracher quelques voiles, afin que vous admiriez le lotus sans nécessairement haïr la boue sans laquelle il n'est pas.

C'était au début de la saison chaude de l'an VII. La communauté des moines traducteurs, copistes et scribes de l'Académie avait pris ses quartiers d'été sur les premières hauteurs des montagnes du Midi, dans les vastitudes du

Temple Chaumière. Comme les années précédentes, maître Che s'était retiré dans la solitude, à mi-chemin du pic Kouei-feng, dans un ermitage dont peu de disciples connaissaient l'emplacement, et où Seng-jouei, Seng-jong et moi-même, qui étions en charge de la communauté, avions seuls le droit de nous rendre.

Cette fois, le maître s'était claustré avec le *Soûtra du Lotus* et le *Soûtra des Enseignements de Vimalakîrti* pour en préparer la nouvelle traduction chinoise. Il était seul, éminemment seul, si l'on ne tient pas compte de son vieux serviteur Satya, koutchéen comme lui, qu'on aurait cru sourd et muet tant il avait de discrétion. A ses pieds, dans notre paradis d'érudits, nous nous en tenions aux trois matières des disciples du Bouddha, la règle revenant à Seng-jong, spécialiste de tous les vœux, préceptes et interdits, le recueillement méditatif à Seng-jouei, le meilleur et le plus fin dans l'art des quatre concentrations, et la connaissance à moi-même, Seng-tchao, qui n'avais alors qu'une trentaine de printemps, mais dont le pinceau, au dire des flatteurs, ne manquait pas de pertinence.

Un jour que Seng-jong instruisait les moines sur le véritable sens de la retraite d'été, le vieux Satya apparut dans la grand-salle et, la mine débonnaire autant qu'inquiète, il se dirigea vers moi.

– Le maître vous attend, chuchota-t-il dans sa paume pliée contre mon oreille, vous, révérend, ainsi que vos frères Jouei et Jong.

Naturellement aux ordres du seigneur Kumârajîva, je rampai vers le trône où, perché malgré lui, Seng-jong énonçait et dénonçait les petites et les grandes déviations ; je m'approchai de lui, il se pencha sur moi et, lorsqu'il m'eut écouté, il se redressa incontinent en déclarant à l'assemblée qu'il en avait fini pour cette fois et que chacun pouvait rejoindre ses quartiers.

Ayant confié la communauté au révérend Tao-cheng du mont Lou et à Houei-kouan, notre condisciple le plus élevé en vertu et en philosophie, nous quittâmes, Jouei, Jong et moi, le Temple Chaumière pour la montagne. En moins d'une heure nous étions assis dans l'haleine bénite de notre maître, lionceaux près du lion en son imprenable repaire, impatients de connaître le fond de sa pensée.

Sans sourire le moins du monde, celui dont la face n'était que sourire dit simplement :

– Je voudrais déposer mes vœux de moine le temps de cette saison. Accepteriez-vous, révérends, d'être les témoins de cet indispensable dépôt ?

Seng-jouei sursauta ; moi, je crus étouffer ; Seng-jong semblait planer.

– Déposer vos vœux ? souffla le grave Jouei.

– Oui. Eh bien ?

– Vous ne voulez plus suivre la voie de la pureté ?

– Que si ! C'est précisément la raison pour laquelle il me faut, momentanément, renoncer à certains de mes vœux monastiques.

» Vous savez bien, révérend Jouei, que nous suivons toujours la voie de la pureté.

Jong semblait le savoir ; Jouei parut tout à coup se le rappeler ; quant à moi, à la croisée de multiples contraires, je préférai ne pas accorder d'importance à la scolopendre qui pour l'heure incarnait ma pensée. Moine depuis plus de cinquante-cinq ans, le maître voulait, donc devait, changer d'état.

– Il est nécessaire, précisa-t-il, que je limite dès ce jour mes vœux à ceux de l'adepte laïc : mon intention est celle d'un bodhisattva. Or, en ces lieux et par ces temps, l'idéal du bodhisattva bouscule plus d'un petit esprit, et c'est pour ne pas troubler les trop petits esprits que je veux faire les choses selon la règle.

» La discipline pan-réaliste stipule que le moine a le droit de déposer ses vœux s'il le désire, de même qu'il peut les reprendre quand il lui plaît, à condition de tout recommencer depuis le début.

» Voulez-vous, oui ou non, messeigneurs, être à l'instant les témoins de cette renonciation provisoire ?

– Nous le voulons, maître ! s'exclama Seng-jong. N'est-ce pas, révérends ?

Bien sûr, me dis-je ; mais l'impeccable Seng-jouei avait une objection :

– Que vont penser nos moines ? La cour ? Les ennemis du Grand Véhicule ?

– Ils seront forcés de reconnaître que les formes ont été respectées, se permit Seng-jong. A ce sujet, ils ne pourront rien dire, mais...

– Pas de mais ! Etes-vous prêts à être mes témoins, révérends ? Dans trois instants, je ne serai plus moine.

Un, il invoque tous les bouddhas et les bodhisattvas des dix vents de l'espace.

Deux, il leur rend hommage et renouvelle le vœu immense d'atteindre l'éveil suprême pour aider tous les êtres animés.

Trois, en claquant des doigts, il confie le trésor de ses vœux monastiques à certaines déités de diamant dont les traces resteront à jamais secrètes.

– Voilà ! sourit-il enfin. Je vais rester loin de la communauté, physiquement, pendant ces trois lunes estivales. Veuillez, je vous prie, ne souffler mot à quiconque de ce qui vient de se passer. A présent, retournez au Temple Chaumière et prenez soin de nos moines. Veillez à ce que leurs vœux ne leur pèsent point mais les libèrent des fades fantasmagories de la convention.

Ce disant, il se leva pour nous remettre sa robe monastique : son manteau de pièces rapportées à Seng-jong, sa jupe à Seng-jouei et sa sous-jupe à moi ; puis, dans le plus simple appareil, et dans le même ordre, son bourdon et son chasse-mouches, son bol d'aumônes et sa bourse à médecines.

Nous pouvions nous retirer.

1

Sans-Souci

Bousculé de questions et de doutes, je repartis seul pour l'ermitage du maître mais lorsque, tambours aux tempes, j'y fus avec la nuit, je tombai sur Satya seul, son inséparable serviteur, qui m'avoua qu'il m'attendait : le seigneur Che s'était retiré dans un lieu encore plus secret. Pour quelles raisons ? Le vieux moine prétendit ne pas le savoir.

Le lendemain nous nous levâmes avec le jour pour nous enfoncer dans les hauts clairs-obscurs du pic Kouei-feng, et c'est à peine si les liquides vocalises des criquets parvenaient à noyer la houle de mes interrogations. Mon désordre intérieur épousait la forme des abîmes, la transe des surplombs, la brusquerie des cailloux, cupules et pignons que nos pas projetaient dans la renaissante lumière.

Tout à coup, Satya quitta le sentier que je connaissais : il me tendit la main pour m'attirer sous une arcade de granite, un étroit goulet qui, une fois franchi, ouvrait sur un val insoupçonné où, transis de silence, nous nous élevâmes comme sur un escalier de lotus. Le Kouei-feng se haussait plus encore, à m'en distendre le cou, m'en assécher les yeux : comme bénie, la bousculade en mon cœur prenait un tour inqualifiable. Puis, au détour du chemin, j'aperçus un pavillon adossé à une cascade d'émeraude, un petit palais qui m'inspira des pensées de féerie. Toujours porté par les nuages de cette vision pure, je suivis Satya le taciturne sous un autre porche dont le fronton s'ornait des trois caractères « Cabane du Pic des Vautours » – du nom de cette montagne de l'Inde où le bouddha Shâkyamuni avait révélé que rien n'a d'existence réelle.

Dans l'avant-cour, tels des généraux célestes, deux gardes armés de pied en cap nous saluèrent avec des grincements de métal et de cuir. Je ne les reconnus point mais ils semblaient me connaître. Secoué de chuchotements, je laissai mes questions me pousser par une deuxième cour jusqu'au bas d'un perron de pierres blanches que dominait l'entrée d'un pavillon plus grand, dit « de la Perle du Dragon ».

Les gardes nous menèrent à une chambre sombre où, au pied d'un énorme châlit aux tentures fermées, maître Che, vêtu d'une robe noire, était assis devant des manuscrits étalés sur une table basse qu'éclairait une lampe à huile. Quand nous entrâmes, c'est à peine s'il remua la tête. Les gardes s'en furent tandis que Satya et moi, nous nous prosternions.

Comme je me relevais de ma troisième et dernière prosternation, les rideaux du châlit s'entrouvrirent ; apparut un minois de jeune femme qui, bâillant sans égards, interrogea le maître :

– Qui sont ces deux moines, seigneur Che ? Qu'ont-ils donc à se prosterner devant vous ?

Celui-ci ne répondit pas mais un demi-sourire à mon adresse, nuancé d'un plissement des paupières, me signifia que je pouvais le faire.

Oh ! nous nous penchions sur un gouffre chamarré –

le repère d'un dragon venimeux. Nous nous étions glissés au creux d'une montagne d'or, dans une grotte de pierreries – l'antre d'un monstre cannibale... Qui nous ? Qui m'avait appris que la femme et son corps étaient la cangue et les fers où s'entravent les mondains ? Etais-je, éternel moinillon, en train de secouer un fardeau que je ne portais pas ? Comment mon insondable maître pouvait-il accueillir en sa chambre la maladie du monde elle-même, le fléau de l'humanité ? Dans sa retraite il avait apporté la cage et la prison de l'homme...

Bousculé, toujours plus bousculé de questions et de doutes, je n'osais croire ce que je croyais.

– Nous sommes, madame... Euh, voici le révérend Satya...

Mais Satya, déjà, s'était silencieusement porté ailleurs.

– Euh, je m'appelle Seng-tchao et je suis le secrétaire du seigneur Che.

Du seigneur Che, poursuivis-je par-devers moi, qui compare la femme tantôt à un voleur insidieux subtilisant à l'homme ordinaire le peu de sagesse dont il est capable ; tantôt à un enclos de chasse où la mort, sûre d'elle, attend pour bondir ; et encore, au haut filet de l'oiseleur où s'empêtrent les oiseaux ; à ce carrelet aux mailles coupantes où se déchirent les ables ; à une fosse où tombent les aveugles ; une flamme où se jettent les papillons de nuit...

– Le seigneur Che, repris-je en agitant les mains, est mon...

Silencieux à nouveau, je laissai ma stupéfaction me pétrifier. Seng-tchao, l'âne bavard, incarnait la gêne, l'embarras, la pudibonderie la plus gauche. Des femmes, il en avait rencontré des dizaines et instruit plus encore.

Mais jamais il n'en avait trouvé une seule dans le lit du maître national Che.

– Le seigneur Che est mon maître, parvins-je à dire. C'est un très grand lettré, un philosophe de génie versé dans la Loi merveilleuse du Bouddha ; un linguiste exceptionnel au fait d'un nombre incalculable de langues et de dialectes : le plus grand traducteur sous le ciel.

M'interrompant comme s'il ne voulait pas en savoir plus, le minois arrondit les lèvres :

– On m'appelle Sans-Souci et je viens du Chantong. Puis, inquiète soudain : que sommes-nous donc en train de faire ici ? demanda-t-elle sans que le maître ne frémît encore.

Ma confusion n'avait d'égale que ma petitesse.

– Dame Sans-Souci, lança soudain le maître en me faisant sursauter. Jeune dame du Chantong, ne sommes-nous pas logés à la même enseigne ? Nous avons reçu des ordres : vous, celui de rester courtisane, et moi, de devenir votre client.

Sans laisser à la petite bouche ronde le loisir de répondre jaillit ma curiosité :

– Qui vous a donné des ordres, maître ?

– Celui qui donne des ordres, se contenta-t-il de répondre, puis, à la frimousse ébouriffée qui émergeait des rideaux : comme convenu, cette rencontre, madame, est un secret absolu.

J'étais si ému que je tressautai en gesticulant et que le maître me força à m'asseoir en face de lui, de l'autre côté de la table basse. Ombre scintillante, la jeune femme écarta les tentures et s'agenouilla sur le bord du châlit – colline de joyaux, chatoyant abîme... D'un geste brusque elle fit claquer les rideaux. J'eus l'impression qu'elle éprouvait la même gêne que moi. Ne la haïssant plus comme un émasculé, je permis à mes pensées de se détendre, tandis que l'inaudible Satya revenait des cuisines chargé de plats et de tisanes embrumées.

Comme à contrecœur, Sans-Souci se leva pour goûter à la nourriture. Je lui tendis une paire de baguettes ; elle se pencha en embaumant un musc que j'ignorais. J'eus un mouvement de recul ; elle fit la moue. Puis elle dévisagea avec avidité le maître qui mangeait en toute absorption et sans le moindre bruit de bouche, pour me montrer, je crois, un étonnement autrement étoffé que le mien.

De pénibles pensées surgirent alors dans le fleuve de mon esprit, des îlots flottants d'insanités. Tel un moustique opiniâtre, une question me harcelait tandis que la jeune femme, du bout des lèvres et au ralenti, mangeait : le maître a-t-il couché avec elle ? Puis je me demandai si le maître était vierge, s'il ne l'était plus. Quelle honte ! Non pour lui, mais pour moi, pour l'impureté de ma vision.

La courtisane reposa son bol et, déclarant qu'elle devait « aller au rapport », nous laissa là, dans son parfum, bientôt suivie du vieux Satya.

– Maître, soupirai-je, apaisez mon esprit !

Sans une parole, sans un regard pour moi, le seigneur Che achevait de vider les plats. Son grand corps, son altière santé lui donnaient un appétit d'ogre. Et moi, automate secoué de passions, je ne pouvais me contenir, ni dedans, ni dehors, ni entre les deux.

– A qui cette femme est-elle allée faire son rapport ?

– A votre bête noire, la princesse Ming.

De nouvelles saletés me crochetèrent l'esprit. Vous le savez, marquis, votre sœur, la princesse Ming, la préférée de votre royal aîné, n'était guère, à l'époque, une véritable adepte de la Loi merveilleuse, surtout si l'on considère la dévotion et la sagesse de ses honorables frères. Mais par bonheur, comme à nouveau je perdais pied dans les roseaux de ma conscience, le maître reprit la parole en interrompant mes supputations.

– Demandez-moi donc, révérend, ce que vous crevez de me demander !

– Avez-vous, hésitai-je à peine, avez-vous cédé au plaisir avec cette femme ?

– Non, sourit-il avec un accent de mélancolie.

Et, pendant que je m'égosillais dans un soupir de soulagement, il ajouta :

– Je n'ai pas osé.

– Vous avez certainement bien fait.

– Mais je n'ai rien fait ! Est-ce vraiment d'un intrépide héros de l'esprit d'éveil ?

Curieux soudain de ce que le héros devait « faire » avec cette courtisane, je le lui demandai.

– L'engrosser d'un fils à ma ressemblance.

– D'un fils à votre ressemblance ?

Je jugeai l'idée fort saugrenue.

– Mais pourquoi ?

– Ordre du roi !

– N'êtes-vous pas le maître spirituel du roi ? N'a-t-il plus de respect pour vous ?

Le seigneur Che m'eût certainement détrompé si la princesse Ming en personne, trouble mélange de femme élégante et de capitaine de la garde, n'avait surgi dans la pièce en traînant Sans-Souci en larmes.

– Maître Che, s'écria-t-elle en négligeant mon infime présence, rappelez-vous ce dont vous êtes convenu avec le roi ! Honorez vos engagements, respectez vos promesses, sinon...

– Sinon quoi ? la coupa le maître. Allez, princesse, laissez-nous !

Mystérieusement muette aussitôt, elle nous laissa.

Déconcerté en dépit de toutes mes certitudes, je ne savais plus que faire ni penser. Avec la douceur abrupte qui le caractérisait, le maître me pria de me retirer, moi aussi. Satya me montrerait ma chambre où je trouverais tout ce qu'il faut pour établir la liste des difficultés que soulevaient les traductions déjà existantes du *Soûtra des Enseignements de Vimalakîrti*, les imparfaites merveilles de Mokshala et de Tch'an le Scythe que j'avais tant de fois copiées alors que je travaillais pour l'atelier Fang. Des difficultés ? Ces versions du meilleur des soûtras, malgré leurs erreurs, m'avaient si abondamment illuminé que, y pensant avec extase déjà, il me parut tout à fait naturel que le maître, qui venait d'inviter dame Sans-Souci à s'asseoir à ma place, me dît :

– Vous viendrez à onze heures demain matin partager mon repas.

Coupant court à mes troubles, je me retirai sans plus d'images et la clarté du dehors m'éblouit ; comme le vert tintamarre des criquets m'assourdissait, le vieux Satya parut à côté du brûle-parfum de la cour. Pas de princesse Ming, pensai-je, pas de mignarde servante, et plus de gardes bardés de rhinocéros ! Le Kouei-feng seulement : brave pic dressé contre l'infini par-dessus le drapé des crêtes verdoyantes.

Le vieux moine m'emmena derrière le pavillon de la Perle du Dragon jusqu'à une troisième cour, une terrasse plutôt, où le soleil posait un rougeoiement sur un tabouret de pierre entouré de camélias en pots. Une volée de marches nous conduisit à une gloriette dite « Venue en Volant », dont Satya ouvrit la porte avec ces simples mots :

– Il y a de la lumière.

Seul, je me trouvai dans la cellule idéale : couche, livres, écritoire et fenêtre sur le paradis occidental. Je reconnaissais les rouleaux posés sur la table : des copies par moi exécutées pour la famille royale il y avait quelque dix ans, lorsque, excité par la mystériologie et les purs propos, la voie de Lao-tseu m'avait attiré dans l'extravagante sagesse que Tchouang-tseu qualifiait de spontanéité et mon ami Fang Long, de sainte anarchie, lorsque, voulais-je dire, j'avais découvert la Loi merveilleuse du Bouddha.

Tant qu'il fit jour, je lus. Et comme « il y avait de la lumière » ou, plus précisément, une lampe à huile perpétuelle, j'écrivis. J'avais déroulé le premier rouleau du *Soûtra de Vimalakîrti Prêché par le Bouddha*, ainsi que Tch'an le Scythe l'intitule, et, charmé par le pâle éclat de la soie bistre et par le souffle qui animait les colonnes de caractères, je m'étais arrêté, sans consciente préméditation, sur la fin du chapitre sept :

« Shariputra demanda à la déesse : Pourquoi, femme, ne changez-vous pas de corps ? La déesse répondit : Parce que j'ai toujours voulu renaître en femme et que j'y suis parvenue depuis douze ans. Or, les attributs féminins sont pure fantasmagorie et, de ce fait, ô fin observateur des mondes, comment pouvez-vous raisonnablement demander à une femme illusoire pourquoi elle ne change pas de corps ? Shariputra dit : L'examen révèle en effet l'irréalité de tous les corps. De la même façon, ô sage (dit alors la déesse), tous les phénomènes sont irréels. Oseriez-vous exiger d'eux qu'ils changeassent leur corps de femme ?

» Alors la déesse usa de ses pouvoirs magiques pour attribuer sa divine apparence à Shariputra en se transformant elle-même en Shariputra. Ainsi métamorphosée, elle lui demanda : Sage, comment avez-vous fait pour vous transformer en femme ? Et Shariputra, qui avait maintenant forme de femme, répondit : Je ne sais vraiment pas comment cette apparence féminine m'est échue. La déesse lui dit : Sage, si maintenant vous pouviez changer de sexe, toutes les femmes le pourraient. De même que, sans être femme, vous avez un corps de femme (aux attributs) invisibles, toutes les femmes ont un corps de femme sans pour autant être des femmes (aux attributs) invisibles... »

Ici, la traduction du Scythe manque par trop de clarté – d'où mes tâtonnantes parenthèses, comme plus haut.

Si le moine Shariputra, qui n'avait aucune envie d'être femme, ne put quitter son apparence féminine, les femmes non plus ne le peuvent pas. Pourquoi donc leur reprocher d'être femmes ? De même que Shariputra n'est pas réellement une femme mais apparaît comme telle, les femmes ont apparence féminine sans pour autant être, ultimement, des femmes.

Le soûtra poursuivait :

« Ainsi que l'a dit le Bouddha : les phénomènes ne sont ni mâles ni femelles. Alors Shariputra recouvra son vieux corps et la déesse lui demanda : Dites-moi, ô sage, comment vous avez fait (tout à l'heure) pour vous métamorphoser en femme ? Je n'ai rien fait, répondit-il, mais il ne s'est pas rien passé. Alors la déesse dit : Ainsi, ô sage, en est-il de toute chose. Rien n'est fait mais il n'est rien qui ne soit fait et cela même, que rien ne soit fait mais qu'il n'y ait rien d'inaccompli, c'est ce qu'enseigne le Bouddha. »

Et « cela même », marquis, m'aurait donné la fièvre au contact des fragrances de dame Sans-Souci en me privant du plaisir de partager un terrible secret avec, entre autres confidents, votre sœur, l'imprévisible princesse Ming ?

Ni mâle ni femelle, le connaissable daigna enfin accueillir ma lumineuse inexistence. Dans les facilités d'un petit recueillement d'extinction, l'instant s'évanouit, se réanima et, au-delà de ma personne, le grand vœu de l'ouvert déploya ses ailes d'oiseau rock : femmes, femmes de mon maître, hommes, animaux, dieux et démons, acceptez mon bonheur et confiez-moi vos souffrances !

Illuminé toute la nuit dans la clarté du réel, je me réveillai à l'aube en glorifiant l'immensité. D'elle-même, la liste des contresens, des obscurités et autres barbarismes du *Vimalakîrti* de Tch'an le Scythe avait glissé de mon pinceau sur la soie où se vautraient nos brouillons, et comme en rêve je me retrouvai assis devant mon maître, de l'autre côté de la table basse.

Satya nous apporta à boire et à manger : ce que nous fîmes dans l'oubli des mots, puis, quand nos bouches furent vides, je m'enquis de la dame, si elle était partie.

– Elle ne repartira que samedi prochain. Nous n'avons, elle et moi, nul besoin de nous voir dans la journée – du moins, si nous nous en tenons aux ordres. Révérend...

Maître Che changea de visage. Les paupières mi-closes et le front soudain plissé, il me demanda si j'accepterais de partager quelques menus secrets avec lui.

– De terribles secrets, articula-t-il avant d'arrondir les

yeux pour rire à gorge déployée, bien anodins et bien vides !

L'esprit rincé par les facéties de la déesse du *Vimalakîrti*, je ne souffrais plus de mes vacillements de la veille ; j'avais une confiance absolue en Kumârajîva, mon difficile maître de sagesse, et j'avais soif de connaître ses secrets.

– Maître, tout ce qui s'échappe de vos lèvres est toujours pour moi un précieux enseignement.

– Yao Sing, notre excellent souverain, m'a prié de me reproduire, mon bon Tchao, littéralement. Vous qui êtes chinois avant d'être moine, vous devez mieux comprendre que moi cette manie de la filiation charnelle qui torture notre prince. Il voudrait que mon cœur et mon cerveau s'éternisent en son royaume. Il y a si longtemps que cette idée le travaille... Ce luxueux ermitage où nous bavardons, il l'a fait construire exclusivement à cette fin, et il y a si longtemps qu'il m'importune que j'ai fini par céder. A présent, j'ai soixante ans passés et le roi redoute que je meure en emportant mon prétendu génie.

– Le roi vous a menacé ?

– Il m'a juste rappelé que le gouvernement tout entier jugeait que notre communauté coûtait trop cher à l'Etat, à l'Etat perpétuellement en guerre, et que la Loi merveilleuse entamait toujours plus le budget alloué aux armées : n'y aurait-il pas infortune plus grande, a-t-il suggéré, que de fermer l'Académie de traduction ?

– Vous n'avez certainement pas agi sous la contrainte d'un chantage !

– Pas exactement. J'ai obtempéré parce que, dans leur véritable nature, tous les phénomènes se valent. Vous savez bien, révérend, que la compassion partiale n'a rien à voir avec la grande compassion. Vous savez aussi que les vœux des bodhisattvas du Grand Véhicule sont plus profonds et plus vastes que ceux des adeptes du Petit Véhicule : la pureté extérieure des moines telle que l'expose la *Somme en Dix Chants* est moins proche du réel que la subtile pureté intérieure de la nature des choses, telle qu'elle apparaît dans les textes de l'*Ornementation Fleurie*, par exemple, et particulièrement dans le *Soûtra du Filet de Brahma*...

Une paix lumineuse m'envahissait : ayant pour l'heure déposé ses vœux de moine au niveau inférieur, le maître agissait en héros de l'éveil. Il nous l'avait dit en rendant ses vœux mais je n'avais pas voulu l'entendre, et aujourd'hui, à la surface comme au fond des choses, il voulait me conter comment la courtisane Sans-Souci l'avait soulagé de son illusoire virginité.

Il reconnut d'abord que, la veille de mon arrivée à la Perle du Dragon, il était si naïf en matière génésique qu'il n'avait fait que fuir les nécessaires avances de la dame. Oh, comme j'appréciais que ses doutes eussent la même saveur que les miens : ces chimériques reculades ornementaient un peu plus l'absolue dimension du réel. Mais lorsque, hier, il avait vu Sans-Souci en larmes au bras de la princesse Ming, il s'était juré de ne plus atermoyer et d'agir en homme, tout simplement, car il était intolérable que la princesse votre sœur, marquis, en charge de ces acrobaties lignagières, s'en prît à la jeune femme du fait de la couardise d'un bodhisattva manqué ! Quand seuls importent l'amour et la compassion, le bon droit, la pureté et la tranquillité font figure de cruelles fadaises. Sans-Souci en était à supplier mon seigneur Che de l'imprégner. Le maître, alors, se jeta dans la fournaise et, pour sa plus grande illumination, il ne s'y brûla point.

En guise d'innocentes prémisses, il avait expliqué à la courtisane que, outre ses soixante-deux automnes et son obscure dégaine de Koutchéen mal rasé, il n'avait rien d'exceptionnel. Le traitant de « singulier puceau – sauf votre respect, monseigneur » –, la jeune femme semblait croire le contraire.

Le maître éclata de rire.

– Ce reflet pensant n'est plus vierge ! s'exclama-t-il. Quelle bénédiction, mon bon Tchao !

Je sentis mon dos se raidir.

– Bodhisattva généreux de sa tête, de ses yeux, de ses bras et de ses jambes, de ses muscles et de sa chair, il n'oserait se séparer de la pureté qu'il attache à son sexe ?

» Craindrais-je que l'union ne me châtre ? Mon moi n'existe pas vraiment, et moins encore ses rejetons : qui châtrerait-on de quoi ? Mon bon Tchao, n'oubliez jamais que, entre la peau et les mots, un abîme vitupère !

Le maître en vint au vif de l'œuvre. Poète inspiré, il instruisait Sans-Souci, et même la séduisait. A mille lieues de la moindre imagination égoïste ou salace, maître Che demandait seulement à la petite ce qu'il convenait de faire. Et il le fit. Ce qu'il fit, marquis, vous le devinerez, vous qui êtes père.

– Sans-Souci ne se tient-elle pas au sommet de la générosité en s'offrant de déniaiser un vieillard ? Je vous jure, ami Tchao, que cette dame est une bodhisattvî : c'est pur esprit d'éveil que d'abandonner son corps à un barbare couvert de piquants. Cette personne a bien plus de compassion que le grand perroquet qui vous parle !

Mêlées de remarques sur le *Vimalakîrti*, ces premières confidences prirent fin à la nuit tombée. Maître Che voulait que je rentre dès le lendemain au Temple Chaumière pour ne revenir que sept jours plus tard.

– Ramenez-moi Seng-jouei ! Qu'il apporte ses travaux sur le *Soûtra du Lotus*.

Dans le *Lotus*, pensai-je en me retirant, la fille du roi des dragons devient bouddha à l'instant même où elle forme le vœu d'amener tous les êtres à l'éveil suprême, authentique et parfait : puisse-t-il en être ainsi de dame Sans-Souci du Chantong !

De retour au grand monastère, je m'enfermai dans ma cellule avec mon soûtra d'élection et, invoquant la retraite silencieuse, je me permis de n'échanger la moindre parole avec quiconque pendant le reste de la semaine.

2

Rouette

Seng-jouei chargé de son *Lotus* et moi de mon *Vimalakîrti,* nous quittâmes à nouveau le Temple Chaumière pour les hauteurs. Doublé le premier ermitage, où le maître nous avait rendu ses vœux, mon aîné ouvrit enfin la bouche mais il n'en sortit que la récitation du nom du bouddha A-mi-t'o. Ni au monastère ni depuis que nous grimpions il ne m'avait forcé à rompre le silence.

Massif comme le maître dont le teint était fortement hâlé, Seng-jouei incarnait toutes les pâleurs. Il avait vécu des mois et des années en retraite solitaire au cœur du palais royal. A sa requête, Kumârajîva avait composé le *Recueillement du Bodhisattva,* où il avait traduit et rassemblé les méthodes de concentration les plus profondes du Petit et du Grand Véhicule. Incomparable expert en toutes les absorptions, Seng-jouei excellait non seulement dans la quiétude mentale et la vision supérieure, mais il était passé maître tant en littérature chinoise qu'en phonologie sanskrite. Mon répétiteur en cette dernière langue, il avait d'ailleurs tenté de m'en enseigner quatre alphabets différents. Profondément unis dans la Voie médiane, nous n'aimions rien plus que diverger avec souplesse à son sujet.

De l'ancien ermitage du maître à la cabane du Pic des Vautours, il y avait une heure de marche par un vallon secret où nous ne croisâmes pas même un oiseau. Etait-ce un effet du recueillement perpétuel de Seng-jouei ? Pourquoi ne m'avait-il rien demandé, ce grand bêta ? Pourquoi ne sourcilla-t-il même pas lorsqu'il eut lu « Palais de la Perle du Dragon » au fronton de l'entrée, comme nous marchions vers les hallebardes qui se décroisèrent ?

A peine remis de ses prosternations au maître, il desserra enfin les lèvres pour nous proposer de ressortir sur-le-champ et de causer en escaladant le Kouei-feng.

– Si cela ne vous gêne pas, révérend Jouei, j'aimerais que nous restions ici.

Les yeux du maître jaugèrent l'obscurité un long instant. Jamais je n'aurais interrompu l'adorable silence qui nous unit alors, puis, je ne sais par quel glissement, ni du fait de qui, Seng-jouei comprit que le maître avait affaire avec une courtisane et que, pour le bon plaisir du souverain, il devait s'employer à la féconder. Un courant de rire merveilleux parcourut la pénombre où nous ne devisions pas encore avant de s'évaporer parmi les couleurs dans un autre silence. Attablés autour de la tisane et des livres, nous formions l'axe du monde, et le maître reprit cette parole qu'il n'avait jamais délaissée :

– Autant les choses m'ont paru naturelles avec dame Sans-Souci, autant elles me semblent compliquées avec dame Rouette, ma nouvelle épouse.

– Une autre femme ? m'exclamai-je.

– Au cas où la première n'aurait pas été fécondée.

– Combien êtes-vous censé en connaître, seigneur ?

– Quelle importance ? La présence d'une femme est la

présence de toutes les femmes, par-delà ce qu'on dit ou pense d'elles et par-delà ce qu'on leur dénie.

» Ce qui n'empêche que l'amène dame Rouette, nobles moines, n'a guère cédé à mes avances maladroites. Je dirais même que je lui ai trouvé un air soupçonneux. Sans-Souci voulait croire que j'étais un prince voyageur du Désert, un ami du roi, même. Rouette voit en moi le moine que, présentement, je ne suis pas.

Il scruta les ténèbres une autre fois et son visage s'éclaira d'un sourire.

– Peut-être cette jeune dame ne me juge-t-elle pas à son goût, tout simplement.

Satya fit de la lumière.

Nous n'avions pas bougé, plus dit un mot depuis des heures. Que dire, d'ailleurs, qui n'ait tant de fois été dit ? Allions-nous inlassablement répéter que, au moment même où elles naissent, les apparences disparaissent ?

Mais une queue de tornade souleva les tentures de l'entrée et nos chapelets cessèrent soudain de cliqueter. La princesse Ming, traînant un « femelle amas d'immondices » tout en fine langueur et en grâce mélancolique, s'immobilisa au-dessus de nous, moines assis, en nous gratifiant de soupirs et de déglutitions. C'était à laquelle, d'elle ou de la courtisane, froncerait le mieux les sourcils à l'instar de la trop belle Si-che.

Est-il nécessaire, me dis-je, que tout rapport avec cette princesse dégénère en navrantes colères ? Si j'avais bien saisi la convention, j'estime, marquis, que le roi votre frère aurait pu confier le maître national à plus affable préceptrice !

Au terme de ses bougonnements, cette dernière perçut dans notre silence le congé appuyé qui lui permit de tourner les talons comme un petit soldat et de violenter une autre fois les tentures de l'entrée.

Le maître invita Rouette à prendre place près de lui. De l'autre côté de la vaste table basse où, les livres poussés, Satya avait disposé quelques rafraîchissements, Jouei et moi dévisagions la jeune femme dont le front peinait à se déplisser. Du bout des baguettes picorant ce qui, passé midi, pour nous autres moines n'était plus qu'immangeables concepts, dame Rouette se cherchait une contenance.

– Cette préceptrice Ming, dit-elle enfin, la bouche pleine, est proprement abominable.

– Ah bon ? fit le maître. Elle exécute les ordres qu'elle a reçus. Et vous-même, qui êtes courtisane, n'avez-vous pas accepté la tâche qu'elle vous confiait ?

– Alors dites-moi qui sont ces deux moines ! s'écria Rouette en nous désignant de la pointe de ses baguettes.

– Mes élèves. Je les instruis en sanskrit, en logique et en prosodie de l'Inde. Ce sont de grands traducteurs.

– De grands traducteurs, répéta-t-elle comme s'il lui venait une idée particulière. Font-ils partie de l'Académie du maître national Che ?

– Oui, dit Seng-jouei avec un sourire désarmant, un sourire en tout point identique à celui du maître.

Je préférai me taire. Dame Rouette n'avait cependant pas désarmé.

– Si vous appartenez à cette illustre Académie, raisonnait-elle, et que le seigneur Che est votre maître de sanskrit, le seigneur Che ne peut être que...

Brusquement elle se leva et courut jusqu'à l'entrée en étouffant un cri.

– Monseigneur, sanglota-t-elle, vous êtes le maître national Che.

Redoublant de larmes, elle se prosternait.

– Monseigneur est un moine, lui aussi, le plus grand moine du royaume. Ah, je comprends tous ces mystères, cette discrétion ! Oh, comme j'ai bien fait, révérend, de ne pas vous avoir cédé ! Mais comment, dans votre saint état, avez-vous osé ? Je révère les Trois Joyaux et jamais de ma vie mon regard n'a croisé celui d'un moine du Bouddha. Par le ciel, monseigneur, quel sacrilège m'auriez-vous poussée à commettre ! Ne craignez-vous point les tortures infernales ?

– Paix à votre esprit, madame ! réagit aussitôt Seng-jouei. Si vous le voulez, et puisque vous semblez versée dans la Loi merveilleuse, je vais de ce pas vous rassurer : en termes de discipline pure, ni vous ni le maître national, dans la situation actuelle, n'avez entamé ou ne pouvez entamer, ne serait-ce que d'un poil, la sainte règle de l'Eveillé.

» Je vous énoncerai donc le premier cas de dégradation et d'exclusion totale du moine, tel qu'il apparaît dans les sommes disciplinaires : "Si un moine, membre d'une communauté, et n'ayant pas déclaré renoncer à l'ordre, viole la règle effrontément en faisant œuvre de chair, fût-ce avec un animal, ce moine aura encouru la dégradation et sera retranché de la communauté."

– C'est dégoûtant, grasseya la courtisane.

– Non point, c'est extrêmement précis et cela pare à toutes les éventualités. Le moine qui a « déclaré renoncer à l'ordre » redevient laïc sur-le-champ. S'il respecte la Loi merveilleuse, c'est la luxure qu'alors il rejettera, et non l'acte de chair.

– Quelle différence ? minauda la dame avant de s'emporter une autre fois : comment voulez-vous que je croie que le maître national n'est plus moine du Bouddha ?

– Il ne l'est pourtant plus. Il a rendu ses vœux, provisoirement, certes, mais en bonne et due forme, devant trois moines confirmés qui peuvent témoigner de la pureté de son intention. Le maître national n'est donc plus moine, madame. Pour l'heure, cette désignation ne lui convient pas.

– Comment peut-on jouer avec quelque chose d'aussi sublime ? s'indigna Rouette.

– Nous ne jouons pas, madame, articula Seng-jouei du plus profond de sa pensée.

– Voyons, vous ne me ferez jamais croire qu'on puisse être moine parfois et ne pas l'être d'autres fois !

A ces mots, elle tomba à genoux dans ses brocarts et se tut non par obstination ni bouderie, mais par conviction sincère.

– Permettez-moi, madame, de vous demander si c'est précisément par respect pour le maître national que vous estimez qu'il va, au risque de choir dans les enfers, contre son saint état ?

La contradiction lui était peut-être moins flagrante qu'à moi ; elle ne releva pas.

– Dès la première semaine de cette retraite, renchérit enfin le maître, et pour des raisons de la plus extrême importance, j'ai effectivement renoncé à mes vœux monastiques.

Il écarquilla les yeux avec un sourire enfantin.

– Pour un temps seulement, car je n'estime rien plus que la vie de moine. Et devant ces deux moines authentiques, Seng-jouei et Seng-tchao, ainsi que devant Seng-jong, leur semblable, qui constituaient les trois témoins garants de ma sincérité, j'ai remisé mes vœux de moine sans aucunement renoncer aux préceptes de l'adepte laïc, et moins encore aux sublimes défenses des bodhisattvas.

– Cette possibilité de déposer temporairement ses vœux, commenta Seng-jouei, le Bouddha la préconise tant que la communauté n'est pas exemptée des devoirs militaires, par exemple : jamais un moine ne devrait lever une arme contre un être vivant... Quant à l'acte de chair, il serait plus correct, dame Rouette, de l'envisager sous plusieurs rapports. D'abord...

Pour éviter à Jouei un long développement lardé de considérations naturalistes, je me permis de l'interrompre en y allant d'une espèce d'excuse générale :

– Ne croyez pas, dame Rouette, qu'aucun de nous agisse à la légère. Faites crédit, je vous prie, au plus grand moine du royaume !

– Il n'est plus moine ! cria-t-elle avec dépit.

– Si je ne suis plus moine, dit le maître, que reprochez-vous au simple client que je devrais être pour vous ?

– Vous n'êtes pas un client aussi simple que vous le prétendez, rétorqua-t-elle, harcelée : auriez-vous oublié que vous deviez m'engrosser ?

Elle contempla nos doigts égrenant nos chapelets.

– Quand j'accoucherai de votre fils, lança-t-elle au seigneur Che, serez-vous moine stérile à nouveau, ou bien encore laïc fier d'être père ?

– Vous n'accoucherez guère de mon fils, dit le maître non sans fermeté. Je puis vous l'assurer.

Comme la très morale Rouette restait bouche bée, nous offrant la complexe beauté de sa vindicte, Jouei et moi, plutôt songeurs, nous réfugiions dans un trésor d'indigo.

J'allais prononcer n'importe quoi d'édifiant pour rompre l'hébétude qui se durcissait derrière le front de la pointilleuse courtisane, lorsque mon frère aîné m'ôta les mots de la bouche.

Dame Rouette, chantonnait-il, vous révérez les Trois Joyaux et par là même grande est votre compassion. Connaissez-vous, cependant, l'histoire des maîtres indiens Si-ken et Cheng-yi ?

Le premier avait une façon très spéciale de montrer le réel. Il disait qu'en tout mouvement et en toute paix de l'esprit on trouvait du désir, de la haine et de l'ignorance, mais que ces trois affects douloureux, une fois reconnue leur essentielle vacuité, se ramenaient à l'absolue simplicité du réel et ne pouvaient donc faire obstacle à l'éveil. Supérieurement intelligents, ses disciples avaient saisi l'unité de la sagesse première et, par-delà tous les dualismes, ils trônaient au sommet de la patience qui supporte que rien, jamais, n'accède véritablement à l'être.

De son côté, Cheng-yi n'en avait que pour la discipline, l'ascèse et les mortifications. A force d'entraînement, il savait entrer en concentration bien plus vite que Si-ken. Quant à ses disciples, disons que, loin de toute hardiesse, ils se laissaient toujours aller aux plus grossières discussions sur le pur et l'impur, le vrai et le faux, le bien et le mal – soucis du tout-venant, guère du mystique.

Un jour, Cheng-yi se rendit dans le village où, disait-il, sévissait Si-ken, et il était décidé à ramener les malheureux disciples de ce dernier dans le droit chemin. Vive la discipline, rugissait-il, la satisfaction du peu, les macérations, l'isolement et l'extase ! Le désir et l'attachement sont des obstacles, ô adeptes ! De même que la haine et la colère !

Touchés par la naïveté de Cheng-yi, les disciples de Si-ken lui demandèrent à quoi ressemblait le désir. A une pénible passion, répondit Cheng-yi. Cette passion, lui demanda-t-on alors, se trouve-t-elle à l'intérieur de votre esprit ? Cette passion, réfléchit-il, lorsqu'elle me brûle, ne se trouve ni dans mon esprit ni hors de lui. Si elle lui était purement intérieure, elle serait insensible aux causes et aux circonstances qui suscitent les émotions ; et si elle lui était totalement extérieure, elle ne pourrait en rien l'affecter. Bien, dirent les disciples de Si-ken. Maître Cheng-yi, vous admettez donc que la passion ne vous est ni intérieure ni extérieure. L'examen révèle en effet que la passion en tant que telle n'est pas une entité mi-spirituelle mi-physique ni, bien sûr, un absolu néant. Reconnaissons dans ce cas que la passion n'est jamais venue à l'être et que jamais elle ne quittera l'apparence ; privée de ces deux nécessités, elle est vide : comment pourrait-elle vous torturer ?

Chaussant le masque de la plus obtuse vexation, maître Cheng-yi refusait, par égard pour ses disciples aux sens mal équarris, de recourir au vide pour montrer le réel. Il regagna son ermitage dans la forêt en répétant à qui méritait de l'entendre que le bien valait mieux que le mal, et toutes les communes bonhomies. Comme, hélas, il avait pris l'habitude de commencer et de conclure ses enseignements en traitant Si-ken d'imposteur, celui-ci succomba à la compassion et se rendit à son tour dans la forêt pour chanter à Cheng-yi la liberté naturelle de toutes les passions – en soixante et onze stances qui inspirèrent à trente mille jeunes dieux de passage la patience à l'égard du réel où rien ne naît et à dix-huit mille Auditeurs abîmés dans l'extinction le détachement merveilleux qui conduit à la vraie délivrance ; mais à Cheng-yi, les stances de Si-ken n'apportèrent pas leurs bienfaits sur-le-champ.

– En effet, dame Rouette, sourit Seng-jouei, le probe Cheng-yi continua de pérorer jusqu'à l'âge de cent ans, puis il séjourna dix millions de milliards d'années dans les enfers. De retour dans le monde humain, il subit sept cent quarante mille existences d'éreintements et d'opprobre : c'est ainsi que, pendant plusieurs ères cosmiques incalculables, il n'entendit pas même prononcer le nom du Bouddha. Imaginez ensuite, bonne dame, que le vertueux Cheng-yi fut un moine imparfait au cours de six cent trois mille existences. Enfin, après d'innombrables renaissances vouées à la sainte voie, il reconnut sa véritable essence et, depuis, il fait en grand le bien des mondes.

» Quant au bodhisattva Si-ken, du fait même qu'il avait saisi le sens profond du réel et le montrait tel quel aux prédestinés, il ne tarda pas à rejoindre l'océan des bouddhas dont la compassion, impartiale et omnipotente, porte inlassablement secours à chacun des êtres qui peuplent les trois mondes...

Au mépris des moines et des laïcs, des permis et des interdits, de la discipline et même de la débauche, le discours de Seng-jouei résonnait comme un plaidoyer pour la transcendante fécondité du maître national !

Les yeux fixes et grands ouverts, ce dernier surveillait la silhouette de Rouette toujours effondrée dans la pénombre près de la porte. S'était-elle convertie à un peu de paix ? Pour elle, le maître était moine par essence et incarnait la plus indiscutable continence : les choses étaient ce qu'elles paraissaient. L'eût-elle seulement vu rendre ses vœux qu'elle aurait admis qu'il n'était plus tenu par la règle monastique. Or les apparences devaient encore abuser de leur coutumière solidité en martelant les tendons et les veines de la dame, car elle s'écria tout à coup :

– Jamais je ne partagerai la couche d'un moine !

Voilà que pour la deuxième fois, me confia maître Che par la suite, une belle revenait éplorée du rapport à la princesse Ming. Et à cette occasion, marquis, votre geôlière de sœur avait menacé dame Rouette, si elle ne « recueillait pas la semence du seigneur Che », de l'envoyer dans un lupanar de Kou-tsang, à l'orée du Grand Désert, où elle travaillerait pour « des moines autrement vicieux que celui-là ».

Votre sœur, marquis, n'était alors qu'une misérable mécréante. On eût dit qu'elle s'efforçait d'avilir tout ce qu'elle touchait. Néanmoins, la sainteté de Kumârajîva, maître des Trois Corbeilles venu d'Occident pour propager le Grand Véhicule en Chine, était légendaire, certes, mais nullement fictive : fabuleuse mais vraie.

Rouette pleurait comme une enfant, dit le maître, et ma compassion pour elle n'eut bientôt plus de limites. Prisonnière des opinions les plus obtuses, le sein gonflé de dépit, elle croyait aux discussions sans fin. Courtisane héroïque au service du désir et de l'attachement, il lui manquait seulement de ne plus croire au caractère ultimement réel de ses passions.

– Calmez-vous, dame Rouette. Je vous jure de ne jamais plus vous importuner. Aussi vrai que les mauvaises actions apportent la souffrance, les vertus sont source de bonheur. Même si l'excellent Seng-jouei se gausse des valeurs exagérément rigides, il acceptera que je vous dise que, lorsqu'on s'est pénétré de l'idée que tout acte a nécessairement des conséquences, on n'accorde plus la moindre licence à son esprit et naturellement on préserve la pureté de son corps : vous avez raison de vous en tenir à la pureté, dame Rouette. Puissiez-vous persévérer sur cette voie !

Redoublant de sanglots, la jeune femme avait d'autres sordides raisons de ne pas aimer ce qui lui arrivait.

– La princesse Ming, renifla-t-elle, n'hésitera pas à s'assurer elle-même, et concrètement, que nous nous sommes unis... et que nos fluides se sont mêlés.

– Ne vous inquiétez pas, jeune dame. Vous passerez la semaine auprès de moi mais, soyez-en sûre, je ne vous toucherai guère. De plus, chaque fois que la princesse vous examinera, elle sera satisfaite – disons qu'elle trouvera ce qu'elle cherchait. Vous n'aurez pas même besoin de lui conter des fariboles.

Et, en effet, il s'avéra bientôt, marquis, que votre sœur la princesse n'eut plus à se plaindre des réticences de dame Rouette. Par quelque prodige de la nature des choses, le maître avait un tant soit peu modifié l'apparence pour alléger le sort de la courtisane.

– Maître, m'exclamai-je, vous avez accompli un miracle !

– Je n'ai rien accompli du tout, pas moi, à proprement parler, et rien d'extraordinaire.

Ainsi, marquis, le maître national Che put-il encore jouir de son illusoire virginité auprès de la courtisane Rouette, miroir de notre discipline. Au moment de son départ, le samedi à midi, la jeune femme osa lui confier que, s'il n'avait été moine du Bouddha, elle n'eût pas détesté l'approcher.

Au terme d'un autre rire tonitruant, maître Che me souffla :

– Dites-moi, révérend, éprouveriez-vous quelque regret si, comme moi, vous n'aviez guère étreint la mère de toute immortalité ?

– Je crois, maître, que vous avez agi dans le sens de la transcendante discipline.

Epuisant la banalité de ma réponse, il lâcha un soupir que pour l'heure nous n'interpréterons point.

De retour au Temple Chaumière, quelques jours fantomatiques me révélèrent que l'harmonie régnait chez les moines lettrés, abîmés dans la contemplation. Nos huit cents et quelques scribes avaient posé leurs pinceaux pour, comme chaque été, se livrer jour et nuit à la méditation.

A la méditation sur l'amour, la compassion, la joie et l'équanimité immensurables.

A la contemplation de l'immonde.

A la contemplation des ossements blanchis.

A la contemplation du Bouddha.

A la contemplation du corps ordinaire.

A la contemplation du corps absolu.

A la contemplation des bouddhas des dix vents de l'espace.

A la contemplation du bouddha A-mi-t'o.

A la contemplation de la réelle apparence des choses.

Au recueillement dans le Lotus de la Réalité.

Je prétends que, depuis le joyau de sa céleste solitude, Kumârajîva entraînait puissamment la foule de ses disciples à s'ébattre dans la liberté de la transcendante discipline.

3

La princesse Ming

Chaque fois que je posais le pied sur les pierres du sentier, la moitié droite de mon visage se transformait en dague de glace et de feu qui me tailladait le cœur, et mon tendre crâne éclatait avec les hurlements du paysage. Je tentais de masser l'écume de mes nerfs, une flamme m'assoiffait et, creux comme un bananier, j'hallucinais : je croyais entendre des formules magiques, la voix de Seng-jouei démultipliée en chœurs profonds qui me narraient les hauts faits de la fleur de lotus.

Oh ! le laïc Vimalakîrti malade au lit, dont le détachement me torturait aussi, ne souffrait pas comme moi de douleurs telles qu'il ne pouvait penser clair et droit. Chaque instant de ma souffrance crétine était perdu et, pourtant, l'être sublime affirmait que son corps malade ressemblait à un écho, à rien qui se puisse empoigner ; flottants nuages aussi, mon corps insoumis, ma familière hémicrânie et le bon ours savant qui marchait à côté de moi : ceux-là ne cessaient de se métamorphoser, et les atomes qui composaient ce tableau incessamment s'éteignaient dans mon indéfectible douleur, loin, petit moi déconcentré, loin de la sérénité des saints recueillements.

Vaille que vaille, j'allais rejoindre mon maître nouvellement laïc et il me prouverait que mon héros Vimalakîrti pouvait, entre autres illuminantes menées, « fréquenter toutes les prostituées rien que pour souligner les défauts du désir de chair ». Seng-jouei, quant à lui, rêvait de l'interroger sur le bouton du nélombo blanc rosé, sa fleur naissante et son plein épanouissement, où la sagesse avait symboliquement enchâssé tous les subtils et merveilleux mystères du réel.

Meurtri, comme mal décapité, je me confiai à mon frère aîné, implorant mon maître et tous les bouddhas de me bénir pour atténuer ma douleur. Les prises de mon esprit m'échappaient pour la énième fois : hors recueillement, marquis, je ne valais pas tripette ; souffreteux héros de l'éveil, mon précieux corps humain ne m'inspirait que dégoût et, dégoûté, je répétais à la paix combien je l'ignorais.

Le vieux Satya nous attendait sur le perron de la Perle du Dragon. Un allègement fortuit de ma douleur me permit d'entrevoir que nous étions là et que mon malaise n'avait plus d'importance. Dans le vestibule noir qui lentement s'éclaircissait, la fraîcheur de revoir mon maître bien-aimé me soulagea. A peine affranchi de mon mal, je me prosternai devant le grand homme immuablement assis entre la table d'écriture et l'énorme châlit, devant le laïc Vimalakîrti en personne, et je m'inquiétai de sa santé :

– Allez-vous bien, maître, vraiment bien ?

L'état de son sourire suffit à m'expliquer le sentiment de tension qui, tandis que je me rajustais, avait remplacé ma migraine.

– Je vais très bien. Et vous, révérend ? On dirait que votre tête vous fait souffrir...

– Ce n'est rien.

– Et nos moines ? enchaîna-t-il sans vaine pitié.

– Ils méditent assidûment. Le seigneur Tao-cheng prend particulièrement soin d'eux. Secondé par Houei-kouan, il connaît déjà le nom et les qualités de chacun de vos disciples. Mais vous, maître, vous semblez... J'ai l'impression que quelque chose vous contrarie.

– Me contrarie, révérend ? Et vous, noble Jouei, avez-vous la même impression, imprécise, que votre frère Tchao ?

– Je ne saurais dire, dit brièvement Jouei.

– Eh bien, mes amis, nous reparlerons de tout cela demain. Pour l'heure, j'ai à faire. Une affaire dont l'immédiateté ne vous concerne pas immédiatement.

Guère concernés, donc, nous nous retirâmes, et je constatai que mon mal de tête avait disparu : une sourde inquiétude à présent m'opprimait à propos de maître Che. L'essence du disciple consiste à douter du maître, ironisai-je en emmenant Jouei à la gloriette Venue en Volant. Là, nous nous assîmes pour entonner nos prières dans la contemplation du soleil couchant.

Paix toute simple.

Puis paix compliquée du réveil matinal, compliquée en jour à vivre avec le crâne endolori, déjà. Tolérablement, cependant, comme une punition – une cangue supportable, la torture préférée de mon moi.

Sans même dérouler mes notes sur le *Vimalakîrti*, sans autre prétexte que d'obéir à la liberté, le maître entreprit de nous conter plus avant ses aventures avec la gent féminine, et en quelques minutes l'ambroisie de son verbe noya toutes mes misères.

Permettez-moi, marquis, de vous révéler à présent les ressorts secrets d'une affaire dont les effets, et non les causes, vinrent par la suite à la connaissance de tous. Pour ce faire, vous me pardonnerez de recourir à la forme peu littéraire du « petit récit », laquelle présente toutefois l'avantage d'incarner les idées dans une langue moins abstruse que la philosophie et moins froide, ou irréelle, que les simples chroniques, annales ou citations.

Le dernier dimanche du mois de mai de l'an VII, la princesse Ming se présenta seule au maître avec le crépuscule. Elle était martiale encore, certes, mais bien plus belle que simplement élégante, et son visage sans honte rayonnait de désir. Jamais elle ne s'était montrée sous un jour aussi affable. Garçon manqué, elle n'aurait pour rien au monde sacrifié à cette fameuse féminité dont les charmes trompeurs se nombraient par milliers. Mais votre sœur, marquis, était soudain une femme, une femme dressée au-dessus du maître, alors que l'inverse ne s'était jamais produit. Elle n'assistait pas aux enseignements que le maître dispensait dans l'enceinte du palais royal, et moins encore aux cérémonies qu'il dirigeait dans la plupart des temples de la capitale. Bouddhiste en aucun cas, était-il possible qu'elle n'eût pas de religion ?

La découvrant sous cet aspect inhabituel, le maître mit de l'étonnement dans sa voix :

– Seriez-vous, madame, la nouvelle courtisane que vous deviez me présenter aujourd'hui ?

– Il semblerait ! lâcha-t-elle sans hargne mais un tantinet cassante.

– Il est indéniable que je rêve, poursuivit le maître : est-ce bien une princesse du sang qui se présente à moi comme une courtisane ?

– Parfaitement, seigneur Che ! Et c'est là le désir de Sa Majesté mon frère : que notre sang Yao s'unisse au vôtre. N'êtes-vous pas prince de Koutchâ ?

Prince chauve et mal rasé dont le crâne et le bas du visage déjà se hérissaient de soies cendrées.

– En êtes-vous sûre ? dit le maître en s'immergeant dans le contradictoire et le cocasse de la situation.

– Vous ne me croyez pas ? lança-t-elle du haut de sa glorieuse naissance. Vous voulez que mon frère lui-même vienne vous confirmer mes propos ?

– Que non, que non, princesse...

Le maître laissa venir à lui les évidentes manigances de cette femme. Qu'elle joue la courtisane, s'il lui plaisait, puisque lui-même, il jouait le client !

– C'est de bon cœur que mon fantôme se prête aux expériences du roi et de sa sœur, affirma-t-il en ne permettant au moindre jugement de lui lester l'esprit. Néanmoins, s'il se trouvait en moi quelque autre vétille à transmettre que ma banale semence, même à vous, Altesse, cela se passerait d'esprit à esprit sans se distraire dans les contingences de la chair.

Dame Ming se mordait les lèvres, qu'elle avait rebelles et charnues. Une fièvre lui brûlait le front. Elle évoquait mille sortilèges. Elle n'était pas là pour donner, comme elle l'avait si bien prétendu tout à l'heure, un fils au maître – ou, plutôt, un fils du maître à notre prince bienfaiteur, au protecteur de la Loi merveilleuse, son frère. En dépit de son irréligion, elle était persuadée que le maître national, qui régnait sur toutes les âmes de Ts'in, de la plus humble à la plus haut placée, ce moine qu'il lui était presque accordé de retenir entre ses cuisses d'ocre brun, notre maître possédait, en plus de sa mémoire infaillible, un puissant secret, une magie inconcevable, et que cette magie était quelque chose de concret, un objet pour ainsi dire. Palpable comme le son d'un charme, subtil comme le vent dans les pins et merveilleux comme le nectar de la vache au pis intarissable : la princesse aussi rêvait.

Comme ils s'unissaient, comme ils s'étaient unis...

Pardonnez-moi encore, marquis – par la suite je ne vous le demanderai plus –, mais vous comprendrez que, si trivial qu'il paraisse en vérité relative, chaque détail des faits et des discours du maître révèle le sens profond des choses et mérite d'être rapporté avec la plus extrême précision.

Comme ils s'étaient unis, disais-je, le maître demanda à la princesse si elle honorait les Trois Joyaux.

Une grivoiserie facile la fit sourire ; elle frémit :

– Oui. Pour qui me prenez-vous ?

Elle plissa le front en s'offrant plus :

– Ainsi que tout le monde à la cour.

– En d'autres termes ? insista le maître comme s'il sondait une postulante.

– Je prends refuge dans le précieux Bouddha, récita-t-elle en se moquant, dans ses précieux enseignements et dans la précieuse communauté... à moins que la communauté...

– Que pensez-vous donc, princesse, du troisième joyau, la précieuse communauté ? s'enquit le maître en remarquant la morsure de cinabre du plaisir.

– Qu'importe, monseigneur ? maugréa-t-elle.

En le repoussant, elle le retenait.

– Vous n'êtes plus moine, que je sache, et je veux un enfant de vous, un génie à votre ressemblance. Ordre du roi !

Elle dit. Et au mot « ordre » la semence du prince de

Koutchâ se répandit dans le ventre de Yao Ming, princesse de Ts'in.

– Déjà ! hurla-t-elle en se tordant de vexation.

– Déjà quoi ? soupira le maître. N'ai-je pas fait ce qu'il fallait ?

– C'est tout ? gémit-elle comme si elle venait de tout perdre.

– Que voulez-vous encore ? Si vous êtes féconde, je vous aurai fécondée. Nous ne sommes pas là pour nous livrer aux jeux de la chambre à coucher !

La princesse grognonnait ; l'humiliation lui rétractait les traits.

– Que vous faut-il de plus ? s'enquit alors le maître.

Mais au lieu de le dire en chinois, il le fit dans la langue et le dialecte de votre race, marquis, en k'iang du Kiosque Rouge. Ce qui donnait quelque chose comme *lo pa kang tsi tö*.

Aussitôt, les yeux de dame Ming se rallumèrent, son visage se détendit.

– Vous parlez k'iang aussi, monseigneur ?

– Quelques mots que votre frère a bien voulu m'apprendre.

– Quelques mots seulement, comme dans toutes les langues que vous connaissez en plus du chinois ?

– Quelques mots seulement, répéta le seigneur Che, en k'iang toujours : *« Ts'i ka sie ma to. »*

Puis il s'éloigna de l'alcôve en rajustant sa robe.

– Que faites-vous ici, princesse ? Vous en rendez-vous compte, au moins ?

La brusque gravité du maître et l'ambiguïté de sa question troublèrent la jeune femme. Soudain, victime à la mine froissée, elle se mit à expliquer d'une terne voix de récitante que le roi l'avait chargée de recruter neuf courtisanes répondant à deux critères absolus : qu'elles soient fécondes pendant leur séjour à la Perle du Dragon, et qu'elles aient déjà enfanté un robuste garçon.

– Etes-vous féconde à l'heure qu'il est, princesse ? Auriez-vous déjà enfanté ?

L'impatience siffla entre les narines de la fausse courtisane.

– Si nous nous unissions encore et encore, je sais que je vous donnerais un fils de sang royal que vous finiriez par préférer aux fils de ces médiocres danseuses, un fils que vous reconnaîtriez, que vous aimeriez, que vous instruiriez de vos secrets pour combler les souhaits du roi...

Vous aurez senti, sage marquis, combien votre sœur pensait ce qu'elle disait ! Si elle avait effectivement été chargée de recruter les mères potentielles du ou des fils du grand traducteur Kumârajîva, au nombre de dix et non de neuf, elle s'était déjà substituée à l'une d'elles pour des raisons que, sans mépris, je taxerais d'inqualifiables.

Comme elle prononçait « un fils que vous reconnaîtriez » – ce qui était énorme pour un moine –, et « que vous aimeriez » – ce qui est constitutif chez le bodhisattva –, elle nourrissait une idée encore plus retorse que le maître nous rapporta exactement en ces termes – Seng-jouei m'en est témoin :

– Moi, princesse Yao Ming de Ts'in, j'exige de vous, simple semblant de moine désigné par mon frère le roi à la Grande Rêverie, que vous me prouviez votre omniscience et la partagiez avec moi. »

La perfidie de cette bêtise ressortait mieux sur fond nihiliste : « Puisque vous prétendez que tout est vide, vous ne m'en voudrez pas de croire que tout est permis ! »

Le maître nous répéta cette dernière phrase en éclatant de rire bruyamment. Pour lui, cette histoire et toutes les autres, telles des pagodes de concepts, ne cessaient de s'écrouler en se dressant dans l'azur, de se dissoudre en leur pureté originelle.

Jugez-en par vous-même, marquis, et appréciez la cohérence et le sérieux de votre sœur : cette mécréante se moquait bien du projet de votre frère mais croyait que la semence du maître véhiculait son génie. Du fond de son irréligion, elle pensait sans pudeur ni raison que l'omniscience dont elle affublait maître Che pouvait lui être transmise – qu'elle pouvait la cueillir aussi facilement que le jasmin d'un amant. La princesse n'était guère la seule à croire que le maître connaissait de multiples magies. Parmi les huit cents traducteurs, copistes et scribes émérites de l'Académie, nombre de moines le croyaient aussi, mais cela ne leur inspirait que plus de dévotion.

Il est vrai que la confondante prolixité littéraire du maître appelait l'idée d'un secret de la traduction absolue, voire d'une formule de « la clé de toutes les langues ». Cet accès à tant d'idiomes naturels et surnaturels justifiait, en effet, le concept de quelque sagesse extraordinaire.

Or donc, lorsque, au terme de cette première étreinte, la princesse cracha son « déjà ? », ce n'était pas tant la brièveté de l'acte qui la chagrinait que le dépit de ne pas s'être sentie pénétrée par le mystère des mystères.

Votre sœur, marquis, ne laissa pas dormir le seigneur Che les nuits de dimanche et de lundi. Le maître l'avait encore honorée sans passion, ce qui va plus loin que l'évidence le laisse croire, car il eût aimé apercevoir dans l'union du yin et du yang, en quelque sorte et assez secrètement il est vrai, la coïncidence du vide et de la concentration.

Pour un homme d'équanimité, tout valait d'être vécu. Sa maîtrise du recueillement était telle que, non seulement il respecta la discipline monastique en ne s'attachant pas un instant au violent plaisir de l'acte, mais il s'était posé au cœur même de la sainte longanimité en laissant toutes les impuretés de l'esprit qui juge fondre et s'évaporer comme neige sur une pierre brûlante.

Voilà ce qu'il nous raconta, à Jouei et moi, lorsque nous nous retrouvâmes ce mardi-là en fin de matinée.

Satya nous avait servi un copieux repas maigre, et Jouei en était à l'épineux problème de la transcription en caractères chinois des intraduisibles charmes sanskrits dont s'ornaient la plupart des textes du Grand Véhicule, lorsqu'il fut interrompu par l'entrée de la princesse Ming dans la chambre de tous les détachements – de toutes les passions.

– Encore avec vos deux savants compères ?

Je l'aurais bien remise à sa place, mais le maître me cloua le bec en la saluant avec force courtoisie. Le bodhisattva, répétait-il, ne prend jamais ombrage de quelque injure ou indélicatesse que ce soit. Je suis trop nerveux ; j'étais trop jeune, et ma compréhension par trop intellectuelle des profonds enseignements n'avait rien à voir avec leur exécution. Qui, sinon le sage, connaît la sagesse ?

– Que pouvons-nous faire pour vous, princesse ?

– Vous, seigneur Che, ce que vous savez ou, plutôt, ce que vous pouvez. Quant à vos secrétaires...

J'explosai :

– Comment osez-vous vous adresser de la sorte au maître national Che ? Notre maître peut tout. Il pourrait même...

– Révérend ! fit sèchement Jouei.

Sans l'intervention bénie de mon grand frère, j'aurais succombé à la colère et à sa vermine.

– Révérend ! me dit la Ming en forçant sa voix comme si elle tançait un enfant. Contrôlez-vous un peu et – elle éclata d'un rire rouge – respectez vos vœux !

– Ce moine n'y a jamais dérogé, mentit le maître.

– Je le trouve colérique, persifla-t-elle en arrondissant les lèvres. Cela ne vous apparaît-il point, révérend ? demanda-t-elle à Seng-jouei en se tournant vers lui.

Jouei ne dit rien, ne signifia rien. Disert en d'autres circonstances, il savait, lui, se contrôler. Pour ce qui est du maître, force m'est d'admettre que nous l'amusions : il nous regardait comme des enfants qui se chamaillent. Il avait la capacité de voir les choses tant au présent, apparences illusoires, qu'en leur état fondamental ou ultime : ouverture infinie, bonne liberté. Moi-même – souriez de cette hautaine confidence –, hors l'extase méditative, je peinais à reconnaître le clair et doux médian parmi tout ce chaos.

La colère, cependant, présentait l'avantage de me distraire de la céphalée, et pour preuve de mon incurie mystique j'explosai une autre fois :

– Et vous, princesse, n'êtes-vous pas là pour diriger ces dames ?

Ravalant sa surprise, elle grommela. Je précisai :

– Seulement pour les diriger ?

Puis, avant qu'elle ne contre-attaque à voix haute :

– Que vous prend-il, Altesse, de leur emboîter le pas ? De leur voler l'ouvrage ?... A-t-on jamais vu une altesse royale jouer à la courtisane ?

– On a vu bien pire, pauvre moine ! lâcha-t-elle avec

mépris. Votre maître ne vous a probablement pas tout appris...

– Il suffit à présent ! trancha le maître. Le révérend Tchao va vous faire des excuses, Altesse.

Je ne devais plus avoir ma tête à moi, car, au lieu de baisser le ton pour m'amender, je laissai mes grands chevaux m'emporter à nouveau.

– Excusez-moi, princesse ! Je n'avais pas songé à la raison d'Etat.

– Seng-tchao !

Le maître et Jouei m'interpellèrent d'une seule voix. La Ming tourna sur ses talons sans s'être assise ni saluer et quitta la chambre avec tous les froufrous de l'arrogance froissée. D'un bond je la rejoignis dans le vestibule sans que le maître ni Jouei n'aient eu le temps de me retenir.

– Princesse ! criai-je comme elle sortait sur le perron.

Elle s'immobilisa et, sans se retourner, me demanda ce que je lui voulais encore.

– Je voudrais savoir quelle place vous réservez aux bénédictions physiques du grand Kumârajîva dans vos projets de pouvoir ?

Ma question était assez précise pour que votre sœur, marquis, ne me répondît point ; assez pernicieuse aussi, je le reconnais, et maladroite. Néanmoins, si je m'étais permis d'attaquer de la sorte, avec autant de violence que de précision, c'était parce que, depuis près de sept ans, le maître, Seng-jouei et moi-même tenions une place d'importance dans le cœur du souverain, Sa Majesté Yao Sing, et cela nous laissait une latitude infinie en nous donnant droit et devoir de critique à l'égard du pouvoir et de ses dérives. Dans le cœur du prince, il y avait autant sinon plus de place pour les moines que pour les généraux car, au pays de Ts'in, seules importaient deux choses, deux choses aussi nécessaires que contradictoires : la Loi merveilleuse du Bouddha et la guerre. La guerre perpétuelle contre tout ce qui n'était pas le royaume de Ts'in du clan Yao.

Pour ce qui est de la guerre, marquis, j'en resterai là.

J'avais attaqué et j'avais eu tort. La colère peut en un seul instant consumer des forêts de mérites. J'étais puéril, partial et passionné. Soudain penaud, j'oubliai la princesse et regagnai la chambre du maître où l'on m'attendait, où l'on ne me semonça pas, où Seng-jouei me chuchota :

– Ne voudriez-vous pas, petit frère, ramener ce débat à sa vraie dimension, au véritable caractère des choses ? Pensez-vous que notre maître ait besoin de vous pour s'entendre avec la princesse ?

L'affaire, pourtant, n'en resta pas là, car, telle une boule de feu, la Ming réapparut au-dessus de nous ; les cheveux défaits, la face rutilante et les yeux embrasés, elle aboya :

– Vous me méprisez ! Vous méprisez toutes les femmes ! Vous méprisez tout ce qui échappe à votre pénible monachisme, tout ce qui échappe à vos insignifiantes personnes. On ne vous demande pas de croire que vous existez, bande d'adorateurs du néant ! On voudrait seulement que vous arrêtiez de distraire l'Etat de ses devoirs et de ses réalités. On voudrait que cesse la mainmise des mendiants sur le royaume de Ts'in !

A court d'invectives, elle se tut abruptement et, tout en larmes, s'agenouilla en se recroquevillant sur elle-même.

Nous autres, moines, nous ne bougeâmes pas, ne dîmes rien. Le maître et Seng-jouei égrenaient leurs chapelets en murmurant le nom d'A-mi-t'o. Je finis par les imiter tandis que la princesse, excédée, sanglotait pitoyablement.

Peu à peu, ses frissons se calmèrent ; elle cessa de renifler et son souffle se fit si ténu qu'on n'entendit bientôt plus que le cliquetis des rosaires. Puis elle désenfouit la tête de ses soieries, se redressa en rajustant ses robes et, les yeux exorbités dans un regard quelque peu dément, elle secoua les pensées qui empoussiéraient son front pour débiter de plates excuses.

– Je ne sais pas ce qui m'a pris, messeigneurs... Je vous prie de me pardonner. Révérend Tchao, vous avez raison : je suis princesse et non courtisane. Votre maître l'aura constaté. Je me suis trompée et j'ai menti, en effet. Le roi m'a certes chargée des épouses du maître, mais j'ai outrepassé sa volonté et abusé de mes prérogatives en prétendant que notre sang Yao et le vôtre, seigneur, devaient s'unir.

» Oh, révérends, veuillez me pardonner ! Mes paroles ont, comme on dit, dépassé ma pensée. Ayez de moi patience et compassion !

La princesse inspira bruyamment avant de se déplier et ressortir de la chambre sans que nous ayons desserré les lèvres autrement que pour marmonner « Na-mo A-mi-t'o-fo ».

Seng-jouei alla s'assurer qu'elle avait bien quitté le vestibule et qu'elle n'était pas déjà de retour pour une nouvelle scène.

– Alors, révérends, dit le maître en changeant de sourire, est-ce du *Lotus* ou du *Vimalakîrti* que nous devions nous entretenir ?

– Du *Lotus*, dis-je en m'inclinant vers Seng-jouei qui faisait de même à mon endroit en disant :

– Du *Vimalakîrti*.

– Je vous donnerai donc quelques précisions en ce qui concerne ces deux textes et la traduction en général.

» Démasquer les menteurs, jeune Tchao, n'a rien de méritoire. C'est de ses propres mensonges qu'il faut se lamenter.

Elever la voix contre un être vivant, fût-ce un bœuf indolent ou un lutin famélique, c'est tomber dans le piège de la colère qui rend non seulement désagréable mais aveugle.

» Quant à ma faute, révérends, la voici : la princesse voulait de moi quelque chose que je ne lui ai pas donné.

– Maître, me permis-je, elle ne voulait pas que vous lui donniez quoi que ce soit. Au contraire, j'ai l'impression qu'elle voulait vous soustraire quelque chose.

– Que voulait-elle me soustraire, comme vous dites ?

– Une formule magique, un charme, un secret.

– Quel secret, révérend Seng-tchao ?

– Un secret de pouvoir : la clé des langues, par exemple.

Je me sentis soudain ridicule.

– Je ne possède aucune clé des langues, mon enfant. Le révérend Jouei lit et écrit couramment le sanskrit, vous en convenez. L'aurait-il appris à l'aide d'une clé, ou par l'effort, la mémoire, la volonté et la concentration ?

De conserve, Jouei et moi objectâmes que le sanskrit, c'était bien beau, mais que, en plus de son koutchéen natal, du sanskrit des soûtras et du pâli des anciens textes, le grand Kumârajîva pratiquait un nombre incalculable d'idiomes, comme le sien-pei, le k'iang et le ts'ien-pou, tous plus barbares et raffinés les uns que les autres, et qui, pour être appris et à ce point assimilés, exigeaient davantage que toute l'éphémère vie d'un homme.

– Rêveurs infatigables, répliqua le maître. La clé des langues a autant de réalité que, disons, les cornes du lièvre. Aucun vacuiste authentique ne se permettrait d'y croire un seul instant. Quel bonheur et quelle science cela vous procure-t-il de me parler des appas de la fille d'une femme stérile ? L'esprit d'éveil où l'amour et la compassion resplendissent ne vous suffirait-il plus ?

Egarés comme des escargots sur un miroir, Jouei ni moi n'osions esquisser la moindre réponse tant notre puérilité nous confondait.

– Partagez-vous ces croyances naïves, celles de la princesse, entre autres innocents, qui voudraient que j'aie au centre du cerveau, ou à la pointe du cœur, sinon entre les reins, une goutte de puissance, une sphérule subtile mais concrète, en quelque sorte – et pourquoi pas une clé de matière inconcevable ? –, où se trouveraient contenus en germe tous les secrets de mon génie de pacotille ?

Si Jouei semblait gêné, moi-même, j'étais tout à fait vexé, et nous restâmes sans réponse.

– Cette femme est en colère d'abord parce que je ne l'ai pas rouée de plaisir, ensuite parce que, en me répandant en elle, je n'ai pas éprouvé de plaisir, et enfin parce qu'elle a été forcée de constater que, l'aimant comme mon enfant, je ne l'aimais ni plus ni moins que les autres – homme, sauterelle ou zombie.

Le glorieux Kumârajîva dit et, déroulant le dernier rouleau du *Lotus* sanskrit que Seng-jouei avait recopié de sa paume vide en superbe brâhmie koutchéenne, il traduisit en langue de Ts'in comme cela lui venait :

– « Lambâ », qui est une ogresse géante aux mamelles flapies, « Vilambâ », sa sœur jumelle encore plus décatie, « Krîtadantî » aux crocs acérés, « Pûshpadantî » aux canines fleuries, « Makutadantî » aux dents noircies, « Keshinî » à l'envahissante crinière, « Achalâ », monstre insatiable, figée comme le cadavre d'un éléphant, « Mâlâdharî » qui brandit un chapelet de crânes humains, « Kuntî », singulière goule aux traits divins, et « Sarvasattvaujoharî », l'exécrable cauchemar d'un vampire qui sucerait la force vitale de tous les êtres, « ces dix ogresses accompagnées de leur diablesse de mère, de leurs enfants et de leurs familiers s'approchèrent du Bouddha et d'une seule voix lui dirent... »

Le maître contrefit sa voix : nous étions dans un temple souterrain perclus d'échos déchirants, de grincements nauséeux.

– « Vénéré des mondes, disaient-elles en exsudant le poison, nous aimerions, nous aussi, protéger ceux qui lisent, récitent, retiennent, détiennent et transmettent le *Soûtra du Lotus Blanc de la Loi Merveilleuse* en chassant les mauvais esprits qui pourraient leur nuire. » Elles parlent là de certains maux de tête, certains ragots, certain petit amour du pouvoir. « S'il s'en trouvait un seul qui abusât des faiblesses d'un détenteur de cet enseignement, nous ne le laisserions pas agir à sa guise. »

» Alors, devant le Bouddha elles prononcèrent cette formule :

Iti me iti me iti me iti me iti me
Ni me ni me ni me ni me ni me
Ruhe ruhe ruhe ruhe ruhe
Stuhe stuhe stuhe stuhe stuhe
Svâhâ,

» Syllabes sacrées dont la transcription chinoise pose problème, je vous l'accorde.

» "Plutôt nous faire piétiner la face que de permettre aux démons d'importuner un maître de ces enseignements." Feu de tout bois pour incendier le brasier des mondes lui-même, feu au feu et mort à la mort : il n'y a jamais eu de jugement juste ! "Les yakshas" mangeurs d'hommes, les ogres "râkshasas", nos mâles virils et laids, les "esprits faméliques, les pûtanas", nauséabonds semeurs de fièvres, les "krityas" leveurs de cadavres, les "vetâlas" zombies cramoisis, les "gandhâras" jaunâtres, les "unmadakas" noirs qui rendent fou, les glauques "avamâras", les "ressusciteurs" d'ogres et d'humains, les "enfiévreurs d'un, deux, trois, quatre, cinq, six ou sept jours, et les enfiévreurs chroniques à forme d'homme ou de femme, de garçonnet ou de fillette, nous ne laisserons aucun de ces êtres de cauchemar importuner les maîtres de cet enseignement."

» Suivent deux stances et demie en vers mnémoniques où je remarque le mot *arjaka*, lequel désigne un arbre dont les bûches se fendent toujours en sept... Les écraser "comme sésame en huile" est aussi explicite en matière de "traitements les plus âpres"... Bref, les ogresses offrent de protéger tous les authentiques détenteurs du *Soûtra du Lotus*, révérend Jouei, "afin qu'ils restent sereins, que nul malheur ne les importune, et pour qu'aucun poison ne les affecte".

» Le Bouddha dit alors à la foule des ogresses :

» "C'est bien, c'est bien. Si vous pouviez déjà protéger ceux qui retiennent seulement le titre de ce soûtra, *Lotus Blanc de la Loi Merveilleuse*, vos mérites seraient incalculables ; à plus forte raison si vous protégez ceux qui le retiennent en entier et l'honorent... Princesse Kuntî, et vous toutes, soyez donc les protectrices de ceux et celles qui détiennent ce soûtra !"

Les êtres éveillés ne voient pas les monstres comme nous, qui le plus souvent ne voyons rien. Ils les voient, certes, et ressentent leur souffrance mais, au même instant, ils contemplent les prodiges de la sagesse en éprouvant la félicité suprême ; simultanément, leur indéfectible compassion s'active à montrer aux monstres et à tous ceux qui souffrent que leur souffrance et la félicité suprême sont pareillement vides.

Ainsi rêvait mon mal de tête, mon infatigable envie d'exhumer le poème absolu. Or, tout ce que je savais ne valait pas une goutte de la grande médecine dont, avec les malades et les alchimistes, je rêvais en redescendant vers le Temple Chaumière.

Je connaissais tant de sublimes vérités et pourtant, chaque pas, de nouveau, embellissait ma céphalée. N'est-il pas injuste, pleurnichai-je, d'avoir toujours, toujours, toujours le crâne endolori, piétiné, concassé ? Riez, marquis, de mon incohérence, et profitez du bonheur d'avoir une caboche qui ne vous fait pas mal !

Si j'étais un véritable fils du Bouddha, je m'en tiendrais à ce que j'ai décidé et ma patience m'ouvrirait les portes de l'amour et de la connaissance ; j'aurais patience à l'égard de la vacuité de la vacuité, à l'égard de mes douleurs – tout m'inspirerait patience. Autrement dit, le sans-naissance en action : qui, réellement, souffre de quoi ? Souffrir avec patience : cela permettrait-il de penser correctement ? Tout acte immensurable porte, à juste raison, le nom de patience. Patience à l'égard des menteurs envahissants, des diarrhées du verbe, des algies obsessionnelles. Personne ne reçoit les coups, nul ne les donne. Pas de couteau, pas de bâton ! L'emportement, la rage, la guerre elle-même sont dépourvus de l'unité qu'il leur faudrait pour exister réellement. Non pas absence d'apparence, mais apparence d'absence.

Les criquets creusaient le silence, mes pas résonnaient dans ma tête. Je ne connaîtrais jamais quelque patience que ce fût, et j'exultai. Oui, marquis, j'exultai. Je pensais à votre sœur, petite ogresse à la divine silhouette : souffrance et contradiction, elle était, elle aussi, un trésor de compassion.

4

Immobile

Je vous sais, marquis, d'un naturel pur et posé ; vous avez l'âme exigeante et l'esprit droit ; rompu aux sciences séculières, vous avez étudié la Loi merveilleuse du Bouddha et votre pénétration du principe absolu vous a véritablement montré le réel. Depuis, votre vie suit la grand-voie, et votre dévotion, fils de roi, demeure sans pareille. Votre personne cependant, eu égard à votre rang et à votre santé, ne peut se dérober aux devoirs temporels. Or, même à la guerre, m'ont rapporté vos lieutenants, vous avez poursuivi votre méditation sur les plus profonds traités de notre école et, pour preuve, vous n'avez jamais manqué de compassion : à l'instar de votre frère, vous êtes allé jusqu'à honorer vos prisonniers, jusqu'à pleurer sur vos victoires. N'est-ce pas ce qu'il y a de mieux à faire lorsqu'on ne peut échapper aux essentiels conflits des princes ?

Moi-même, Seng-tchao, je suis un enfant de la guerre. Si j'ai connu ma mère, qui est morte à présent, j'ignore le nom de mon père. Nous étions pauvres et, gamin, je survivais en livrant des petits plats, des rafraîchissements et toute espèce d'en-cas aux artisans de mon quartier.

Je n'avais pas eu l'occasion d'aller à l'école mais, dès que je sus parler, je retins toutes les chansonnettes, les jeux de mots et les expressions fleuries que je parvenais à comprendre ou à me faire expliquer, si bien que dans l'atelier du seigneur Fang, où œuvraient une demi-douzaine de copistes, chacun me prit sous sa coupe en voulant m'initier à son art. Il me suffisait de copier un caractère une seule fois pour le retenir. Aussi rapide que moi, Fang Long, le fils unique du patron, devint mon meilleur ami. Nous avions le même âge, partagions les mêmes jeux et, lorsque nous eûmes dix ans, on me confia mon premier rouleau de soie cirée, à moi et non à lui, ce qui ne manqua pas de le dépiter profondément : ainsi honorai-je ma première commande, un *Classique de la Piété Filiale* destiné à une dame de la cour.

Sa Majesté Fou Kien, grand protecteur de la Loi merveilleuse, célébrait bien malgré lui la dernière année de son règne ; le chaos qui secouait alors Tch'ang-an jusqu'au fond de notre échoppe répétait cruellement les aberrations de l'histoire telles que je les copiais et les recopiais pour m'instruire en ne mourant pas de faim.

La Chine n'est qu'une statue brisée dont chaque éclat rêve, impérialement, de se réincorporer les autres. La dynastie de nos rois s'effondrait ; Fou P'i et Fou Teng, fils et petit-fils de Fou Kien, succombèrent aux assauts de votre clan guerrier, marquis, et tandis que Yao Tch'ang, votre père, s'emparait de Tch'ang-an, les Yen postérieurs, les Wei septentrionaux, les Liang du clan Lu et ceux du clan T'ou-fa, les Ts'in occidentaux et d'autres Sien-pei en mal de civilisation s'entre-tuaient pour plus de monts, plus de rivières, et parfois s'unissaient pour fondre sur le royaume le plus grand, le seul qui fût chinois, et que tenait l'empereur Siao-wou des Ts'in.

L'histoire écrite, annales et chroniques, ne manquait pas de me passionner mais, à concrètement voir les crimes dont elle se nourrissait, ma passion pour elle déclina et je ne tardai pas, en tant que copiste, s'entend, à devenir le spécialiste, chez les Fang, des textes les plus répandus dans les milieux de la mystériologie, dont la plupart chantaient, non sans à-propos, le néant et ses charmes, tant cet automne traînait, où les têtes tombaient comme des feuilles mortes. Plus que leurs commentaires parfois géniaux, j'aimais Lao-tseu, Tchouang-tseu et Lie-tseu, dont j'ai si souvent recopié les chefs-d'œuvre. Nous avions quinze ou seize ans et la philosophie taoïste, toute de désobéissance et d'intériorité, nous faisait subversivement rêver, moi, bien sûr, mais surtout mon ami Fang Long qui ne voulait plus calligraphier au pinceau mais à l'épée, pour ou contre n'importe qui.

L'an IV de l'Instauration du Commencement touchait à sa fin quand mon esprit fut le siège d'une illusion extraordinaire. J'avais reçu commande du *Soûtra des Enseignements de Vimalakîrti*, mon premier travail sur un texte bouddhiste, et, à la lecture de ce trésor d'art et de sagesse, je m'illuminai.

Ensuite, comme je le recopiais avec le sentiment non pas de transcrire les paroles d'un autre mais d'écrire exactement tout ce que mon cœur recelait de merveilles, j'étais convaincu d'avoir enfin trouvé ma vraie pensée. Au mépris du temps et du reste, j'écrivais encore quand la nuit tomba, mais ses ténèbres n'arrêtèrent pas ma main. Agenouillés à mes côtés, Fang Long et son père me suppliaient de conclure. Ils insistèrent avec tant d'amitié que, reposant lentement mon pinceau d'où les mots « patience à l'égard des réalités jamais nées » venaient de se détacher pour se fixer sur la soie, j'éclatai de rire, fondis en larmes, puis les deux à la fois. M'emparant avec adoration du saint modèle et de sa copie, je les posai au sommet de mon crâne encore chevelu et, la gorge émue, le nez coulant et les yeux rouges, je répétai cent, sinon deux cents fois :

– Je sais enfin où je vais !

Je le savais tellement que, à la plus ou moins grande surprise de Fang Long et de mes aînés copistes et calligraphes, je devins novice au monastère bouddhiste du Mandarin de Céramique auprès du révérend Tchou Fonien, le grand traducteur sino-barbare qui, avec le seigneur Tao-an, érudit autant que visionnaire, avait posé les fondations de l'Académie de la Libre Errance dans les jardins du palais royal, sous la protection de Fou Kien, l'ennemi juré de votre père.

J'avais vingt ans lorsque votre frère Yao Sing accéda au trône en instaurant l'ère de l'Auguste Incipit. Je reçus alors, de Tao-an en personne, les deux cent cinquante préceptes de pureté qui font d'un novice un moine parfaitement ordonné. Il semblerait que, dès lors, mon penchant pour la connaissance transcendante, merveille de vivre immédiatement l'insubstantialité de chaque objet de connaissance, se soit traduit par une inénarrable suite de rencontres, de provocations et de joutes magnifiques contre les tenants de quoi que ce fût qui concernât la fréquentation du réel, et d'où je ressortais immanquablement vainqueur. Je n'en avais que pour le non-être fondamental tel que Tao-an l'enseignait – le néant du néant comme une source vive – et, fourrant la vacuité de la vacuité dans toutes les oreilles, je me proclamai universel réducteur à l'absurde en déplorant que nul génie patenté de l'esprit ne s'aventurât plus à me contredire.

Je ne savais guère de quoi je parlais mais me sentais à un doigt de la vérité. Je confondais la soi-disant pureté de mes propos avec l'adorable pureté du silence. De bibliothèque en bibliothèque, je lisais, écrivais, lisais et écrivais en bâclant mes prières pour polir une phrase, en quête de l'hapax qui lève tous les voiles, et mes tentatives de méditation me faisaient invariablement songer aux fades gloussements que l'on produit en engouffrant les nouilles d'un bouillon.

Emu, à la longue, par l'abîme de bêtise qui défendait l'îlot de mes mots contre les profondeurs du monde, j'hésitais toujours à me colleter avec ma méprise. Je me disais béni par la déesse de l'éloquence, mais en fait je léchais les hémorroïdes du démon de l'orgueil, de ce petit dieu qui me faisait croire, au comble de l'indifférence et du désœuvrement, que l'ivrognerie du beau avait quelque chose à voir avec la beauté et le bien de la beauté. Erreur de poète qui, agissant en mots, n'agit pas ! Je n'avais aucune excuse. « Jeune moine de renom », l'évidence me courba enfin l'échine, et ce navrant constat refit de moi le copiste essentiellement calligraphe que j'avais toujours été. Bouddhiste convaincu cependant, je m'efforçai de contrôler, décidément, mon esprit.

Un jour, un jour béni, mon ami Fang Long qui ne croyait plus même au Tao des philosophes, me parla comme par inadvertance d'un être exceptionnel, un thaumaturge bouddhiste, un barbare affublé de l'imprononçable nom de Kieou-mo-lo-che-po. Ce nom ne m'était pas inconnu : je l'avais entendu de la bouche de mes maîtres dès qu'il s'agissait de la connaissance transcendante si difficile à traduire, mais les langues étrangères, dont le sanskrit du Bouddha, ne m'intéressaient pas le moins du monde – la connaissance, déjà, avait tant à faire en chinois ! Toutefois, les syllabes Kieou, Mo, Lo, Che et Po qui s'étaient envolées des lèvres de Fang Long ne s'arrêtèrent pas dans mes oreilles mais me descendirent droit au cœur où se déploya une illumination analogue à celle qui m'avait surpris à la lecture des *Enseignements de Vimalakîrti*.

– Si je ne me trompe, dis-je à mon frère Long, le grand homme vit au milieu du Désert. N'est-il pas l'aumônier du roi de Koutchâ ?

– Il y a belle lurette que tout cela n'est plus ! Reviens de temps en temps visiter notre monde, l'ami ! Voilà plus de quinze ans que le général Lu Kouang a décapité le roi de Koutchâ et fait prisonnier son aumônier !

Lu Kouang avait eu pour mission de ramener le saint homme à l'Académie de Tch'ang-an, mais comme alors, à Tch'ang-an, c'était la guerre civile et que le roi Fou Kien agonisait dans la hargne de votre père Yao Tch'ang, le général, se réjouissant de n'avoir plus de maître, s'était emparé de l'oasis de Kou-tsang, la dernière avant la Chine, où il avait inventé le trône d'une nouvelle dynastie Liang pour s'y reposer de toutes ses campagnes.

Non bouddhistes, Lu Kouang et sa cour de Huns « Lueyang-ti » redoutaient les pouvoirs magiques de leur impénétrable prisonnier : ils le consultaient à tout propos, astres, songes et présages, mais ne souffraient pas la sagesse de ses réponses qui, inlassablement, les invitaient à moins de sauvagerie.

A la mort de Lu Kouang, ses fils s'entre-assassinèrent pour le pire des trônes, mais, humblement tapi dans sa résidence surveillée de « Grand Magicien Trop Bon Pour

Etre Vraiment Redouté », Kieou-mo-lo-che-po étudiait le chinois et, sous la férule de penseurs aussi éclairés que le confucianiste Hou Pien, il lut passionnément les Classiques et la littérature historique, en leur préférant toutefois les traités médicaux et l'ensemble des grands poèmes taoïstes.

Il me parut chaque jour plus évident et vrai que le prisonnier de Kou-tsang était mon maître de sagesse et que je devais me rendre auprès de lui pour le servir. Plus mes supérieurs me l'interdisaient en invoquant, à juste titre, la guerre qui ravageait le Nord, plus Fang Long me proposait de leur désobéir en étant un brave – un vrai moine, souriait-il avec la plus fraternelle malice. Si bien qu'aux premiers jours de l'été de l'an IV de l'Auguste Incipit, Fang Long pour l'« expérience » et moi pour la « connaissance », armés de nos vingt-cinq ans et d'une soif intransigeante, nous prîmes la route du Désert.

Nous croisâmes des cavaliers hirsutes qui rentraient à Lö-tou, au Tsinghai : ils revenaient du pillage de Kou-tsang, mais non, ils n'avaient pas fait de prisonniers. De toute façon, là-bas, il n'y avait presque plus personne de vivant.

Ce n'est pas ici le lieu de décrire les exécrables indignités de la guerre ; il suffira de préciser que notre voyage, entièrement confié à la volonté de nos jambes, dura plus de trois lunes, et qu'il était moins difficile d'enjamber une montagne que le cadavre d'un homme. Comme enfin, tannés jusqu'à la moelle par les solitudes, nous atteignions le territoire de Kou-tsang, d'autres soldats en guenilles nous croisèrent : ceux-là venaient de Tchang-ye, quelque part au nord des dunes mouvantes, mais ils n'avaient pas réussi à faire rendre l'âme à Lu Long, le quatrième roi de l'oasis.

Sinistre oasis dont seules les murailles n'avaient pas pourri, dont les portes restaient closes tout le jour pour s'entrouvrir à minuit, le temps d'expulser les cadavres et de rentrer le petit bois. Ceux qui n'étaient pas morts ou abrutis de douleur et de faim nous supplièrent de les prendre à leur service. Un enfant teigneux aux dents noires mordit Fang Long à la main. Moine au crâne lisse, aux yeux troublés de larmes, je devais inspirer une sorte de crainte, car nul ne tenta de me croquer ni ne m'estourbit pour me mettre à cuire. Quel était cet enfer où, jadis, entre les tempêtes de sable et les températures extrêmes, les gens d'ici s'enrichissaient à la cadence des caravanes ? Notre maître était retenu en enfer et pourtant, dans l'enceinte du palais royal, humblissime palais qui se délitait, nul ne nous empêcha de nous rendre auprès de Kieou-mo-lo-che-po, l'obscur moine savant dont les quartiers, ou plutôt la chambre et la bibliothèque, occupaient un petit pavillon diaphane au milieu d'un bosquet de souches fraîches que les ronces déjà recouvraient à moitié. Ici, les purs propos, les mystères et toutes les subtilités de la sophistique agonisaient naturellement.

Glorieux mirage, le maître m'apparut tel que je l'ai toujours connu : assis bien droit devant une table couverte de manuscrits ; solitaire altier au regard dévorant, il égrenait un chapelet minuscule. Fang Long ne daigna pas se prosterner ; quant à moi, un moine jailli de l'ombre me rejoignit pour m'aider à me relever de ma première prosternation en me signifiant, dans un chinois cryptique, que ce n'était pas la peine de continuer. Puis le même moine, qui s'appelait Satya, nous pria de prendre place sur les nattes étalées devant la table et, prestidigitateur efficace et discret, il nous confia à chacun un bol de tisane où toute mon excitation ne parvint pas à se noyer.

– D'où venez-vous, messeigneurs ? Avez-vous fait bon voyage ? dit en chinois maître Che, avec un accent qui aurait pu être le mien.

Il ne nous dévisageait pas, ne nous démasquait point, mais nous voyait. Jamais visage ne me sembla plus inexpressif, regard plus enfui, présence plus évasive.

– Ne faut-il pas un esprit pour comprendre la vacuité des phénomènes ? chuchotai-je en guise de salutation.

– L'esprit ne se trouve ni dedans, ni dehors, ni entre les deux. Alors, quel esprit pourrait-il comprendre quoi que ce soit ?

A cette idée, que j'avais déjà lue sans qu'elle me frappe particulièrement, je m'oubliai dans une troisième illumination et, en effet, cela n'avait rien à voir avec l'esprit.

Dès cet instant éminemment béni, un lien sacré nous unit dans la merveille, maître Che et moi, comme si, vieux amis de toujours, nous nous étions enfin retrouvés. Quelque peu jaloux de cette intimité si preste, Fang Long se moqua de mon « mysticisme » autant qu'il le pouvait, puis il repartit pour Tch'ang-an en m'expliquant que si, moi, j'avais « trouvé », lui, « pas encore, et probablement jamais ». Je restai donc auprès du seigneur Kumârajîva et de Satya, son serviteur, dans les murs de Kou-tsang qui s'évanouissait, et depuis, nous ne nous sommes physiquement séparés qu'une seule fois, lorsque, tout à l'heure, j'ai abandonné ses saintes reliques à la cour.

Mais écoutez cet autre prodige ! Dès ma première rencontre avec le meilleur des bouddhas, dès lors précisément, je suis devenu sujet à des maux de tête erratiques mais terriblement puissants ; sitôt que je m'en plaignis au sage en implorant le soulagement de ses bénédictions, il me répliqua :

– Qui souffre ? en accentuant le pronom interrogatif.

Par la suite, il ajoutait souvent :

– Quand vous l'aurez trouvé, celui-là, vous serez le plus compatissant des êtres compatissants !

Aux premiers jours de l'an III du Commencement de la Propagation, le roi Lu Long de Kou-tsang, qui craignait que le seigneur de Ts'in ne l'écrase d'un revers de la main, crut sauver son vilain petit royaume en « offrant » à son dangereux voisin le plus sage et le plus savant des bouddhistes sous notre ciel, le célèbre Maître des Trois Corbeilles Kumârajîva de Koutchâ ; et c'est ainsi que, sans mérite particulier, je me retrouvai du jour au lendemain secrétaire du maître national Che, le maître spirituel du roi de Ts'in, notre souverain, et responsable de la renaissante Académie de traduction des textes sacrés. Heureusement qu'alors Seng-jouei, expert tant en quiétude qu'en sanskrit, ne tarda pas à se manifester ! Sans sa présence, notre entreprise n'eût été qu'un poème. Il me confia le pavillon des copistes, s'attribua celui des traducteurs et supplia le maître de prendre place sur le trône de lions pour que s'élève le profond et vaste rugissement de la vérité.

Nous fûmes bientôt plus de cinq cents, plus de cinq cents moines du Bouddha aux prises avec le mot juste. Et il nous arriva de méditer à mille dans la salle de la Clarté du Couchant, le plus grand pavillon des jardins de la Libre Errance, entre les bois du palais royal et les bords de la rivière Wei : mille crânes ras et ronds sous un nuage d'ambroisie.

Hélas ! marquis, vous étiez à la guerre l'année où maître Che nous montra les merveilles de la terre pure d'Occident, Sukhâvatî où les plus grands pécheurs renaîtront s'ils prononcent une seule fois le nom du bouddha A-mi-t'o. Et vous étiez encore à la guerre quand, deux années durant, le maître nous transmit, texte et sens, syllabe par syllabe, le *Soûtra de la Grande Connaissance Transcendante en Vingt-Cinq Mille Stances*, puis le même en huit mille stances, puis ce soûtra exceptionnel intitulé *Connaissance Coupante Comme le Diamant*, et enfin, le sublimé de toute sagesse appelé *Soûtra-Cœur* : vingt-cinq mille stances sur l'insubstantialité universelle réduites à trois paragraphes essentiels. Par la suite, vous étiez encore au front lorsque nous traduisîmes selon le même processus le *Traité en Cent Stances* de Nâgârjuna – « votre » traité, si je puis dire.

C'est à la même époque, en l'an IV, que s'échappa de mon pinceau un petit essai en deux mille caractères qui s'élevait contre à peu près tout et dont il ne m'importait aucunement qu'il plût, ou pas. Maître Che en prit connaissance, comme de tout écrit, et me fit un compliment qui me laissa plus perplexe que tous ses aimables rabrouements.

– Ma compréhension ne diffère pas de la vôtre, s'efforça-t-il de me mentir. Quant à votre style, révérend, nous devrions nous permettre de mutuels emprunts.

Voulait-il dire que la pertinence avait visité l'auteur d'un pamphlet intitulé *La Connaissance est inconnaissance* ?

Nous procédâmes ensuite à l'énorme tâche de traduire, de l'incomparable Nâgârjuna encore, le *Traité de la Grande Connaissance Transcendante*, qui est une encyclopédie de la claire vacuité dont la version chinoise occupe cent rouleaux : le maître en décortiqua pour nous chaque finesse sans la moindre lassitude, la moindre hésitation, dans un chinois idéal mélodieusement entrecoupé de périodes sanskrites.

Rappelez-vous, marquis, rappelez-vous à chaque instant, juste maintenant, qui me lisez, rappelez-vous que votre corps, vos sensations, vos représentations, vos compositions et vos consciences sont vides, autrement dit, que leur essence n'est constituée d'aucun attribut réel. Gardez courage en vous rappelant que vos sens et leurs objets sont vides ou, plus exactement, inqualifiables dans toutes les logiques. Votre œil, par exemple : croyez-vous qu'il existe réellement ? Avez-vous vu qu'il n'en était rien ? Vous l'avez vu. Le petit bonhomme de votre pupille se compose de parties subtiles, elles-mêmes constituées de particules de plus en plus ténues ; et ces particules, qui ne se situent qu'à un cheveu du néant, sont elles-mêmes, encore et toujours, divisibles à l'infini. Si bien que l'insécabilité des atomes matériels qui ultimement nous constituent présente tous les défauts d'une pensée inachevée et, par là même, inadmissible.

A l'image de cet atome qui, en dépit de son nom, n'est pas insécable, aucun objet ne correspond aux multiples appellations qu'il a reçues depuis l'absence de commencement : notre erreur est la conséquence d'une infime méprise et, par-delà le temps, l'ignorance et la souffrance, le mot « moi » emploie toute son énergie de mot à se distinguer du mot « monde », alors que le mot « bodhisattva » se répand par-delà lui-même dans les prodiges du mot « éveil » et de l'abyssal renversement des mots.

A une seule occasion, une seule, les choses n'allèrent pas de soi. Au vu de la confusion et des incessants débats qui divisaient les moines en matière de discipline, maître Che invita le Cachemirien Punyatrâta, authentique détenteur de la Règle pan-réaliste, afin qu'il nous transmette la *Somme en Dix Chants* où sont exposés, commentés et sur-commentés tous les préceptes de la vie religieuse. Notre maître vénérait le moine cachemirien et tenait la discipline pour l'expression pure de la réalisation intérieure ; c'est avec une concentration parfaite qu'il couchait lui-même par écrit, en cursive brâhmie, les longues proses rythmées de stances que Punyatrâta psalmodiait en les récitant de mémoire comme s'il les lisait dans un livre que nous ne voyions pas. Hélas, les circonstances parurent soudain telles que le doux rigoriste, alors qu'il desserrait les lèvres pour entamer le dixième et dernier chant de la *Somme*, émit un coup de glotte aigu et sa tête s'affaissa sur sa poitrine : il était mort en prêchant, et la discipline des pan-réalistes ne fut, une fois encore, pas entièrement transmise en terre de Chine.

La communauté reconduisit gravement Punyatrâta aux Sources de la Terre, puis le maître reprit ses enseignements, mais cette fois sur la pratique du vide elle-même, sur les expédientes méthodes de la compassion. Il commença par le dixième chapitre du *Soûtra du Filet de Brahma*, « où le bouddha Vairochana expose les préceptes des terres de l'esprit des bodhisattvas », que nous appelons plutôt « Pénitentiel des Bodhisattvas » et qui, bien que n'excédant pas deux rouleaux, fut, est et sera l'autorité textuelle la plus suivie du Grand Véhicule. Le « Pénitentiel » récité en sanskrit par le maître, traduit et commenté par lui en chinois, puis recopié en trois cents exemplaires par nos moines, fut remis aux trois cents héros et héroïnes, religieux et laïcs de la capitale qui acceptaient de devenir des bodhisattvas.

A l'approche de l'été de l'an VII, le maître décida qu'il était temps d'aborder le *Soûtra du Lotus* et les *Enseignements de Vimalakîrti*, où les Eveillés insistent sur la profonde unité de la clarté rayonnante des choses et de leur insubstantialité. La retraite annuelle accomplie, il réveillerait ces textes dans l'esprit merveilleux des bodhisattvas authentiques, à huis clos toutefois, car il n'était plus question de philosopher sur le vide mais, sans jugement ni croyance, d'explorer les terreurs de sa fonction réelle en évitant de heurter les âmes non préparées !

C'était la saison des retraites et, au Temple Chaumière, chacun priait, méditait, rêvait comme il voulait. Certains copistes que la contemplation n'avait point bénis reprirent leur pinceau : le roi nous avait offert l'encre et la soie nécessaires aux quelque dix mille rouleaux qu'allait occuper le *Traité de la Grande Connaissance* recopié en cent huit exemplaires. Et vous, docte et pieux marquis, vous aviez encore l'audace de traîner au front... Mais quel front à la fin, puisque d'un instant à l'autre, je le sens, Ho-lien Po-po sera ici pour tout raser ?

C'était l'été et chacun digérait, avec ou sans activité, la Loi merveilleuse. Constamment cependant la pensée de mon maître m'occupait ; son image m'obsédait, et la fantasmagorie que là-haut il menait, à la Perle du Dragon, ne laissait pas de m'intriguer ; je n'avais, comme toujours, qu'une seule irrésistible envie : en savoir plus.

Or, en la présente convention, il advint qu'une courtisane du nom d'Immobile surgît dans la sphère d'apparence du seigneur Kumârajîva, une Sseutchouanaise olivâtre dont le maître me déclara d'entrée qu'elle « rayonnait singulièrement » :

– Non seulement à son contact, révérend, mais près d'elle, et même relativement loin, j'ai éprouvé une espèce de puissant vertige. J'ai soudain eu l'impression que la monitrice Ming, mon amante déçue, m'avait apporté un gouffre en forme de femme.

Une femme du nom d'« Immobile » : voilà bien une remarquable singularité, puisqu'il n'existait rien au monde de plus mouvant, voire de plus remuant, que cette énervée du nom d'Immobile ! On eût dit le vent lui-même, le grand élément vent dont elle avait en quelque sorte le teint verdâtre.

Tel est du moins le sens des premières pensées qu'Immobile inspira au maître lorsqu'ils se rencontrèrent au crépuscule du huitième jour de la cinquième lune de l'an VII. Dans le même mouvement, le grand homme ne put se retenir de la trouver, non pas laide, mais belle en aucun cas, simplement belle comme Sans-Souci, Rouette ou la princesse. Elle avait le nez trop retroussé et les lèvres trop minces, le front trop vaste, le lobe des oreilles trop charnu, les pommettes et le menton aigus, et les mains comme des sarments que terminaient des ongles plus rebondis que des coquillages. Cette apparence, soupira le maître, ne constituait-elle pas une deuxième remarquable singularité ?

Toutes les dames arborent un éventail, mais Immobile martyrisait un chasse-mouche à manche de cristal et « poils en moustaches de dragon », comme elle s'empressa de le spécifier. Un amuse-doigts plus distrayant qu'un chapelet. Et à cette troisième singularité s'en greffait une dernière, quelque chose d'assez délicat que je ne parviendrai peut-être pas à décrire. Se confiant à moi sans réserve, le maître insista sur l'idée qu'il lui faudrait parfois bafouer mon goût de la circonspection s'il voulait bien me faire saisir l'unique sens possible de cette rencontre.

Le premier soir donc, dame Immobile s'était présentée à lui comme une femme indépendante : ni épouse, ni nonne, ni même courtisane.

– Mais alors ?

– Lorsque j'ai été sollicitée par la princesse, j'ai immédiatement compris qu'on me donnait l'occasion de rencontrer un être exceptionnel.

Sourd à ces communes flatteries, maître Che voulait toutefois savoir quel genre d'oiseau la princesse avait décrit à Immobile.

– Un seigneur Che de Sérinde, gloussa celle-ci, non seulement prince mais sage. Votre duègne, fit-elle soudain sur le ton de la confidence avec une moue dégoûtante, a même accompagné le mot « sage » d'une grimace qui m'a tout dit sur vous.

– Tout ?

– Tout, monseigneur. J'ai immédiatement su, par exemple, que vous étiez moine du Bouddha et que vous aviez renoncé à vos vœux.

– Vous l'avez su sans que la princesse ne vous l'ait dit ?

Se contenant à grand-peine, elle répéta en fronçant les sourcils :

– Sa grimace m'avait tout dit.

Elle ne mentait pas et le maître s'étonna. Il s'étonna au point de lui faire un aveu :

– Ici et maintenant, je ne suis plus moine. Mais le reflet parlant qui vous fait face, madame, est proprement en train de s'engouffrer dans votre regard.

A l'ombre de son front démesuré, Immobile bandait,

pour ainsi dire, l'arc de ses pupilles insondables aux iris rutilants de violets, deux globes proéminents que peinaient à retenir des paupières aux cils courts, et d'où rien n'émanait qu'une irrésistible invitation à se noyer.

Maître Che se reprit pour ne pas succomber à la stupeur où Immobile croyait déjà l'accueillir. Il lui paraissait navrant de disparaître, tout fantôme ou ombre ou mirage qu'il se sentît, dans les yeux de cette inconnue dont le mystère, foi de bodhisattva, ne devait que raviver en lui l'esprit d'éveil et le renoncement.

Quand ils mangèrent maigre et sans boire, Immobile se plaignit. Puis elle accabla son client de questions insensées, de raisonnements charabiesques, de délires péremptoires qui tous portaient sur la connaissance du yin et du yang, l'homme et la femme, bien entendu, mais sous l'angle biaisé d'une mauvaise interprétation du « mystère des mystères, la porte de toutes les merveilles » qui ouvre le *Classique du Tao et de ses Vertus*. Ce n'étaient là que purs propos et mystériologie, dramatiques épilogues à la mode tant au bordel qu'au fond des bambouseraies philosophiques ; Immobile, cependant, s'exprimait non comme une courtisane lettrée, rare femme libre, mais comme une chamane, à tel point que le maître lui demanda si elle n'était pas faiseuse de pluie, guérisseuse, devineresse...

– Non plus, dit-elle laconiquement, enfin.

Maître Che reconnut un autre jour qu'il ne m'avait pas tout dit de la perplexité où cette femme l'avait plongé. Parvenez-vous à concevoir, marquis, que Kumârajîva de Koutchâ pût être perplexe ?

Dame Immobile chantait le chaos primordial et la sainte horreur du chaos, horreur qui lui inspirait une joie hideuse. De nouveau le maître se tut : il y avait quelque chose de gluant dans la pensée, dans la personne de cette femme. Cette qualité gluante, pourtant, pas plus que n'importe quel autre phénomène, n'échappait au diamant général, à l'inaltérable pureté de ce qui, jamais venu à l'être, ne sombrera jamais dans le néant. Au terme de cette pensée, maître Che recouvra l'intégrité de son courage : en aucun cas il n'aurait, simple reflet lui-même, déserté le miroir de l'éveil et des passions.

La chimère entendait qu'ils copulassent nus et, lorsqu'ils se déshabillèrent complètement, le maître découvrit sans autre surprise que son épouse avait le corps aussi contrefait que la tête ; son regard de bodhisattva s'attarda entre l'ombilic et les poils pubiens de la chamane, où sept grains de beauté dessinaient la Grande Ourse. Les côtes saillantes, les genoux osseux et les mamelles relativement énormes, rien de cela n'attira l'attention du maître autant que la petite constellation qui brillait sur le ventre d'Immobile.

Les attouchements médicaux précédèrent une caresse précise, saccadée de couinements, et le corps du maître surmonta son évidente impéritie : la dame l'attira violemment contre elle en guidant certaine forte tige, fière mais naïve, jusqu'à l'entrée de cet « endroit humide où le vent ne parvient pas », si l'on s'en tient à la pudeur de la Règle. L'instant suivant, le maître eut l'impression qu'il ne finirait jamais de s'introduire en elle. Du paisible au-delà où il s'était réfugié, me dit-il en riant franchement, il se sentit tout à coup attiré vers le fond d'un précipice : il tombait. Leurs pubis se heurtaient mais il lui sembla que ses reins ne cessaient d'avancer, que son rachis tout entier se tassait à l'extrémité de son cierge, que sa cervelle se déchirait en fondant.

Nulle ébauche, même conceptuelle, de plaisir.

D'instinct, il se retira d'un coup, le dos et le crâne sauvagement meurtris ; des phrases se tortillaient dans tout son corps : il implorait les bouddhas et les bodhisattvas. Une moiteur géante alors l'emporta dans un dédale de rêves dont l'un, où il s'affolait de ne plus savoir voler, le réveilla dans une situation qu'il qualifia d'abord de scabreuse, puis, en riant à gorge déployée, de burlesque.

– Il m'aura fallu attendre soixante-deux ans pour connaître ça ! s'esclaffa-t-il encore en m'intriguant de plus belle. Immobile me chevauchait dans la nuit. Etincelles blanches et rouges, ses ongles et ses yeux voletaient dans les ahanements, les râles, les jurons disloqués. Moi, je ne sentais, là, rien de particulier. Cette femme s'était empalée sur moi et se trémoussait comme une diablesse à mille lis de mon ventre. Loin aussi de tous ces émois, mon cerveau, ma moelle épinière et mes reins dormaient encore ; mon sexe lui-même, insensible comme un tube à oblations, n'était plus mon sexe, même si la dame, mon bon Tchao, s'y cramponnait avec acharnement...

Absolument déconcerté par les visions que ces paroles peignaient en moi, je cessai de respirer pendant que mon crâne éclatait une autre fois.

– Je ne dis rien, ne fis rien, ne sentis rien, puis la nuit me fut une colombe qui m'enroulait dans son aile.

» Je me suis réveillé seul tout à l'heure. Immobile a dû se retirer dans ses appartements pour se reposer.

– C'est une renarde ! m'écriai-je avec sincérité.

– Et alors ? Les éléments qui constituent votre renarde, révérend, seraient-ils moins illusoires, plus méchants que les autres ? Dame Immobile est épuisante, voilà tout, et elle mérite d'autant plus notre compassion.

J'entendais bien, mais cela explosa encore :

– Et si elle vous donnait un fils ?

– Elle ne me donnera rien de tel, rassurez-vous !

A contresens de la prescience de notre maître, j'éructai :

– Un fils de renarde et de moine !

– Seng-tchao ! Qu'avez-vous saisi du Grand Véhicule ? Vous pensez comme un enfant. Les cauchemars sont des rêves aussi. Seul le repos dans le réel élimine toutes les fatigues. Ce n'est pas parce que je vous dévoile mes faiblesses que vous devez succomber aux vôtres !

Je me repris. Quelques brévissimes instants seulement car, déjà, une autre torture puérile m'empêchait de me taire.

– Elle va vous éreinter, mon bon maître !

– Que non ! sourit-il. Que non ! Ce qu'elle a cru me voler hier soir, elle a cru que, n'éjaculant pas, je le lui reprenais pendant la nuit. Ce soir, je lui montrerai que même en émettant sa semence, mon fantôme n'émet rien. Le bodhisattva, m'a-t-on appris, va jusqu'à donner ses membres et sa vie lorsqu'il le faut, si bien que, même en ne lâchant pas la moindre goutte de semence, je fournirai à cette ogresse famélique les liqueurs et les sucs qu'elle réclame.

« Les liqueurs et les sucs » : vous concevez, marquis, combien ce genre d'idées mettait mon imagination à l'épreuve ! Si toute analyse de l'être débouchait sur son impossibilité, maître Che n'avait besoin que d'un seul instant pour « tout analyser » en claire vacuité ; mais votre serviteur faisait encore la funeste distinction entre l'extase et les autres instants. Vide en extase, le rêve sinon m'emportait toujours. Et il me fallut de longues minutes pour que les femmes de jade et le jade des femmes, les breuvages de démons et les soupes de sorcières, sperme et sang pour tout dire, se dissolvent dans la vacuité que ma superbe intelligence, grisée d'obscénité, voilait.

J'en frémis encore. Moi Seng-tchao, pauvre moine à peine trentenaire, je me jurai de ne plus esquisser la moindre fermeture à l'égard de mon maître, car l'éveil demeurait notre réalité et moi, hallucination du vermisseau, j'aspirais à l'abrutissement du savoir et à la fin de la curiosité.

– Hier soir, reprit le sage tandis que nous partagions un autre repas, dame Immobile est réapparue avec les ombres de la nuit.

Il n'était plus épuisé comme la veille ; il y avait même une roseur dans l'ébouriffement s'aggravant de ses cheveux et de sa barbe.

– Elle était là, dit-il. Ses yeux et ses ongles étincelaient : ses lèvres engluèrent le silence.

Mais je n'ai pas à l'accuser et, si j'use d'un vocabulaire normalement réservé aux batraciens, mon bon Tchao, c'est pour mieux vous montrer combien sont bizarres les déguisements que la soif de vivre inspire aux vivants. Bref, je lui ai demandé le plus naturellement du monde ce qui la chagrinait. S'agenouillant de l'autre côté de la table comme une musicienne soumise, elle a repris son air préféré :

– Votre réputation est surfaite, seigneur Che. Où avez-vous caché votre sagesse ?

– Quelle réputation, madame ? C'est vous et la princesse Ming qui prétendez que je suis sage. Je ne suis qu'un moine dont le roi a exigé un héritier. Mais cela, vous le savez aussi. Parlons plutôt de vous !

Les griffes écrasées sur le manche de cristal, Immobile torturait son chasse-mouche à moustaches de dragon. Ses yeux globuleux cherchaient à capter mon regard. Sa bouche se tordit en compliquant ses disgrâces.

– Depuis toujours, protesta-t-elle, je cherche l'immortalité.

– Quelle immortalité, madame ?

– Celle du corps et de l'esprit.

– D'une certaine façon, l'esprit est toujours immortel, quant au corps...

– Est-ce le moine défroqué ou le sage qui parle ?

Immobile accordait beaucoup de valeur à la vexation.

– N'est-ce pas évident ? lui renvoyai-je.

Nous ne partagions évidemment pas les mêmes évidences.

– Libre à vous, madame, de chercher l'immortalité, mais vous vous illusionnez si vous croyez que je peux vous aider en ce sens. Dans votre ventre, en revanche, et si le ciel le veut, ma semence ira faire un enfant. Rien de plus.

La dame pensait tout à fait autrement.

– Avez-vous été moine longtemps, monseigneur ?

– Dès ma sixième année.

– Dans ce cas, votre semence...

Je l'interrompis sans façon.

– Je n'ai point défroqué, si cela signifie quelque chose pour vous. J'ai juste remisé mes vœux quelque temps pour accomplir une œuvre que, moi-même, je ne puis tout à fait imaginer.

– Je vous le donnerai, moi, cet enfant ! s'exclama-t-elle. J'ai reçu assez d'or pour ça, et on m'en a promis plus encore si j'avais un garçon. J'aurai un garçon et ce garçon sera l'embryon même de mon immortalité car, je le sens, seigneur Che, vous n'êtes pas un moine seulement, un être ordinaire, mais un penseur, un érudit, un magicien, probablement, et votre tigre blanc a, ce me semble, une puissance extraordinaire.

C'en devenait agaçant ! Pourquoi cette personne s'obstinait-elle à nier que ma semence n'avait d'autre vertu que, éventuellement, de l'imprégner ? Au contraire de ces messieurs qui s'abandonnent nuit et jour, disait-elle, j'avais du jade plein les reins, et la malheureuse ne rougissait même pas de ne songer qu'à me le voler pour l'ajouter aux fiels de sa vaine alchimie. Exaspéré, j'invoquai le bouddha A-mi-t'o, mon maître et protecteur.

– Exigence pour exigence et leçon pour leçon, dis-je alors à la pitoyable goule, votre désir de perdurer, madame, vous obnubile. L'immortalité que vous cherchez n'est qu'un délire à l'exacte mesure de votre égoïsme. Une vaine monstruosité. Désirez-vous vraiment vous éterniser ici, telle que vous êtes, telle que vous pensez ?

Elle semblait hélas ne désirer que cela : elle ne devait certainement pas saisir les subtilités du « mystère des mystères » qui accorde, entre autres accomplissements, une honnête longévité, mais surtout, une idée claire et pure de l'immortalité.

– Vous vous méprenez dès le départ, madame, et jamais sur une telle voie vous n'atteindrez votre but, qui demeure proprement chimérique.

La vexation exaltée d'Immobile le céda au mime d'une émouvante prise de conscience agrémentée de soumission : je me déridai. Dans l'éclat du jeu qui se poursuivait, j'ornementais notre terre éveillée. J'imprégnais sans imprégner en lançant telle cause pour ne pas obtenir tel effet : il fallait obéir, ami Tchao, pour s'assurer de surseoir au pire, pour que la belle intelligence de notre prince Yao Sing, tel un yang trop yang, ne vire à son contraire, un yin impur de redoutable bêtise – l'interdiction de propager la Loi merveilleuse, par exemple, la fin de notre vie.

En regagnant l'alcôve, Immobile me jura que, désormais, elle ne ferait que recueillir ma semence pour en modeler un enfant, un simple enfant, et non quelque fantasmatique embryon d'immortalité.

Or, à peine me fus-je introduit en elle – rangez-moi ces pudeurs de moniale, révérend ! – que le ventre d'Immobile reprit ses allures de gouffre avide. Dûment prévenu, je ne m'accordai pas d'hésitation et, autrement que par la volonté du fantôme qui vous parle, seigneur Tchao, tout le courage du cavalier d'Immobile vint s'enrouler dans son cœur ainsi qu'une boule de feu. La dame croyait avaler sa victime, du moins les mâchoires et la gorge de sa faim d'ogresse cherchaient-elles à la malaxer et à la déglutir, mais le feu de l'inexistence du moi qui s'était concentré dans le cœur de la victime insoumise descendit jusqu'à certaine porte des morts et des renaissances, un océan de souffles, et là, incandescence pure, il broya dans ses flammes les eaux corrosives de la goule dont les spasmes enflaient, dont les griffes lui incisaient le dos, dont les lèvres le tatouaient de fleurs cramoisies comme des furoncles.

Par-delà le désir, le plaisir et tous les attributs passionnés de l'amour, je sentis, dit le maître, qu'un torrent de flammes me quittait par le bas dans un tel embrasement que, étreignant un arbre carbonisé, je contemplai une silhouette sanglante, puis plus rien.

– Où êtes-vous ? entendis-je alors. Où vous cachez-vous ? Que m'avez-vous fait ?

Dans mes bras Immobile délirait.

– Où étiez-vous ? demandai-je à mon tour.

Vous imaginerez facilement, marquis, dans quelle espèce de pureté perverse ce récit m'avait plongé.

– J'étais collé à elle, dit le maître, encore en elle, mais la pauvresse perdit la raison quelques instants. J'étais sûr, toutefois, qu'elle avait entrevu la vraie immortalité. Pour preuve, elle se réveilla d'un coup et s'enfuit de son propre gouffre comme un serpent de sa mue. Une lampe au poing, elle revint me montrer combien sa laideur s'était estompée. A la faveur d'une faille dans le temps, il me semble que les bouddhas l'avaient généreusement bénie.

– Voyez par vous-même, révérend !

Il me posa dans la main une méduse minérale, un objet difforme qui m'évoqua tous les recroquevillements.

– Voilà ce qui reste de l'amusant chasse-mouche de dame Immobile, dit-il en riant encore.

Niaisement, je ris avec lui : mais qu'y avait-il donc là de si drôle ? Devant mon étonnement, il consentit à m'éclairer et me raconta le rêve décisif qu'Immobile avait fait tandis qu'il la besognait.

Elle s'était endormie sous un abri de pèlerin au cœur de la forêt. A minuit, elle fut réveillée par les grognements et les pas d'un démon chargé d'un cadavre féminin qu'il jeta devant l'abri sans prendre garde à celle qui y dormait. Entre ses paupières mi-closes, Immobile distingua un autre démon qui se précipitait sur le premier en hurlant :

– Mon cadavre ! C'est donc toi qui me l'avais volé !

– Holà ! grinça le premier démon. Tu prétends que ce cadavre est à toi ?

– Je ne prétends rien ! rugit le deuxième démon en saisissant le cadavre par une main.

Le premier en fait autant, et ils tirent, chacun de son côté...

Avisant dame Immobile, le premier démon lâche le cadavre en rotant :

– Nous avons un témoin : cette femelle d'homme qui prétend dormir. Eh, vous, là ! Levez-vous et répondez !

Immobile fait la morte. Immobile est morte.

– Allez, bonne femme ! Dis-nous qui, de nous deux, a apporté ce cadavre ici ?

Au comble de la terreur, Immobile calculait encore. Ces démons, raisonnait-elle, ne feront qu'une bouchée de moi. Que je dise ou non la vérité, je mourrai – à quoi bon mentir ?

– C'est, bégaya-t-elle en se relevant légèrement, c'est, me semble-t-il, votre ami, ce monsieur, qui a apporté le cadavre.

Hors de lui, le démon menteur se rua sur Immobile pour lui arracher un bras qu'il jeta par terre en jurant. Sans la moindre hésitation, le premier démon détacha un bras au cadavre et le greffa d'un seul coup à l'épaule déchirée d'Immobile, laquelle hurlait de souffrance et d'effroi. Son deuxième bras y passa, puis ses jambes, le tronc et la tête : Immobile avait perdu son corps et, indifférents à son esprit, les démons finirent, en grognant de concorde, par dévorer le cadavre qu'ils avaient reconstitué avec les membres et le reste du corps de la courtisane. Repus, ils s'en furent, tandis que, égarée dans un étonnement infini, Immobile pensait toujours : le corps que m'ont donné mes parents n'est plus et ce corps où circule ma conscience actuelle est fait de la chair et des os d'un autre. En fin de compte, ai-je un corps ou bien n'en ai-je pas ? Si j'en ai un, ce n'est pas le mien ; si je n'en ai point, force m'est de reconnaître ma présence.

N'avez-vous jamais fait ce rêve, marquis, lequel ne s'arrête pas là ?

Immobile errait dans la forêt. Au détour d'un oubli de soi, elle se crut au pied d'un haut reliquaire blanc, au milieu d'un groupe de nonnes en train de débattre. Hors d'haleine, et d'une voix lourde comme une ombre, elle leur demanda à toutes si elle avait un corps.

– Qui êtes-vous, répondit une femme dont le crâne semblait un miroir d'or, pour nous poser une telle question ?

– Je ne sais plus qui je suis, ni même si je suis quelqu'un.

Elle leur narra son horrible aventure et les nonnes y allèrent d'un commentaire des plus canoniques :

– N'êtes-vous pas en train de faire l'expérience de l'irréalité du moi ? Vous devriez bientôt atteindre la délivrance, madame.

A ces mots, Immobile bascula dans la conscience ordinaire et se leva pour faire de la lumière. En constatant l'abrupte métamorphose de son chasse-mouche, elle remarqua qu'elle ne croyait plus à l'immortalité.

Et moi, Seng-tchao, j'ajoute : affranchi des opinions, des doutes et des regrets, le maître agissait selon la voie ou autrement. Au fait de l'universelle égalité, il avait abordé à l'inabordable.

Où je me tais pour reprendre souffle.

5

Dame Chan

Je redescendais du Kouei-feng avec mes manuscrits, tentant de me concentrer non sur mes pas mais sur le sens, le sens de tout cela. Sur mon bouleversement, dans l'évidente irréalité de ma personne.

Une fois au Temple Chaumière, je ne laissai pas à mon frère Seng-jouei le temps de justifier ses mines inquiètes. A la dernière lecture du pénitentiel, il avait observé chez les moines une distraction, voire une agitation – rien de propice au grave exercice de la confession. Il se passait, crus-je comprendre, quelque chose d'inhabituel dans l'esprit de la communauté. Mais j'étais pressé, pire m'attendait : le maître voulait que j'aille porter au roi ses salutations ; et je n'avais qu'une hâte : être déjà de retour, loin des brigues de la cour, dans la jubilation des criquets.

Lame torse étincelante, la rivière Wei traçait l'horizon nord ; un ultime orteil des montagnes du Midi me cacha la capitale, et la plaine rejoignit les ténèbres de ma pensée comme je redescendais, remontais, redescendais, solitaire, le sentier pentu qui, tout d'un coup, se précipita sur les premières maisons des faubourgs sud de Tch'ang-an, « Paix Eternelle », constamment détruite et reconstruite, capitale essentielle de la Chine, mais aujourd'hui, du petit royaume des Ts'in du clan Yao, votre clan, marquis.

Les remparts de la ville remplacent les à-pics, les gardes de la porte de l'Oiseau Rouge répètent l'inutilité des cryptomères et le fourmillement qui soudain redessine mes mouvements et ma pensée me rappelle l'aiguillon des sauterelles. Ici, tout se dit, s'affiche et se troque : le moindre chuchotement crie plus que tous nos cris.

Les Ts'in du clan Yao reconstruisaient ce qu'ils venaient de détruire pour en priver leurs prédécesseurs, les Ts'in du clan Fou, et ils avaient encore l'audace de croire aux bienfaits de la guerre. Je sais, marquis, que vous-même et votre frère le roi, vous avez toujours été écartelés entre la paix absolue du bouddhisme et la nécessité de la guerre, pour, prétendument, maintenir une paix relative, toute relative.

En réfection comme la ville, le palais royal repoussait les murs nord de Tch'ang-an jusqu'au-delà des rives de la Wei. Entre la rivière et les pavillons administratifs, la cité palatine donnait accès au parc de la Libre Errance où librement erraient, sauf pendant la retraite d'été, autant de moines que de courtisans, de moines que de concubines de haut rang, et de moines encore que d'eunuques. Au cœur du palais royal de Tch'ang-an, on eût dit que le seigneur Bouddha avait transporté, en taille réduite, l'une de ses infinies terres éveillées où l'on ne croise que des renonçants au cœur pur, où l'on n'entend que la mélodie des enseignements les plus sublimes, et où toute pensée fuse en bouquets de sagesse. Certes. Sans le morbide amour de soi, tout cela se pouvait, cher marquis. Mais moi-même, par exemple, déshabitué de la courtoisie, j'appréciais que mon statut de moine me permît d'outrepasser le plus gros de l'étiquette, fût-ce avec Sa Majesté.

Or, ma traversée de la cour des audiences ne fut qu'une longue saccade de courbettes : personne, me sachant proche du maître national, n'aurait pu négliger de me saluer. Eussé-je oublié mon moi qu'on me l'eût rappelé, cette apparence éphémère si solidement ficelée, obligatoire quant aux dehors, car au-dedans ce n'était que, lancinante, ma chute quasi désespérée dans l'ouvert.

En haut du perron de la salle des petites audiences, je tombai sur mon ami Fang Long qui me ramena, une fois encore, sur terre. Lui aussi, mais à sa manière, il avait trouvé une place à la cour. Malgré son irréligion affichée, il participait aux travaux de notre Académie en lui fournissant le matériel purement calligraphique : rouleaux de soie, encres, pinceaux – il dirigeait, commercialement, une affaire remarquable. Fang Long était un commerçant à la cour et il est évident que je comptais sur lui pour apprendre les dernières acrobaties de nos puissants baladins. Me dessillant enfin les yeux, je le dévisageai : douze plis barraient son front démesuré.

– Mes hommages, révérend ! toussota-t-il. Viens, il faut que je te parle.

Il me poussa dans le brouhaha de la salle des petites audiences où une foule d'hommes et de femmes parés de phénix, d'armes et de dorures se pressaient autour du roi, invisible, qui se tenait comme à l'accoutumée sous l'unique dais fleuri dont les lieux s'ornaient. A l'abri d'une colonne, Fang Long qui entre-temps avait rougi me souffla d'un trait :

– Tout le monde raconte que le maître national n'est pas en retraite de méditation mais de débauche.

– Quelle débauche ? m'énervai-je immédiatement, puis, plus bas : qui « tout le monde » ?

– La plupart des hauts fonctionnaires rigolent dans leurs

manches en racontant des obscénités sur Kumârajîva, le barbare luxurieux...

Les géants mangent plus que les nains, jurai-je intérieurement : bâfrent-ils pour autant ? Puis, à voix assez haute :

– C'est faux, absolument faux !

– Et pourquoi serait-ce « absolument faux » ? Tu m'as toujours reproché de douter de tout sans discernement...

– Tu n'as pas trouvé meilleur moment pour arrêter de douter que l'heure exacte où l'on accuse mon maître d'infamie ! Tu as peut-être tout inventé pour...

– Jamais ton maître ne manque à sa sainteté ! Bien sûr... Eh bien, je vais te rassurer un peu plus ! Je me demande encore comment tu es tombé dans le ravin de la plus belle et de la plus vraie des doctrines, et comment tu as pu te soumettre à toutes les imperfections plus ou moins raffinées d'un homme que tu appelles, avec tous ces crétins, ton maître : ce péché contre l'amitié a ouvert en moi une plaie qui refuse de se cicatriser.

– Je tombe dans un ravin et c'est toi qui te plains de vilaines plaies ! m'exclamai-je sans troubler le brouhaha où, nous observant, on nous ignorait. Le grand traducteur Kumârajîva, l'homme qui se sacrifie le plus visiblement pour tous les autres et dont tu aimerais croire qu'il nous trompe tous, moi en premier, a quand même le droit de se retirer là où il veut, même à l'abri d'une vallée encore plus secrète sur le Kouei-feng, et même sous haute protection militaire ! Pourquoi pas ?

– Pourquoi pas ? répéta Fang Long comme s'il venait de trouver ce qu'il cherchait.

Habile à ne jamais le convaincre de quoi que ce fût dans le sens de la Loi merveilleuse, je lui répétai sur un ton plus énervé que d'habitude mon explication de nos rapports si distants :

– Depuis que, à Kou-tsang, j'ai préféré ce « fameux bonhomme » à la quête soi-disant pure et parfaitement désordonnée qui nous avait unis jusque-là, tu t'es mis en tête de nous éprouver, moi et mon « divin patron », pour que nous te convainquions, « violemment au besoin », que nous avons raison, qu'il y a un « ordre invisible » et qu'il « influe vraiment sur nos réalités visibles ».

– Ce ne sont que des ragots ! répéta mon ami à tant de sagesse ressassée.

– Des ragots, bien sûr. La caille et la perdrix n'ont rien à dire sur le grand oiseau rock, sinon qu'il leur fait de l'ombre trop longtemps. A bientôt !

Sous le dais fleuri, assis sur une simple chaise dépourvue d'accoudoirs, le roi Yao Sing régnait dans la forte haleine de ses conseillers. A la fois prince, moine et guerrier, il ressemblait pour l'heure à un homme las, à un récent quadragénaire que la désillusion occupait. L'idée même de forcer le maître à procréer en était une belle illustration.

Prince barbare plus chinois que l'empereur de Chine, moine aux cheveux longs s'échappant d'un précieux diadème, et guerrier parce que l'essence du monde était la guerre. Guerrier bizarre, il aimait gracier, libérer, élever ; moine à sa manière, il éprouvait pour la Loi merveilleuse un engouement sincère, et rien ne lui plaisait tant que de donner la réplique au maître sur des sujets de haute Voie médiane. Prince, il croyait, en dépit de ses connaissances bouddhistes, être possédé du génie propre aux véritables « fils du ciel ». Et de ce fait, une fois l'universelle vacuité bien comprise – du moins, les mots qui tentent de la décrire –, bien écrite et bien répétée, Yao Sing se complaisait dans les rituels sociaux les plus archaïques du confucianisme : il voulait, comme tous nos souverains barbares, être pris pour un Chinois sans pour autant le devenir. Quelle importance, entre nous, marquis ? Nos origines ne nous sont-elles pas encore plus étrangères que nos fins ?

Je remarquai d'abord, à droite de Sa Majesté, le moine traducteur cachemirien Shîlaratna : il était en plein conciliabule avec l'abbé Houo-kie dont il manipulait la main replète comme d'autres leur chapelet ; célèbres pour leurs convictions rigides en matière de discipline, ils ne devaient pas être étrangers à ces vilaines rumeurs de luxure… Ces deux moines-là, si proches conseillers qu'ils fussent de votre frère, marquis, justifiaient à eux seuls l'appellation de « Petit Véhicule » qui définissait leur vision de la vie spirituelle. Pour eux, la Loi merveilleuse était d'abord une loi.

Comme entre chauves nous nous saluions en gardant nos distances, le roi leva les yeux de ses pensées et me remarqua.

– Révérend Tchao ! s'exclama-t-il avant de se tourner vers son oncle, le général Yao Chouo-tö – lequel avait décidément arrêté de vieillir –, pour le convaincre, apparemment, de je ne sais quelle affaire.

En charge de la guerre, qu'il avait le plus souvent gagnée, le général encourageait son neveu à propager le bouddhisme dans le cadre de la bienséance confucéenne : entre autres vertus, il s'était mis de notre côté lorsque le roi avait estimé, brièvement il est vrai, que les moines se prosterneraient, en plus du Bouddha, devant lui.

Je fus distrait par les yeux hâves de Yao Hong, le prince héritier, par les fards colériques de Yao Pi son frère, par les simagrées de Lu Long, l'ex-roi des Liang vaincu puis élevé par Yao Sing au rang de comte, lequel secouait les manches de Yao An, prince trouble qui, à l'instar de sa tante, la princesse Ming, était soupçonné de trop bien connaître le gouverneur Ho-lien Po-po. Immobile au milieu de l'agitation, Kiang K'an, grand confucianiste dont le roi appréciait les conseils mondains autant que ceux, spirituels, du maître, se tenait silencieux derrière l'humble trône.

– Révérend Tchao, répéta Yao Sing, pardonnez-moi ! Le général et moi, nous achevions une pensée.

Dès que le souverain s'adressa à moi, tous ceux qui l'entouraient se turent. Derrière moi cependant le brouhaha des grands et des belles agitant leurs éventails n'avait pas cessé.

– Comment se porte le maître national ?

– Au mieux, Majesté.

– Et ses travaux ?

– Ils avancent.

– De quelle nature, déjà, sont les travaux actuels du maître ? se permit l'abbé Houo-kie en reprenant sa main au moine indien.

Le mot « déjà » noircissait sa question et, méfiant, je déclinai :

– Il relit notre dernière version du *Soûtra du Lotus* et prépare la prochaine traduction du *Soûtra de Vimalakîrti.*

– Que de bénédictions ! se réjouit le roi, puis, avec un accent de réel souci : Et la santé du maître national ?

– Sa santé ? répétai-je. Elle me fait envie, à moi qui n'ai pas la moitié de son âge.

L'abbé Houo-kie rouvrit la bouche :

– Maître Che devrait se défier des excès...

– De quels excès ? lâchâmes-nous à l'unisson, le souverain et moi.

– Des excès de l'ascèse, Majesté...

Comme le roi plissait le front, l'abbé tenta de justifier l'ambiguïté de ses propos.

– Seule la Voie médiane conduit au nirvâna, susurra-t-il.

– Votre Voie médiane, l'abbé, conduit au nirvâna, fit le roi en se décrispant, mais la Voie médiane des bodhisattvas conduit à l'éveil.

– Il y aurait donc deux Voies médianes ! intervint l'Indien Shîlaratna, aussi grand, maigre et noiraud que son protecteur Houo-kie était petit, gros et pâle.

– Il suffit ! prononça alors de sa voix naturellement autoritaire le général Yao Chouo-tö que les épilogues sans fin amusaient moins que son neveu.

Puis il appela le chef de la garde et ordonna qu'on évacue la salle des audiences privées, qu'on laisse Sa Majesté recevoir en paix ses visiteurs, qu'on en finisse, pour une fois, avec tout ce vacarme... Plus poliment, il pria l'abbé et son conseiller indien d'attendre quelques instants dans la cour.

Si bien que nous ne fûmes bientôt plus que trois. Le général alla chercher deux tabourets dont il plaça l'un devant le roi et l'autre à côté de lui. Assis en face de Yao Sing et de votre oncle Chouo-tö, je dévisageai alternativement leurs soucis.

– Notre secret a été percé, chuchota le souverain sans manifester de dépit.

– Secret ? m'étonnai-je en jetant un coup d'œil au général.

– Mon oncle sait toujours tout, dit Yao Sing. Croyez-moi, révérend, notre secret a été percé et les ennemis du Grand Véhicule, et les ennemis de Ts'in, se gargarisent au sujet du maître national, que je tiens pour le plus pur des êtres purs...

– A qui vous n'avez pas manqué de compliquer la tâche, grommelai-je, puis, emporté : toutes ces rumeurs sont mensongères ! Le maître accomplit dûment la mission que vous lui avez confiée, et il l'accomplit par-delà les extrêmes du jugement vulgaire. Débauche, luxure, stupre : aucun vocable de cette eau ne saurait convenir à ses activités merveilleuses.

Ainsi le pensais-je et ainsi en était-il. Où, quand, comment le maître avait-il esquissé la moindre grimace de passion ? Il s'était confié à moi et ses confidences ne m'avaient laissé que les subtils parfums de la clarté. Bien entendu, les petits esprits friands d'obscénités allaient ne plus tarir.

– Savez-vous, Majesté, d'où émanent ces racontars indignes ?

– J'ai mon idée là-dessus, lâcha le vieux général, mais je la tairai tant que certains éléments me feront défaut.

– Vous pensez à l'abbé Houo-kie, mon oncle ?

– Justement pas, Majesté. Celui-là n'a jamais cessé de harceler le maître national, mais ses attaques, strictement théoriques, sont toujours ouvertes et n'ont guère forme de rumeurs.

– Vous conviendrez cependant, dis-je, que, aujourd'hui précisément, lorsque Houo-kie nous laisse entendre que maître Che commettrait des excès, fussent-ils ascétiques, vous conviendrez, messeigneurs, qu'il fait d'une manière ou d'une autre allusion aux activités du maître à la Perle du Dragon.

– Il lance le faux pour repêcher le vrai, admit le général.

– Une seule chose m'importe ! s'écria le roi. Que nul,

sous quelque prétexte, ne dérange le maître jusqu'à la fin de sa retraite d'été.

– Comptez-vous faire taire la rumeur, Majesté ?

– La faire taire, ce serait lui accorder crédit. Comme vous, révérend, je sais que le maître détient l'essence inconcevable de toutes choses et qu'il la reconnaît au sein de chaque apparence. Ce ne sont donc pas quelques couleurs, quelques mouvantes lignes, et encore moins les histoires de dix femmes qui pourraient le pervertir. Je suis de votre avis, révérend : ces ragots sont nuls et non avenus, et tant que le général ne m'aura pas dénoncé le ou les coupables qui sont à l'origine de ces puantes calomnies, je ne ferai pas taire le moindre de ces échos inconsistants.

Puantes calomnies, échos inconsistants : répondra-t-on correctement aux premières en les réduisant aux seconds ?

Je comprenais mieux le malaise dont Seng-jouei n'avait pu me parler lors de mon bref passage au Temple Chaumière. Il fallait que je rentre au plus tôt, que j'empêche nos moines de se laisser aller comme des courtisans en leur prouvant qu'entre la calomnie et l'essence de la calomnie il y avait aussi peu d'écart qu'entre l'écho et le vide.

– Au vrai, raisonnai-je à voix haute, l'écho dans la vallée a-t-il jamais pué ?

– La cour n'est pas une vallée, répondit le général Chouo-tö, et certains échos feraient mieux de se taire ; quant à leur odeur, elle disparaîtra avec eux.

Le général préférait sa rêverie à la mienne et à celle du roi qui, les yeux soudain noyés de mélancolie, lâcha comme pour conjurer le sort :

– Si, mon oncle ! La cour n'est qu'un vallon désert où l'écho reste insaisissable.

De retour au Temple Chaumière, je ne ressentis étrangement plus le malaise que Seng-jouei avait évoqué : la houle était retombée aussi vite qu'elle avait gonflé. Il ne se pouvait pas que des moines traducteurs et copistes, dont un tiers suivaient les préceptes des bodhisattvas, et qui semblaient comprendre, à tout le moins, ce sur quoi ils travaillaient jour et nuit, se complussent plus d'un instant dans les mouvantes fumées d'une rumeur qui accusait tout bonnement leur maître d'avoir rompu ses vœux de chasteté et par là même de s'être exclu de la sainte communauté dont il était le chef incontestable – mais, j'en conviens, guère incontesté.

Tao-cheng du mont Lou, qui croyait à l'éveil subit, et notre frère Houei-kouan, qui croyait à l'éveil graduel, s'étaient joints à Seng-jouei pour me décrire cette vague de bruits : bien que s'éloignant déjà de notre monastère, elle n'avait pas manqué d'en subvertir quelques autres dans le royaume.

– Houo-kie et Shîlaratna, dit Houei-kouan, se permettent non seulement de manquer à la retraite d'été, mais ils furètent un peu partout à la recherche, comme d'habitude, d'un fatal délit dans les rangs du Grand Véhicule. On nous a rapporté qu'ils avaient déjà fait la tournée de tous les monastères de la capitale et que plus d'un panréaliste irréfléchi était prêt à croire que notre maître et ses proches disciples, de même que tous les bodhisattvas, avérés ou aspirants, trompaient leur monde en ne croyant à rien sous prétexte de vide.

» Ces deux forts esprits ont beaucoup d'influence à la cour et, si nous les laissons faire, ils finiront par semer la discorde dans la communauté en discréditant le Grand

Véhicule au nom de ce qu'ils appellent la "doctrine authentique".

– Dire que la vérité n'a ni commencement ni fin, soupira Tao-cheng, et qu'ils y voient cependant un flot d'instants de conscience infrangibles comme l'acier le plus dur ; dire que le réel est pure félicité, alors qu'ils n'invoquent que souffrances et macérations ; et dire qu'il a une essence sublime, inconcevable, toute d'ouverture et de liberté, alors que ces tristes sires le voudraient vide à la façon du néant.

Ce fut ensuite comme s'il parlait aussi en mon nom.

– Le réel, dit-il, est purissimement pur, tandis que ces malheureux pénitents n'en ont que pour la contemplation de l'immonde, la misogynie, la méfiance, le repli. Nous autres, hérétiques du Grand Véhicule, nous préférons la compassion démesurée et la voie non-voie, extrêmement médiane, qui toujours et déjà parcourt en entier l'éveil infini.

Les oreilles sifflant encore des déclarations du révérend Tao-cheng, cet Ancien éclatant de jeunesse et d'illumination, je repris le sentier de la Perle du Dragon, convaincu que seul importait l'avis du maître : non seulement il saurait que penser, mais surtout, sachant que faire, il le ferait pour le plus grand bien de tous.

M'éloignant des potinières, je revoyais ma première indignation : une offuscation de puceau. Avec des larmes je compris tout à coup qu'un sentiment aussi petit pouvait engendrer, colporté à l'envi par des aboyeurs inconscients, un scandale, voire un schisme – d'irrémissibles crimes. Mentais-je, marquis, lorsque je niais farouchement que mon maître se livrât à la débauche ? Vous étiez au front

Nord en ce temps-là, comme de tout temps, et lorsque vous revîntes à Tch'ang-an, l'affaire n'était déjà plus qu'une légende exsangue mais erronée de part en part. Nous avons pu le constater par la suite. A cette occasion d'ailleurs, permettez-moi de ne point répéter ce que vous connaissez si bien, déjà. Comme je vous le demandais plus haut, n'accordons ici de place qu'aux bienveillantes confidences du maître.

Ce jeudi-là, un peu avant midi, je le trouvai penché sur son manuscrit préféré du *Vimalakîrti*, une calligraphie divine en brâhmie de Koutchâ couchée sur de longs rectangles d'écorce de bouleau. Radieux, il me salua si cordialement qu'une pensée luxurieuse, en effet, me traversa l'esprit : la nouvelle épouse de mon maître était-elle, enfin, merveilleuse ?

– Alors, jeune Tchao, quoi de neuf à la cour ?

– Le... notre... votre secret a été percé, maître.

– Percé ? fit-il en éclatant de rire : jusqu'où ?

– Jusqu'aux mesquineries de l'abbé Houo-kie...

– Mon rival sans égal !

– ... Et de cet échalas de Shîlaratna...

– Proue d'intégrité dressée contre les débordements du néant !

– Jusqu'aux princes et aux princesses, jusqu'à tous les moines de Ts'in. Heureusement que, au Temple Chaumière, les révérends Tao-cheng...

Ne me laissant pas finir, et toujours hilare, le maître déclara :

– Ç'aurait dû être navrant, mon bon Tchao, mais ça ne l'est pas. Même si ces bruits qui vous dégoûtent devaient persister, voire s'amplifier, ce n'en serait que mieux, toujours mieux, infiniment mieux.

– Comment « mieux » ? me débattis-je.

– Ô moine ébloui : quels humains babils, substance tant des ragots que de la vérité, pourraient-ils entraver la marche du Grand Véhicule de la Loi merveilleuse ? Sur quoi, dites-moi, trébucherait un fantôme dans l'éclatante immensité du vide ?

» Le Dharma, s'écria-t-il, c'est le contraire même de la rumeur. Quand Ânanda disait : “Ainsi ai-je entendu”, il ne répétait pas les paroles du Bouddha. C'est le Bouddha lui-même, dans son corps absolu, qui parlait par la bouche d'Ânanda.

Intarissable et bon, maître Che poursuivit avec une autre espèce de joie sur le visage :

– Ecoutez plutôt, révérend, les humbles découvertes qu'il m'a été donné de faire ces jours-ci.

» Une femme m'est apparue mais elle ne m'a pas laissé l'approcher. Elle s'est même éloignée de moi. Depuis, mon bon Tchao, j'ai cédé non seulement à la jalousie, mais aussi, effectivement, à la luxure !

La Sino-Barbare Chan, fille d'un marchand turki de Kachgar et d'une prostituée chinoise de Touen-houang, était, selon une expression moins étonnante sous ma plume que dans la bouche du maître national, d'une beauté « irrésistible » par la prestance, la finesse et la grâce.

Le maître plissa les yeux comme un chenapan qui avoue une mauvaise farce.

– Pouvez-vous imaginer, révérend, que cette nuit j'ai rêvé de dame Chan ? Rêvé d'elle non en tant qu'être endolori comme tous les êtres, mais en tant que femme ! Et pas tout à fait selon nos préjugés, notre fureur même, de moines n'ayant que mépris pour la gent féminine. J'ai rêvé que dame Chan, plus belle encore qu'en chair et en soieries, recevait l'hommage d'un autre que moi. Elle ondulait, gémissait, s'offrait au plaisir et n'en était que plus belle, plus désirable, d'autant que, captant mon regard, elle me dit au milieu de ses soupirs : « Je ne serai jamais vôtre ! »

Effectivement luxurieux, le maître songeait donc, au propre comme au figuré, qu'une femme, irrésistible par surcroît, aurait pu ou pourrait « être sienne ». C'était si extraordinaire que je sursautai.

– C'est bien la première fois que ce genre d'attachement m'occupe, sourit-il en retenant un soupir. Homme, femme : les attributs nous enchaînent, révérend ! Constatez : quelques ragots suffisent à vous donner des flatulences, et moi, je me vexe pour un rêve : quel tableau !

Une épaisse queue de cheval rutilante et noire tombait jusqu'à ses reins mais, à la différence de la déesse de la rivière Siang, dame Chan avait les yeux verts et translucides, « les yeux de Vimalâksha, mon premier maître de discipline », ainsi que maître Che le nota ; légèrement hâlée, trop à son goût d'élégante, non, elle n'était pas née là-bas, à Kachgar, mais ici, à Touen-houang.

– Je ne supporte pas les Kachgaris, commença-t-elle, ce sont des sauvages mangeurs de sable.

Autre amère frontalière qui, sang-mêlé, eût aimé être « pure » !

– Y a-t-il ici quelque chose qui vous déplaise particulièrement, dame Chan ? s'enquit le maître lorsqu'il eut saisi que tant de grâce pouvait abriter un tempérament, dirions-nous, agacé par principe.

– Qui me déplaise ? fit-elle. Je n'aime pas la princesse Ming. Elle m'a grugée ! Elle m'avait parlé d'un palais et nous sommes dans un refuge montagnard ; d'un lettré de goût, mais je ne vois qu'un vieux bachelier penché sur son écritoire ; et d'un client exceptionnel, mais vous n'êtes qu'un barbare.

– Un cosmopolite comme les enfants qui ne savent pas encore parler. Dites-moi plutôt, dame Chan, votre contrariété vous est-elle une habitude ou bien est-ce moi qui vous l'inspire ?

Comme la belle d'autrefois dont le cœur parfois se pinçait, Chan laissa une légère crispation des sourcils et des lèvres l'embellir un peu plus.

Le maître eut alors l'idée de la taquiner à petits coups de diamant.

– En quoi trouvez-vous que les gens de Touen-houang soient moins déplaisants que ceux de Kachgar ?

– Ils sont civilisés, eux, au moins.

– Vous voulez dire chinois ?

– Ma mère est chinoise ! s'exclama Chan en tapant du pied. Je suis civilisée !

Désignant les manuscrits déroulés sur la table, elle ajouta :

– Et je sais lire !

Subrepticement, comme en mode banal, les minauderies de la dame se paraient d'un je ne sais quoi d'exquis, d'autrement pur, qui emportait le maître, autrement impassible, et qui lui inspira d'autres questions.

– Vous avez accepté l'idée de porter un enfant pour le revendre, n'est-ce pas ? Est-ce votre moitié chinoise ou votre moitié turkie qui vous permet de croire qu'il n'y a là aucune barbarie ?

– Je ne veux pas d'enfant de vous ! Vous êtes un barbare et non le prince qu'on m'avait dit.

– Mon père était brahmane et ma mère princesse, déclara gravement le maître. Princesse de Koutchâ, une sainte pure.

En éclatant de rire, il ajouta :

– Mais, me direz-vous, Koutchâ se trouve en quelque sorte à mi-chemin de Touen-houang et de Kachgar...

– Non, fit la belle qui cherchait à se rassurer. L'oasis de Koutchâ se trouve plus près de la Chine que des royaumes barbares d'Occident.

– Ce qui ne m'empêche pas de ne pas avoir une goutte de sang chinois dans les veines et de me sentir profondément barbare, quoique civilisé, bien entendu, mais en surface seulement.

Ce soudain intérêt pour ses origines et sa race et sa caste n'était qu'une façon de s'approcher de la chimère appelée « désir ». Tout au fond, pensait le maître, rien ne gît ou s'agite, rien. Levés le masque des mots, le masque de la peau, le masque des os et de la moelle des os, le masque de l'esprit et le masque du néant : voici votre race, madame, et la mienne, et celle de tous les êtres, la race de la bonté radieuse. M'entendez-vous, dame Chan, ou ne pensé-je pas assez fort ?

– On ne peut être à la fois barbare et civilisé, monseigneur...

Celle-là se révélait décidément irrésistible. Elle ne cessait d'être belle et obstinée. Ne cherchant pas à l'instruire, le maître ne cherchait pas à la séduire – conformément au jeu de mots ; en cherchant plus à corriger le maître qu'à le séduire, la chère Chan, vous m'aurez compris, marquis, le séduisait. « Par compassion pour chaque être, le bodhisattva apprend chacun de ses sentiments » : les enseignements du Grand Véhicule ne sont-ils pas merveilleux ?

– Alors je suis résolument barbare, déclara Kumârajîva, puisque c'est à Kachgar même que mes deux maîtres principaux ont bien voulu me civiliser.

– A Kachgar ? Vous déraisonnez !

– Probablement, madame. Et vous, que faites-vous ? Vous avez accepté que je vous imprègne. Cela est-il civilisé ou barbare ? Pourquoi vous dérobez-vous à présent ?

– Je me suis juré de ne jamais me laisser approcher par un barbare, fût-il prince de Koutchâ... J'ai été grugée et cela me donne le droit de me refuser à vous : votre faux calme me dit que vous me cachez la vérité et je ne veux pas en savoir plus.

– Pour moi, fit le maître toujours conciliant, nous pouvons en rester là. Je ne sais si la princesse Ming appréciera de vous avoir amenée ici pour rien. Allez donc lui expliquer le dégoût que je...

– Vous ne me dégoûtez même pas !

La haine qui lui pinça un instant les lèvres ajouta encore à sa beauté, à ce rayonnement tant visuel que tactile qui émanait d'elle, rayonnement qui émanait aussi de ceux qui la contemplaient, car elle donnait envie qu'on la contemple et que durent l'illusion de beauté et le puissant, l'omniprésent désir de cette obsédante illusion.

Au risque de vous amuser, marquis, je vous avouerai que, à ces réflexions du maître et à la vue de la métisse aux yeux de tourmaline, mais surtout dans la traînée d'arc-en-ciel que laissait la marche du bodhisattva, je tentai de fondre de désir, tentai d'offrir à mon désir assez de vie pour le regarder plutôt que le refouler à la façon des Anciens du Petit Véhicule.

Je m'enfonçai dans le miroir des mystères. Quelle était cette vigoureuse harmonie de la beauté triomphante et de la bêtise colérique, ce tourbillon qui vous attirait dans ses joailleries ? Le désir plus que le corps, et toujours l'esprit ! Orgueilleuse et distante, comment cette céleste danseuse pouvait-elle nous enfermer dans ses filets tout en nous couvrant de mépris ?

– Et pourquoi vos serviteurs sont-ils tous des moines ? reprocha-t-elle encore. Ce drôle d'endroit est-il vraiment un lieu indiqué pour des moines ?

– Ce sont des amateurs de langues barbares et je suis leur professeur.

Sa rengaine la reprit :

– Si vous êtes prince, vous avez un royaume...

– Je ne suis plus prince mais professeur, comme Sûryasoma mon maître, qui renonça au trône pour étudier les enseignements du Bouddha.

– Vous êtes moine, vous aussi, s'exclama-t-elle avant de bougonner : malgré votre accoutrement de lettré retiré ? Vous êtes presque chauve, j'aurais dû le deviner, mais les barbares se coiffent n'importe comment. Vous êtes barbare, et en plus vous êtes moine : nous n'avons vraiment rien à faire ensemble !

– Auriez-vous quelque respect pour les moines du Bouddha ?

– Qui n'en aurait pas ?

– Le Bouddha, pourtant, était un barbare.

– Sûrement moins que vous !

Captivé ainsi qu'elle le souhaitait, le maître se surprit à attiser le feu de sa première rencontre profonde avec le désir. Indubitablement repoussé comme une mouche, comme une mouche il revint se poser sur le nez de la belle, de la jamais d'accord, et de la toujours contradictoire.

– Moine, je l'ai été, mais je ne le suis plus : et pour vous éviter de le concevoir vous-même, il ne vous reste, à l'heure qu'il est, madame, qu'à me traiter d'inabordable barbare et, par surcroît, de moine défroqué...

La perche à peine tendue, Chan s'en saisit de toute sa hauteur naïve et soudain debout, dominante et parfaite, elle ne se retint plus de crier :

– Je n'ai vraiment rien à faire avec vous, monseigneur !

N'en déplaise à dame Chan, Sino-Barbare désirable, le maître éprouvait pour la ville de Kachgar, dernière oasis du Grand Désert avant les montagnes qui conduisent au Cachemire et en Inde, une affection toute particulière en souvenir de ces inoubliables instants où son maître principal, le révérend Sûryasoma de Yarkand, avait grand ouvert à son cœur d'enfant les portes du trésor de l'éveil.

Dès son sixième printemps, et à l'image de sa mère Jîvadevî, fille unique du roi de Koutchâ, Kumârajîva entra dans l'ordre du Bouddha en renonçant au palais, aux plaisirs et à la royauté. Imaginez-les, marquis : la mère et son fils, humbles et chauves dans les robes glorieuses ! En moins d'un an, le moinillon en était à mémoriser jusqu'à trente mille syllabes sanskrites par jour – des proses et des stances tant des discours du Bouddha que de leur interprétation pan-réaliste.

Regardez ce gamin aux yeux ronds qu'entourent, comme des nuées de bulles, des syllabes incompréhensibles que pourtant il comprend. Il tend la main à sa mère, sainte nonne et visionnaire que la connaissance spontanée du sanskrit gagna lorsqu'elle le portait dans son ventre. Oh, il est tant d'histoires fantastiques sur Kumârajîva et ses sublimes parents...

Permettez-moi, marquis, de vous rapporter l'une de ces histoires, une seule, que le vieux serviteur du maître, Satya, me raconta lui-même un jour que la tête me faisait trop mal et que mon vénéré seigneur m'avait apparemment repoussé.

En ce temps-là, Shrînagara la Radieuse, la plus belle ville du Cachemire, était un grand centre d'études et de pratiques bouddhistes. Les princes et leurs abbés, de même que les moines et les laïcs, chacun portait les Trois Joyaux dans son cœur en vénérant plus particulièrement certaine statue du grand homme bienvenu, une merveille d'art et de bénédictions qui, sculptée dans le santal et sertie de rubis, représentait le Bouddha debout, la main droite levée pour apaiser les forces du mal, comme s'il venait à la rescousse des êtres sans protecteur.

On racontait que c'était Maya lui-même, l'architecte des dieux, qui l'avait fabriquée lorsque le seigneur des mondes s'était éloigné de notre terre pendant trois mois humains pour instruire sa mère récemment défunte, laquelle avait repris naissance à la cime du mont Meru, la montagne souveraine, dans le royaume des Trente-Trois Dieux que commandait le fougueux Indra. Sans le Bouddha, l'Inde était si triste et si désemparée que le génial Maya avait produit une œuvre dont les bénédictions avaient apaisé les cœurs jusqu'à la redescente de l'Eveillé sur le continent des Pommes-Roses, et encore bien après.

Parmi les milliers de croyants de Shrînagara la Radieuse qui révéraient les Trois Joyaux et chaque jour avaient non seulement l'honneur de se prosterner devant la précieuse statue mais aussi le plaisir immaculé de lui faire les plus abondantes offrandes, il se trouvait un moine du nom de Kumârayâna, d'origine brahmanique, qui avait renoncé aux prérogatives de sa caste pour s'exercer à la quiétude et à la vision supérieure.

Or il se trouva que, un jour qu'il méditait spontanément sur l'esprit d'éveil du Grand Véhicule, Kumârayâna, alors âgé d'une soixantaine d'années, eut une vision décisive du bodhisattva Mañjushrî, où le prince mystique, arborant un objet de lumière qui semblait parfois une épée flamboyante, parfois un livre au contenu éblouissant, ordonnait au moine de quitter l'Inde pour se rendre en Orient-Extrême sur-le-champ afin, tout bonnement, de convertir le pays des Sères, autrement dit, marquis, la Chine.

Dans le secret de son intelligence, Kumârayâna était un adepte naturel du Grand Véhicule, c'est-à-dire de la vacuité à cœur de compassion, et, loin de tout orgueil, il se sentit investi d'une mission telle que, sans l'ombre d'une hésitation, il parvint à subtiliser la précieuse statue de santal, laquelle ne mesurait guère plus d'une coudée, et se mit en route pour les montagnes du Nord-Est à l'insu de tous. Que l'idée lui fût venue pendant sa vision, ou qu'elle émanât des profondes réflexions qui s'en suivirent, le vieux moine ne s'en souciait point : il savait seulement qu'il devait convertir la Chine à la Loi merveilleuse et que sa petite personne n'y suffirait pas. Alors, par-delà toutes les craintes et tous les interdits, il avait pensé qu'un objet aussi puissant que la statue de santal, dont la seule vue créait les circonstances les plus favorables à la paix, serait à même d'émerveiller, sinon de convertir, les bipèdes du lointain Orient.

Son âge avancé ne l'empêcha pas de franchir les montagnes par le col de l'Oignon, les ravins sans nombre, les cols affreux, jusqu'à l'orée du Grand Désert de sable où la Chine elle-même peinait à se perdre. Puis, à pied, à dos de mule et de chameau, et sans que, miraculeusement, le moindre voleur, le moindre marchand ne l'importune, il parvint à l'oasis de Koutchâ, tout au nord du Désert, sur la branche septentrionale de la Route de la Soie où, au plus haut de son âge et à la cime de l'effort, il s'écroula de fatigue. Le roi de Koutchâ, qui était un bouddhiste fervent, admira l'étonnant brahmane pour sa bravoure et sa grandeur d'âme, et il n'eut de cesse que de le remettre sur pied pour qu'il poursuive son illuminant voyage et porte aux gens de Chine la plus sainte des statues du seigneur Bouddha.

Cependant, la santé du vieux moine déclinait à vue d'œil. Kumârayâna sentait bien qu'il ne pourrait pas accomplir sa tâche et pourtant il n'aurait confié à nul autre que lui-même le soin de porter la merveille chez les étranges Chinois...

L'idée vint du roi :

– Epousez ma fille unique, la princesse Jîvadevî, et le fils qu'elle vous donnera reprendra votre mission là où votre santé vous a contraint de l'interrompre : il portera en Chine cette précieuse statue dont la seule vue libère de toutes les peurs.

– Mais je suis moine, répondit Kumârayâna, et je ne puis ni goûter aux plaisirs de la chair ni, moins encore, me marier, ô bon roi, sans contrevenir à la sainte règle...

Vous remarquerez, marquis, que rien ne vient seul, comme on dit, et que chaque affaire, ici-bas, a forcément un précédent. Toujours est-il que, à force de discussions, le roi de Koutchâ finit par persuader le moine cachemirien que, bien au-delà de son propre salut, le salut d'un monde tout entier dépendait de lui : il devait à tout prix épouser la princesse et l'engrosser du héros qui mènerait l'Orient à la vraie foi.

La mort dans l'âme, le moine renonça à ses vœux et épousa Jîvadevî en justes noces : la mort dans l'âme encore, il honora la princesse ainsi qu'un époux honore sa femme mais, comme par un fait étrange, les lunes passèrent sans que l'épouse ne sentît, ni ne montrât, le fruit tant attendu de ses entrailles.

Un an passa et le roi de Koutchâ convoqua sa fille :

– Qu'y a-t-il, mon enfant ? Pourquoi n'êtes-vous pas déjà mère, ainsi que la nature le voudrait ?

– Il me semble, répondit la princesse, que lorsque le plaisir nous unit, mon noble époux prononce une formule magique en sanskrit, que je ne comprends pas, et qui, peut-être, a le pouvoir de me garder inféconde...

– Eh bien, lui dit le roi, il ne tient qu'à vous, ma fille, d'empêcher votre époux de prononcer quelque formule que ce soit au moment précis que vous savez.

L'histoire raconte que, dès lors, la princesse s'employa à baiser incessamment les lèvres de son époux quand il l'honorait, et toutes les syllabes magiques qu'il pouvait prononcer n'eurent plus le choix que de s'engouffrer dans le cœur de la jeune femme, qu'elles finirent par féconder de notre maître, ainsi qu'il le fallait.

Notez, marquis, que, lorsque le vieux Satya m'eut conté cette histoire, je lui demandai ce qu'il était advenu de la statuc de santal.

– La statue ? répéta le bonhomme. Quelle statue ? N'est-ce pas une légende, révérend Seng-tchao, que je viens de vous dire ? Ne trouvez-vous pas que les inconcevables merveilles que notre maître a apportées en Chine, les plus grands textes de la Connaissance Transcendante et du Grand Véhicule, ont autant, sinon plus de valeur qu'une statue en bois piquée de cailloux scintillants ?

– Alors, révérend et sage Satya, me répéterez-vous la formule magique qui, somme toute, empêcha la princesse Jîvadevî de concevoir un enfant ordinaire ?

– Il ne s'agit guère d'une formule magique mais d'un hommage au Bouddha. Ecoutez plutôt :

Vous trônez ici-bas
Comme en l'espace vide,
Ô fleur de lotus blanc
Que l'eau ne retient plus !

Votre esprit resplendit
D'extrême pureté :
Noble maître éveillé,
Acceptez mon hommage !

Le maître n'avait pas dix ans quand sa mère et lui quittèrent Koutchâ pour l'Inde lointaine. Ils traversèrent le désert et s'enfoncèrent dans les montagnes blanches ; au col de l'Oignon, ils posèrent un pied sur les Pamirs et l'autre sur les monts K'ouen-louen ; et après cent détours par les reliquaires initiatiques les plus haut perchés, après le passage presque immatériel de l'Indus sans fond, ils redescendirent sur Shrînagara la Radieuse, sur la grande ville sainte, la capitale du Cachemire, parmi les lacs et les parlers étranges.

Les choses de notre foi se disaient alors toutes en sanskrit et, mère et fils, ils furent admis parmi les disciples du révérend Bandhudatta. Auprès de lui notre maître retrouva

– je dis bien « retrouva », plutôt que « apprit » – le contenu vivant des milliers de stances qu'il savait par cœur, le sens profond des enseignements où le Bouddha résout toutes les difficultés de la spiritualité, et l'intelligence des catégories qui révèlent l'harmonie du réel. Le seigneur Bandhudatta était « pan-réaliste » dans la mesure où il admettait que tout était vrai avant le nirvâna, guère après. Pour ce maître authentique, le nirvâna désignait la fin des passions douloureuses attachées à la croyance au moi. Pour lui, sans le moi, plus rien ne pesait, et c'était là, dans son cœur, l'ultime libération.

Peu après le jour de ses onze ans, le maître fut sommé par Bandhudatta de répondre aux attaques d'un moniste vichnouite d'Amritasâra et, devant un auditoire charmé, sinon ébahi, l'enfant emporta avec lui tous les esprits dans les terribles profondeurs de la régression à l'infini qu'appelle forcément l'idée d'un dieu créateur.

Par la suite, Jîvadevî et son fils quittèrent les jardins et les roses de la Loi merveilleuse qui tant fleurissaient au Cachemire et dans le Gandhâra voisin. Le roi de Koutchâ avait mandé un émissaire à sa fille devenue mendiante pour qu'elle revînt au palais avec l'enfant dont on disait déjà force prodiges. Il fallut donc redescendre dans le désert, dans les rochers arides et le sable râpeux, mais, passé les neiges du col de l'Oignon, le maître et sa mère, accompagnés de leur nouveau héraut, décidèrent de prendre quelque repos à Kachgar, où ils ne s'étaient pas même arrêtés en gagnant l'Inde. Le voyage les avait éreintés et leurs jambes ne voulaient plus les porter. Or la réputation de sa victoire contre le vichnouite d'Amritasâra avait précédé le jeune génie à la cour du roi de Kachgar, en émouvant particulièrement l'abbé du monastère royal, un moine d'origine brahmanique aussi qui, répondant au nom de Buddhayashas, était déjà célèbre pour sa science et son jeune âge sous l'aimable sobriquet de « Glossateur aux moustaches rousses ».

Glossateur, il l'était de toutes les paroles du Bouddha. Séduit par la mémoire et les facilités linguistiques de notre maître, le révérend Buddhayashas le prit sous sa coupe avec l'idée de lui transmettre le plus de connaissances possible. Outre la scolastique et la discipline pan-réalistes, l'érudit glossateur l'instruisit en sciences védiques, en grammaire sanskrite et pâlie, en rhétorique et en astrologie. Mais ce n'était là que l'antichambre du trésor de Kachgar. Au fil de ces savantes transmissions, Buddhayashas comprit qu'il lui faudrait vite confier l'enfant à plus sage que lui, et il pensa au révérend Sûryasoma, dont nous savons peut-être qu'il avait renoncé au trône de Yarkand pour se faire moine-bodhisattva et enseigner le Grand Véhicule aux prédestinés.

Prédestinés, marquis, nous le sommes forcément : voilà notre devoir ! Prédestiné, le maître l'était à l'évidence, sans signes ni miracles, sinon cette vivacité de la parole, cette éloquence, déjà, qui avait à jamais bouleversé son premier maître de lecture, à Koutchâ. Il lui fut alors donné, à l'enfant prodige, au soleil de l'esprit, d'accéder aux sublimes révélations du Grand Véhicule.

Aux interrogations de l'enfant, le seigneur Sûryasoma répondait avec la bonté chaleureuse et prolixe d'un père. Les bodhisattvas vivent l'éveil très naturellement, lui expliqua-t-il, puisque c'est l'éveil lui-même qui leur tient lieu de corps, de parole et d'esprit. Héros de l'esprit d'éveil, ils ne s'adonnent qu'à une seule pratique : la grande compassion. Aux questions du moinillon sur la grandeur de la compassion, le révérend Sûryasoma, dont le nom signifie « Soleil et Lune », répondit comme un bouddha : il lui apprit l'existence de trente-deux ponts menant à l'omniscience ; puis il lui chuchota sept pratiques secrètes qui approfondissent l'instant de sagesse ; et il lui confia non moins de vingt-deux formules qui lui permettraient de préserver l'impeccabilité de sa pensée.

Au moinillon qui jouait au roi-dragon comme dans le soûtra qui servait de base à toutes ces explications, le maître éveillé confia trois trésors : d'abord, la limpidité du corps physique, ensuite, l'insubstantialité universelle et, enfin, la pureté fondamentale de toute chose.

Le premier trésor apprit à Kumârajîva à visiter son propre corps jusqu'en ses composants les plus irréductibles pour déboucher sur l'espace qui est mieux qu'un lieu vide. L'immense tourbillon de cette ouverture livra l'enfant à l'intuition de la vacuité, tant de l'âme que de l'inanimé, et ce trésor-là en recelait un troisième, le plus sublime, le Joyau qui satisfait tous les désirs : s'étant dissous dans les irisations du multiple, l'enfant prodige s'éprit du monde entier en constatant que, toujours vide et toujours apparente, la réalité allait à la même lenteur que nos esprits. Il eut alors une singulière et décisive pensée : aucune pratique, ô bienheureux, ne mène réellement à l'éveil !

En effet, dit Sûryasoma, le bodhisattva véritable en vient à oublier le concept même de « pratique ».

Plus le petit apprenti, notre maître, pénétrait la vacuité d'une chose, plus il pénétrait ladite chose en la connaissant – du vide à la forme sans s'éloigner du vide pour s'approcher de la forme.

Ce désir est vide par mon corps dissous et très vide par les consciences où il s'épanche. Pour connaître le désir, il importe avant tout de ne pas l'annihiler, comme un réaliste du Petit Véhicule, en laissant chatoyer son immense vacuité. Car la vacuité qui nous illumine transcende le néant des choses dans leur pureté fondamentale. La pureté du désir, constataient – chacun à son époque respective – le moinillon et le moine aux vœux momentanément remis, l'état naturel du désir, voilà un espace égal à ma présence éveillée.

Toujours plus émerveillé, l'enfant Kumârajîva passa ses onzième et douzième années entre les sciences de Buddhayashas et les visions de Sûryasoma, entre un métaphysicien discipliné et un prince-moine-bateleur. N'ayant plus rien à quoi se raccrocher dans ce qu'il avait pris pour son âme, il laissa l'idée du « je suis » s'évanouir en cédant la place au dénuement spacieux de la nature des choses. Et c'est ainsi que Sûryasoma lui transmit les préceptes des bodhisattvas tels que le bouddha Vairochana les expose dans le *Soûtra du Filet de Brahma*.

La nonne et son fils eurent enfin le loisir de suivre l'émissaire de Koutchâ, mais Sûryasoma ne les laissa repartir qu'après avoir dicté à l'enfant le très précieux chapitre dix du *Filet*, lequel fut ainsi couché par écrit sur feuilles de latanier, relu par le maître de notre maître et par lui corrigé.

Kachgar était le palais des féeries de la pensée et de l'absence de pensée au sein même de la pensée, et voilà pourquoi Kachgar revint si fort à l'esprit du maître lorsqu'il se fut habitué à la boudeuse beauté de Chan la Kachgarie. La vue d'une simple femme évoquait les souvenirs les plus vitaux : sa vue, puis le désir de la voir dont je fis mon désir aussi. Je jalousais, de mon maître, le naissant désir. Je jalousais la pureté de son désir et la pureté de ma jalousie me ramenait à mon illusoire céphalée.

Les sages ne font semblant de rien et c'est comme en se jouant qu'ils s'adonnent à la pureté. A nos yeux, parfois ils parlent, parfois ils se taisent, dorment ou mangent, méditent ou enseignent ; en réalité, leur connaissance de l'insubstantialité n'a d'égale que leur compassion et, nous autres, nous les limitons à ce qu'ils nous paraissent : à l'instant même où il me parle de l'éclosion bienvenue du désir dans le courant de sa conscience, le maître, du fait même qu'il s'est libéré des limites du moi, ne se réduit plus au Kumârajîva de légende dont j'essaie, marquis, de vous rapporter quelques traits.

Comme en se jouant, le vieux moine, mon maître, contemplait la transformation du fer en acier, forgeron à l'œuvre qui me montrait, à moi, comment il fallait procéder pour définitivement repousser les limites que la convention imposait à l'esprit.

– La dérobade de dame Chan est le don qu'elle me fait de l'introuvabilité, m'expliqua-t-il alors que la courtisane ne lui avait toujours pas permis de l'approcher.

» Si j'étais un chien, je dévorerais le morceau de choix que la magie nous montre en cette femme ; si j'étais un amant averti, j'en ferais la maîtresse de mes maîtresses ; et si j'étais un moine du Petit Véhicule, je ne verrais en elle qu'un cadavre dégorgeant d'immondices.

» Mais je ne suis rien de tout cela et d'elle rien ne ferai !

6

Encens

Incomprise, marquis, la transcendance pourrait vous faire perdre la tête en durcissant la mienne et ses tortures. Riez plutôt, monseigneur, et comprenez ! Je suis moine et poète ; les traces de mon encre laissent croire que j'ai, moi aussi, « tout compris » : sachant que « la connaissance transcendante n'est qu'une vaste inconnaissance », je n'ai plus qu'à fréquenter « la vacuité de l'irréel », « l'immobilité des choses » et « l'innommabilité » de ce mystère que d'aucuns appellent « nirvâna » – dans notre langue : « extinction dans la paix ».

Je devrais être un sage, autrement dit, un homme libre au point de partager sa liberté avec tous et chacun. Mais il n'en est rien ! Beau parleur, Tchao le scribe à l'éternelle céphalée manque de sagesse, ce flot ininterrompu de bonté, d'art et de discrétion qui révèle du sage la présence salutaire ; Tchao le moine n'éprouve guère la sagesse : comme un poète, il se sustente de crises.

Prince patient, vous savez combien de poèmes il m'est arrivé de commettre sous prétexte de connaissance transcendante, et vous savez d'expérience que je n'ai toujours pas trouvé le temps de me taire à son sujet. Or, il est connu que la connaissance est plus réelle en son haut silence. Mais à l'exception de notre maître, je n'ai guère rencontré que mon frère aîné Seng-jouei pour incarner l'égalité du recueillement méditatif et de son absence. Hors recueillement, marquis, votre serviteur n'est qu'un bouffon indigne du décor.

La juste transcendance n'abolit pas plus qu'elle n'instaure : elle montre que la chose naît au moment même où elle s'évanouit. Bulles parmi les bulles, nous éclatons sans répit : la vérité ne croupira jamais dans nos poings serrés. Je ne parle pas du langage, qui giboie à mi-chemin de l'acte et de la pensée, car le langage ne peut que manquer son but : n'est-ce pas tout ce qu'il a fait jusqu'à présent ?

Nonobstant, c'est encore le langage qui faisait semblant de régner au Pic des Vautours de Tch'ang-an, au cœur de la retraite immaculée de la Perle du Dragon. Il chatoyait entre un homme et une femme que je trouvai penchés sur le deuxième rouleau du *Soûtra de Vimalakîrti*. J'eus la vive impression que le laïc inconcevable devisait avec la déesse des combles de sa chambre, la créature impertinente qui m'avait illuminé au nom de toutes les femmes en échangeant, si j'avais bien saisi le sens de ce sublime passage du soûtra, son apparence contre la mienne : celle de tous les mâles.

Le seigneur Che me reçut indolemment. Du regard il me présenta une autre future mère de génie, une personne qui me parut aussi belle que l'intouchable Kachgarie : désirable dès l'abord, élégante et fine, elle m'adressa un regard où je sentis tout l'amour et toute l'ironie du monde.

– Pourquoi ne vous asseyez-vous pas avec nous, révérend ? dit-elle en se pressant contre le maître comme pour me faire de la place.

Elle sentait bon, elle frémissait... Par le ciel ! Je tombai assis de l'autre côté de la précieuse table en apprenant que notre nouvelle maîtresse s'appelait Encens. Un instant, sa posture et son nom m'évoquèrent une image féminine de moi-même, l'éternel apprenti, me tortillant à l'ombre d'un Koutchéen de fables.

Lettrée, la courtisane Encens avait même étudié plusieurs rouleaux du *Traité de la Grande Connaissance Transcendante*. Elle connaissait les travaux de notre académie pour avoir plus d'une fois assisté aux interminables séances de traduction dirigées par le maître au palais royal, lorsque nos ateliers et nos bibliothèques se trouvaient encore dans les jardins de la Libre Errance. Néanmoins, elle ne voulait pas se réformer ni même vivre les secrets du réel : c'étaient les mots, la poésie, les métaphores toujours renouvelées de la littérature bouddhiste, et non sa signification, qui avaient sa faveur. Sur elle, comme sur moi, planait l'énigme de la fréquentation du sens dans le refus de ses bontés. Nous nous ressemblions un peu.

N'oubliez pas, marquis, que les religieux qui respectent leurs vœux sans intelligence sont sujets à des imaginations de vierge : non de jeune fille vierge, mais de puceau insane épris de netteté. Si bien que, lorsque Encens se déclara bouddhiste non-bouddhiste et poétesse non-poétesse, moi-même, toujours énamouré de beaux concepts, je tentai de comprendre pourquoi mes œuvres passées avaient fait de ma personne un moine et non une séduisante hétaïre. Ne rougissez pas de mes insignes réflexions, marquis ; permettez-moi plutôt de vous rappeler combien ces caractères « masculin et féminin » sont peu de chose :

« Lorsque le soleil des liens et des passions douloureuses, lit-on dans le *Traité*, a échauffé la poussière des formations mentales, et que le vent des réflexions fallacieuses tourbillonne dans le désert des morts et des renaissances, l'homme sans sagesse affirme l'existence des caractères masculin et féminin, et c'est là un mirage. »

Ainsi parle l'omniscient Nâgârjuna. Mais, monseigneur, vous rougissiez peut-être pour une autre raison : non que j'appète une femme, mais celle-ci précisément, celle qui, en quelque sorte, tenait ma place aux côtés du seigneur Kumârajîva...

– Révérend Tchao, minauda-t-elle justement qui, même poétesse, minaudait, pourquoi n'avez-vous pas, vous non plus, renoncé à vos vœux pour quelque temps ? Vous êtes jeune...

– Le maître n'y a pas renoncé de son propre gré mais contraint !

Soudain conscient des avances de la courtisane et du poids de mon monachisme, je sursautai en bafouillant :

– Il faut être un homme comme maître Che pour non seulement déjouer les pièges qui guettent le laïc mais encore, par un art spontané, « se fondre à la situation vicieuse tout en la purifiant » : de cela je suis, bien qu'instruit, suprêmement incapable !

– Que vous dites, déclara-t-elle comme si nous nous connaissions depuis toujours.

– Il a raison, lança le maître en me dévisageant avec amour.

Dans l'eau du présent se reflétait la lune ronde de mon ignorance.

– Quelle est votre opinion, madame, m'écriai-je par défense, et pour changer de sujet, sur les mots « tout » et « rien », si fréquents dans notre littérature ?

– Les mots « tout » et « rien » ? répéta-t-elle en faisant

mine de me caresser la main. Ils m'énervent un peu, mais je n'en pense pas grand-chose. « Tout » me paraît démesuré et « rien », inintéressant.

Ses mains, ses doigts, la pulpe de ses doigts, les particules de matière composant cette pulpe ronde et translucide, les atomes s'agrégeant pour former ces particules, mais surtout les horizons illimités qui s'envolaient des doigts dansants de la dame me calèrent alors, heureux et rayonnant, dans le sentiment bleu du ciel.

Ce ne devait pas être mon cœur, cette chose qui battait à la place de mon cerveau à m'en cramoisir les joues.

– Révérend ! chipota-t-elle à nouveau.

Elle voulait, bien entendu, savoir dans quelle couche céleste, d'indigo ou d'azur, je m'étais arrêté. Elle voulait l'imaginer pour en rêver avec délectation, puis aller butiner ailleurs. En elle, la littérature et la philosophie, ou l'effort poétique, ressemblaient à un lieu de plaisir mi-humain mi-divin.

Ô patriarches, que j'erre loin de votre sagesse ! Bien plus qu'au reste je pense à moi : je ne fais que parler de moi. Et pourtant, c'était à nouveau la déesse des combles et le laïc Vimalakîrti, guère malade mais guère éloigné de son lit, qui s'entretenaient devant votre serviteur – et ma bouche parfois ne pouvait s'empêcher de gazouiller pour retenir l'attention de la belle.

L'hallucination était attendrissante, et je m'attendrissais. Le maître me dictant les premières corrections du *Vimalakîrti*, j'exultai, retenu au Pic des Vautours, de ne pas devoir redescendre au Temple Chaumière ou à la cour. Nous écoutions le grand laïc expliquer comment il voyait les êtres vivants : des créatures de fantasmagorie ; et comment il les aimait : en s'éteignant sans fièvre dans leur paix.

– On ne le répétera jamais assez. Il n'y a qu'une seule ignorance : ne pas reconnaître la pureté fondamentale de cet instant, révérend ! La reconnaissez-vous ? Pas assez clairement ? Regardez ! La pureté fondamentale du désir auquel vous pensez n'est pas son insubstantialité seulement, mais la vacuité de ce qui, au moment du désir, n'est pas pur désir.

» Notez que l'absolu transcende le pur et l'impur. Et agir selon l'absolu, c'est être là sans juger. L'acte est acte comme le ciel est ciel. La puérilité, en ce qui nous concerne, mon bon Tchao, consisterait à sombrer dans la négation du désir, à en connaître le non-être sans en connaître le vrai fond. En vérité, le vrai fond du désir n'est autre que le discernement parfait propre à la sagesse des bouddhas. Ici-bas, le vieux moine en moi ignore tout de l'efficiente pureté du désir de chair : je n'avais jamais osé, ni même y avais-je songé, revêtir à ce point les profuses parures de l'égalité. Aujourd'hui, laïc de fantaisie, je ne parviens pas à m'éprendre sans histoires.

– Et peu à peu, disait Encens non sans petits rires inquiets, je deviendrai une sainte, une sainte courtisane. Et pourquoi pas une moniale ? D'accord, messeigneurs, si vous, d'abord, vous vous faites voleurs !

– Voilà qui est fait ! s'exclama le maître. Nous sommes même pire que des voleurs ! Dites-moi, révérend Tchao, la discipline transcendante ne consiste-t-elle pas précisément à violer les préceptes ?

– Précisément, monseigneur.
– Vous vous gaussez de mots !
– Non pas, jeune dame ! Le bodhisattva qui, au mépris de ses vœux, illumine les êtres dans n'importe quelle circonstance, s'adonne sans conteste à la transcendante discipline.
– Les petits vœux se brisent comme les tuiles, et il est difficile de bien les recoller. Mais les grands vœux, tels des objets d'or ou d'argent, se réparent très facilement. Il y a toujours de la facilité dans la grandeur.
– Y aurait-il des vœux ultimes ?
– La fin de l'illusion n'est-elle pas la fin de la douloureuse ignorance ?
– Connaissez-vous l'histoire de l'homme qui rêve qu'il est mordu par un serpent venimeux ? La douleur le force à prendre un contrepoison : le poison éliminé, la douleur elle aussi s'en va. Dites-moi plutôt, dame Encens, cet homme a-t-il réellement été mordu par un serpent ?

Rouge comme les lèvres de la poétesse, mais rouge d'une espèce d'emportement qui nous fit rire tous les trois, mon grand frère Seng-jouei, qui venait de nous rejoindre dans les hauteurs, se releva de sa dernière prosternation.
– M-m-maître, bégaya-t-il, d'essoufflement et non de confusion, maître, désormais vous n'êtes plus seulement un barbare débauché : l'abbé Houo-kie a déclaré hier que vous deviez être faussaire, puisque vous aviez, vous et nul autre, inventé de toutes pièces un soûtra, en l'occurrence le soûtra du *Filet de Brahma.*
– Je ne connais pas ce soûtra, ronronna dame Encens. Existe-t-il vraiment ?

– Et comment ! m'exclamai-je. C'est dans ce soûtra que le Bouddha enseigne le mode de vie des bodhisattvas. J'ai même rédigé le colophon de la traduction qu'en a donnée notre maître il y a environ deux ans... Mais l'abbé Houo-kie est trop obtus – pardonnez-moi ! – pour que l'effleure ne serait-ce que le concept d'apocryphe.

– Apocryphe ? releva dame Encens.

– La pire des accusations qui se puissent porter contre un traducteur, fit Seng-jouei : non qu'il traduise mal un texte mais qu'il traduise ses propres inventions en proclamant que ce sont les paroles du Bouddha. Vous rendez-vous compte, madame ?

» Vous rendez-vous compte, répéta mon grand frère, que l'abbé et ses amis osent accuser de faux le plus grand traducteur du sanskrit en chinois ! Kumârajîva un faussaire ! C'est proprement inconcevable, au sens le plus terrible de ce mot.

– Vous devez bien avoir l'original de ce texte ? s'enquit la jeune femme.

– Les manuscrits originaux sont en possession de Seng-jong, le dépositaire de la discipline du Grand Véhicule.

– Ce sont des merveilles de calligraphie brâhmie sur feuilles de palmier.

Maître Che intervint en haussant légèrement le ton :

– Saints mensonges ! En m'arrivant, la rumeur s'éteint ; comment une flèche lancée dans l'espace le blesserait-elle ? Que croyez-vous donc, éminents tondus ? Dites-moi votre opinion !

– Nous ne voulons, maître, sur rien nous fixer.

Notre unisson, à Jouei et à moi, ne priva pourtant pas mes yeux de se fixer sur les lèvres de la dame. Que de lèvres, pensai-je, que de mots à déporter, translater, unir.

Oh, marquis, ne m'avez-vous jamais trouvé un petit air d'entremetteuse ? Combien de mots, à défaut de concepts, n'avons-nous pas mariés, obsédés que nous sommes du superbe, du juste et du bien dit !

Nous étonnant plus encore, le grand traducteur déclama presque :

– Grand Houo-kie, phare de la pensée, pourquoi ne pas t'oublier dans l'immensité d'une goutte d'aise naturelle ?

– Comment se fait-il, demanda la dame, que l'abbé Houo-kie, qui semble tant vous importuner, révérends, ait une telle importance ? Si j'ai bien compris, seigneur Che, vous êtes le maître spirituel du royaume et nul n'a le pouvoir d'aller contre vos vœux.

– Mon pouvoir, précisa le maître, est plutôt un devoir : celui de traduire et d'expliquer les textes du Grand Véhicule. Quant aux fonctions de Houo-kie, en tant qu'abbé du monastère central de Tch'ang-an, il est en charge de plus de trois mille moines et nonnes, et cette responsabilité a fait de lui un sage, à sa façon, auprès de qui le roi aime prendre conseil.

» Il est toutefois manifeste que la grande idée de notre école le terrorise pour de multiples raisons. L'insubstantialité générale l'effraie. Les déclarations : “Tout ce que vous croyez est faux, tout ce pour quoi vous vivez : illusoire ; tout ce que vous aimez ne vaut rien et, non content de vous être toujours trompé, vous vous trompez encore”... Ces déclarations ne vous font-elles pas frémir, vous aussi, dame Encens ?

– Pas le moins du monde, assura-t-elle.

– Peut-être n'en saisissez-vous pas la portée ?

– Je ne puis me résoudre à votre insubstantialité !

– Vous voyez bien, madame, que vous avez peur, sourit

le maître. Je reconnais, si vous me permettez, que l'abbé menace enfin de manière intéressante notre expression de la vérité. Il est tout à fait impossible, en effet, de prouver l'authenticité absolue de quelque texte que ce soit : à plus forte raison, l'authenticité des saintes écritures du Grand Véhicule dont la subtilité a de quoi inquiéter autant que ravir. Pour Houo-kie, madame, les soûtras et traités du Grand Véhicule ne peuvent émaner du seigneur Shâkyamuni tel qu'il vécut en Inde il y a près de mille ans. Mais je ne comprends pas pourquoi il s'en prend nommément au *Filet de Brahma* : jamais nul n'a osé élever la voix contre l'authenticité de notre « Mère », la *Connaissance Transcendante.*

– Vous le disiez, maître, intervint Seng-jouei : la *Connaissance Transcendante* est plutôt la philosophie du bodhisattva, alors que le *Filet* dévoile, agrémentées d'instructions pratiques secrètes, ses activités.

– Le vide, c'est une chose, glosai-je à mon tour ; le comprendre, une autre ; et vivre avec, une autre encore !

– C'est ce que je m'épuise à vous suggérer, soupira la courtisane.

– N'empêche, reprit Seng-jouei, tout inoffensif qu'il paraisse, l'abbé Houo-kie n'a pas hésité à souffler au souverain que, s'il parvenait à lui prouver que le *Filet de Brahma* n'était qu'un apocryphe, la fausseté des enseignements du Grand Véhicule se révélerait « dans toute sa complexe platitude ». Et, pour corroborer le tout, le grand maître de ces enseignements serait par surcroît le faussaire à l'origine du *Pénitentiel des bodhisattvas*, autre nom et fonction effective du *Filet*, de même qu'à l'origine de ces textes dévoyés comme le *Recueillement de la Marche*

Héroïque, ou obscurs comme les *Trois Traités de la Voie médiane*...

– C'est plus qu'un affront ! répliquai-je. C'est l'invention d'un schisme ! Les Véhicules ne se contredisent pas mais se complètent. Quel plaisir, dites-moi, quel plaisir, y a-t-il à rameuter son monde pour des affaires d'une telle intériorité ?

Comme à votre nécessaire habitude, marquis, guerroyant sur le front Nord, vous ne pûtes assister à la sublime cérémonie de la transmission des vœux des bodhisattvas qui avait eu lieu l'année d'avant. Dans la grand-salle du temple de Houo-kie, au beau milieu de la capitale, un millier de personnes, dont quelque trois cents moines de notre académie, ainsi que le roi et la plupart de ses proches, mais à l'exclusion notable de sa sœur préférée, la princesse Ming – qui aimait la compassion moins encore que le vide –, tous ces braves reçurent en esprit, depuis l'esprit éveillé du maître lui-même, les vœux plus précisément appelés « préceptes des terres de l'esprit des bodhisattvas », ainsi que toute leur efficace.

Les terres de l'esprit, marquis, sont des degrés d'ouverture qui apparaissent au voyageur de l'amour en son départ infini ; ce sont, paysages métaphoriques, les harmonies de qualités ineffables qui révèlent l'esprit à mesure que, plus l'envahissent la compassion et le vide, il se fait profond, subtil et merveilleux.

Il va sans dire que, pour un juge mesquin, l'extrême intériorité de ces vœux les rend proprement incontrôlables ; et c'est là que l'abbé Houo-kie, qui ne voulait pas voir dépasser une tête de ses rangs de moines, comptait en venir. Pensez, marquis ! Les vœux de la libération individuelle, que le Petit Véhicule préconise, forment le meilleur moyen de contrôler officiellement la communauté. A la nouvelle et à la pleine lune, le maître du chapitre énonce, l'un après l'autre, les centaines d'interdits qui distraient le moine de la simplicité et, dès qu'il entend leur nom, le coupable reconnaît à voix haute les fautes qu'il a commises et les confesse publiquement.

Rien de tel dans le chapitre dix du *Filet de Brahma*, où le bouddha Vairochana expose, d'une part, les quarante qualités spirituelles des bodhisattvas et, d'autre part, les cinquante-huit défenses qu'ils observent, en toute liberté et responsabilité, pour le plus grand bien de l'ensemble des êtres.

Le point de vue est autre : vous le savez, qui savez que les préceptes du Grand Véhicule se ramènent à l'inconcevable pureté.

– Fariboles d'illuminés ! lança Houo-kie, déjà trop sûr de sa victoire. Je suis contraint, Majesté, d'accuser le maître national Che d'avoir inventé le *Soûtra du Filet de Brahma*, d'en avoir fabriqué chaque phrase pour mieux amener ses crédules adeptes à sa croyance nihiliste, à cette croyance, bon sire, que je ne puis me résoudre à croire vôtre.

– Ma croyance, l'abbé, consiste justement à ne rien croire !

Yao Sing permettait à ce putois de la sainteté de bafouer la sainte vacuité : à ma ressemblance, ils ne savaient ni l'un ni l'autre de quoi ils parlaient. L'âne aboie, le jars brait : moi, je note tout en grattant mon crâne endolori, pour vous peut-être, marquis. Et dans le lointain, j'entends la rumeur des Barbares qui s'apprêtent à nous métamorphoser : Ho-lien Po-po et le nouvel empire des Sia viennent chercher leur dû. Ils approchent de Tch'ang-an, car vous avez perdu la guerre, marquis, vous qui savez pourtant que même Brahma, Indra et les dieux les plus anciens ne sont pas éternels.

– Il ne peut se trouver, Sire, intervins-je non sans rougir, d'accusation plus grave. Comment pouvez-vous tolérer cette calomnie ?

– Je ne la tolère pas, révérend : je la laisse, avec joie, trépasser sous les coups de vos imparables arguments...

– Eh bien, commençai-je, exposez-moi, révérend Houo-kie, les critères qui permettent de juger de l'authenticité d'un texte bouddhiste.

– Vous-même, répondit-il, qui vous dites du Grand Véhicule, vous estimez que notre canon est authentique, n'est-ce pas ?

– En effet.

– Rien de plus naturel, sourit mielleusement l'abbé. L'authentique inspire la foi. Mais les soûtras et les traités du « Grand » Véhicule sont si... fantasques qu'ils éveillent, à peine essaie-t-on de les lire, des soupçons. En trois phrases on sait qu'il s'agit d'élucubrations...

Peut-être le maître, le roi et dame Encens avaient-ils raison de tout prendre avec autant de détachement. C'était ma peur, mon angoisse de petit bonhomme perdu dans l'immensité, qui agitait dans ma gorge la terreur du schisme alors que, sans abolir outrancièrement les données de l'instant, il n'y avait là que désaccord métaphysique et malice intellectuelle.

Nos écritures ne parlaient guère de deux réalités, l'une

petite et l'autre grande, mais de différents degrés de retour au réel.

– Nous sommes d'accord sur l'authenticité des textes du Petit Véhicule, dis-je, mais notre accord ne saurait être la preuve de quelque authenticité que ce soit. Voyez, seigneur abbé, ils sont nombreux, les adeptes des Vedas de l'Inde mais nous autres, bouddhistes, nous ne croyons pas que les Vedas émanent de sages totalement éveillés. La croyance partagée de deux personnes ou de la multitude ne saurait être un critère d'authenticité.

– Seriez-vous en train de contester la validité de notre canon ?

– Non. Je disais seulement que le Grand Véhicule n'avait pas besoin de votre accord pour éclater de vérité. Un texte émane du Bouddha s'il expose correctement la discipline, le recueillement et la connaissance extraordinaires qui rendent bouddha. Je ne sache pas que le *Filet de Brahma*, plus que la *Connaissance Transcendante*, déroge à ces trois matières de l'éveil.

Arrachant un rouleau des mains de l'Indien Shîlaratna qui n'avait pas encore desserré les lèvres, Houo-kie se trémoussa un instant devant le souverain dont les paupières peinaient à ne pas se fermer.

– Ecoutez plutôt, Majesté ! dit-il avec l'emphase d'un cabotin. « Alors Shâkyamuni souleva la grande foule des êtres de ce monde pour l'emporter dans le monde Réservoir de la Terrasse du Lotus, dans le palais aux cent, dix millc et cent mille clartés de diamant pourpre, où il vit le bouddha Vairochana trônant sur l'étincelante lumière d'un lotus à un million de pétales... »

– C'est sublime ! s'exclama le roi en prenant le général son oncle à témoin.

– Divagations ! déclara le moine Shîlaratna avec des raclements de gorge.

Le roi se contenta de sourire.

– Des divagations ? répéta Seng-jouei, apparemment indigné. Ceux qui n'admettent pas et encore moins ne comprennent la radieuse clarté de notre essence, ceux qui n'accordent pas au Bouddha de connaître cette liberté n'ont pas réuni assez de causes de bonheur dans leurs vies précédentes pour ne serait-ce qu'entrevoir le réel.

– Parce que vous, révérend Seng-jouei, vous avez « ne serait-ce qu'entrevu le réel » ?

Houo-kie s'agitait de plus belle en marmonnant.

– L'avez-vous lu, ce texte, Majesté ? gloussa-t-il.

– Plutôt dix fois qu'une, l'abbé ! Prouvez-moi donc qu'il s'agit d'un faux émanant de l'imagination du maître national et je vous ferai construire un monastère !

– Il me faut du temps pour cela ! J'ai déjà recueilli beaucoup de notes... Cela ne vous révolte-t-il pas de lire, par exemple, que notre seigneur le bouddha Shâkyamuni n'est que l'un des millions de fantômes émanant de l'éveil du soi-disant bouddha Vairochana ? Je ne savais pas que l'Ascète des Shâkyas eût des millions de semblables, et même un supérieur !

– Il n'y a aucune différence essentielle entre le corps absolu du Bouddha et ses corps formels ! soupirai-je, excédé.

Comment Houo-kie pouvait-il faire la bête à ce point ?

– Le Grand Véhicule du bouddhisme, intervint le confucianiste Kiang K'an, ne serait-il pas l'art de répondre à tout prix ?

– On pourrait alors l'appeler « confucianisme », répliqua Seng-jouei.

– Pour moi, repartit Houo-kie, ce texte sera toujours faux, et pour vous, toujours vrai !

– Ce qui remet et ne remet pas en cause son authenticité ! Qu'attendez-vous, l'abbé, pour étoffer votre déni ?

Pour l'abbé comme pour l'immense majorité des adeptes du Petit Véhicule, l'Ascète des Shâkyas était le seul et unique bouddha, et sa bouddhéité se trouvait limitée à un nirvâna sans restes que, au mieux, ils imaginaient comme la fin du moi et des passions. Un bouddha limité, voilà la limite du Petit Véhicule : un bouddha illimité, la limite du Grand Véhicule !

Houo-kie ne savait pas combien son crâne gibbeux recelait d'abîmes : comme tous les enfants du Bouddha, il concevait, à défaut d'en avoir fait l'expérience, l'irréalité du moi individuel et, pour cela, il admettait la vacuité de son corps et de son esprit. Or, son corps, de même que celui de tous les êtres animés, n'est qu'un cadavre insensible quand aucune âme ne l'habite. Et ce corps composé de particules divisibles à l'infini montre à qui veut le voir que la matière inerte, et non plus seulement les choses de l'esprit, est vide, ou insubstantielle, elle aussi. Par conséquent, lorsqu'il réfute la vacuité universelle, Houo-kie réfute la vacuité de son moi en s'érigeant contre les réalités du Bouddha, et c'est en cela qu'il se contredit.

– Affaire de pensée, Majesté ! caqueta l'abbé en revenant du comique rabougrissement de sa personne où l'avait réduit cet excès de réflexion. Vous savez, vous aussi, révérends, tout ce qui nous oppose au sein de la même Loi merveilleuse...

– Rien ne nous oppose et tout nous complète, lança Seng-jouei que l'affaire avait fini par emporter. Dans la Loi merveilleuse, ce qui peut se prononcer, aussi sublime, parfait et insurpassable qu'on le prétende, eh bien, tout cela est provisoire, expédient, voire erroné, de façon conventionnelle s'entend.

– Vous voilà de nouveau dans votre au-delà purement verbal, révérend Jouei. Vous ne me ferez jamais croire que les enseignements du Bouddha soient, en quelque manière, « erronés ».

– Les vrais enseignements du Bouddha qui montrent ce qui ne peut être montré, et moins encore décrit en mots, humains ou non humains, sont proprement indicibles, abbé Houo-kie.

– La belle affaire ! gémit ce dernier. Votre méthode, révérends Jouei et Tchao, si l'on peut qualifier ces poétiques élucubrations de méthode, ne pourrait convenir, de toute façon, qu'à une poignée de mystériologues angoissés, à quelques purs parleurs en mal de silence. Votre indicible, toutes vos vérités inconcevables, vos blasphèmes déguisés en prières ne servent à rien ni personne !

– Ne vous servent pas, l'abbé, appuya le roi qui, autant que Jouei et moi, attendait toujours l'irréfutable preuve de la fausseté du *Filet de Brahma*.

Une mélancolie soudaine me montra un monde où tout était réel, et où un nommé Siddhârtha Gautama se serait illuminé en Bouddha, autrement dit, où un homme substantiel et indépendant affublé de ce célèbre nom aurait atteint l'éveil à l'issue d'un processus mécanique, comme un voyageur touche au terme de son voyage. Depuis, il ne serait plus qu'un nom vide et le prétexte à maintes discussions. Quelle tristesse ! Quelle inutilité absolue ! Notre maître, un mort replié dans l'urne du nirvâna ! L'Ascète du clan des Shâkyas, pris aux rets du réalisme, le Bouddha en personne dépersonnalisé en s'éteignant définitivement dans la paix du néant.

Or les réalités composées ont un commencement, un milieu et une fin. A cela, tous les bouddhistes acquiescent. Et ils s'accordent aussi pour affirmer que le Bouddha, n'étant pas une réalité composée, n'a forcément ni commencement ni milieu ni fin. Cela signifie que Gautama Siddhârtha est éternellement, maintenant, en ce moment même, en train de s'éveiller, à l'infini et en toute pureté.

Cet énoncé imparfait déborde de profondeur subtile et merveilleuse. Hélas, seuls les grands guerriers de l'éveil peuvent en apprécier la surabondante félicité, car eux seuls osent penser, au sommet de la patience et de l'acceptation, que l'éveil insurpassable, authentique et parfait est, lui aussi, insubstantiel et vide comme une autre magie, comme un rêve, et que, passé le simulacre de la libération, aucun lien jamais ne les a entravés.

Il se révélait donc nécessaire que, cher marquis, si le Bouddha n'avait ni commencement ni milieu ni fin, et que cependant nous reconnaissions ses vertus extraordinaires, il transcendât l'un et le multiple, ainsi que les quatre limites possibles de tout jugement d'existence : mais déjà nous ne parlions plus du même bouddha ! Pour Houo-kie et les pan-réalistes, le Bouddha était réel et vrai ; pour nous autres, émus de la Voie médiane, le Bouddha est tout aussi réel qu'irréel et non moins vrai. Irréel ne veut pas dire inexistant seulement, mais inexistant réellement. Et s'il fallait qu'une seule substance persistât, ce serait la claire vacuité.

Or, semble-t-il, le pouvoir et le goût du pouvoir sont d'inconcevables bastions du réalisme, lequel se gave d'évidences trompeuses : prouvez-nous donc, penseurs et glossateurs, bonnes consciences établies, que le trésor du Grand Véhicule, l'universelle vacuité, est un mensonge !

Maître Che a encore disparu, soupira la jeune femme. Non seulement le désir le laisse froid, mais il s'en moque activement !

Nous œuvrions à la conception d'un petit génie et il allait m'honorer de sa semence, quand il a disparu. Pas vraiment : il reste de lui comme une étreinte douce et blanche. Furtives, des images éclatent autour de mes tempes : ce lieu où je vais, je viens, ce paysage qui roule autour de moi, c'est lui, c'est l'autre et c'est le monde comme nous ne nous étions jamais rencontrés.

Transportée, j'approche de la source diffuse où cette clarté poudroie : je ne vois ni ne sens rien. Femme, je devrais être femme, et je ne le suis plus à proprement parler. Je me sens comme une sphère immense qui se répand dans une immense clarté. Vos yeux peuvent lire que je me suis oubliée. Je dis « je » par nécessité grammaticale : vous aurez compris que « je » n'est qu'un cillement sur l'océan du langage.

Maître Che pourrait être l'auteur de mon rêve mais, à l'instar de mon rêve, il est né d'une femme stérile. M'a-t-il jamais embrassée ? S'est-il, ne serait-ce qu'un instant, pressé contre ma poitrine ? Mon ventre exulte pourtant de sa présence : depuis quand s'est-il perché ailleurs ? De toutes mes forces je le retiens, mais les fumées de mes mains se resserrent sur la ténèbre chaude encore d'un soleil évanoui.

– Ce n'est rien, dit enfin le seigneur Kumârajîva.

Et je comprends : rien encore. Quand vous cueillerez les profondes fleurs du jardin des éveillés parfaits, vous verrez.

Venez, contradictions, venez me picorer les yeux ! Je suis un million de vallées, de crêtes flexueuses, de seins soyeux comme des dunes, et j'allaite. J'incarne l'évaporation du désir et de l'absence de désir. Bodhisattvî, joli nom : si seulement ma présente patience pouvait durer ! Ne faut-il pas être patient pour supporter le monde ? Très patient pour en accepter l'insubstantialité ? Extrêmement patient pour secourir des êtres qui ne sont jamais nés ?

Je ne serai jamais bodhisattvî plus d'un instant.

– Tu ne pourras alors, impatiente, t'abandonner aux subtiles illuminations, aux évidences grandioses qui, en nombre infini, s'imposeront à ton intelligence exclusivement altruiste. Tu ne pourras te faire une idée claire et distincte de tout ce qui l'exige.

Le vrai vide est longanimité.

– Quel vrai vide ? Ta sagesse me montre tant de magies...

– Les visions mirifiques ne sont point sagesse. Ta sagesse, laisse-la fleurir dans la simplicité !

Dans une chambre faîtière, un bodhisattva et une courtisane s'illuminaient. Dans la cour d'à côté, un père de famille tordait le cou d'un coq. Plus loin, un voyageur achetait deux chevaux et un enfant. Ailleurs encore, des êtres difformes s'adonnaient à des activités sans nom. J'avais sous les yeux un pâle jeu de lumières concocté par les ténèbres de l'ignorance.

Oh ! m'écriai-je, vous me faites vraiment pitié, mères chéries ! Je voudrais tant qu'il vous vienne enfin à l'esprit que, éteintes les ténèbres, s'éteindront les douteux clairs-obscurs de notre souffrance.

« Le fils du Bouddha qui a décidé de respecter la discipline n'est pas opposé à la discipline et n'a rien d'un mécréant. »

Ce qu'ayant lu, non sans emphase, dans le premier rouleau du *Filet*, l'abbé Houo-kie commenta :

– Cela, certainement pour excuser les incartades de vos bodhisattvas sans foi ni loi ! Ce ne sont pas des mécréants ! Ah ça ! Il faut le clamer haut et fort, car on ne l'aurait jamais deviné !

– Le mécréant, répliqua Seng-jouei, c'est celui qui, incapable d'enfreindre ses vœux, se vante de les respecter.

– Merci ! tiqua l'abbé en gonflant ses joues déjà rebondies. Puis-je continuer cette lecture qui, à elle seule, devrait prévenir tout être sensé qu'il ne va pas tarder à essuyer une tempête nihiliste ?

« Aucun maître ne lui prêche les dix vertus... »

– Voilà pour la morale ordinaire !

« ... Puisqu'il n'y a personne pour accumuler les actes de tromperie, de vol, et ainsi de suite jusqu'aux opinions perverses. »

– Ce « il n'y a personne » émane d'un aveugle, d'un égoïste ou d'un insensé ! Ne trouvez-vous pas, Majesté ?

– Non ! bâilla le roi. Vous ne voyez pas de quoi il s'agit, l'abbé : la lettre vous obsède en vous rongeant l'esprit. Cela vous déplaît-il à ce point de n'être personne ?

– Si je ne suis personne, grinça Houo-kie, pourquoi cherchez-vous à me contredire, Majesté ?

– Je ne cherche pas à vous contredire, l'abbé, je vous

contredis tout simplement. Et je vais jusqu'à me demander comment j'ai eu la patience de vous écouter. N'est-ce pas, mon oncle ?

– Je sais, moi, dit le général, pourquoi nous vous écoutons, seigneur abbé. Parce que, d'abord, vous n'êtes pas seul à penser comme vous pensez et, ensuite, parce que ce que vous pensez, la haine toute verbale qui vous a soudain pris contre le soûtra du *Filet de Brahma*, n'est pas ce que, très profondément, vous pensez, vous, vous-même. L'idée d'attaquer votre unique supérieur en le taxant de faussaire vous est venue, seigneur abbé, d'un autre !

– Certainement pas ! glapit Houo-kie en prenant son échalas indien à témoin : ni de l'honorable traducteur Shîlaratna, ni de personne !

– C'est ce que nous verrons, conclut le général.

– Nous attendons toujours vos preuves ! ajouta sèchement le roi.

Navrant abbé ! Quelles sympathies vos doléances vous valent-elles ? A la cour on n'en a que pour le Grand Véhicule, même si, à l'exception de quelques rares prédestinés, nul n'y entend rien. Aucun enfant du Bouddha ne niera cependant qu'il s'efforce de pratiquer le bien, d'éviter le mal, et de contrôler son esprit. Or ces trois choses s'exécutent à trois niveaux de profondeur.

Pour les adeptes du Petit Véhicule, les plus nombreux encore au pays de Ts'in en dépit des travaux de l'Académie et de la générosité du roi, le bien est l'antidote des émotions douloureuses, qui représentent le mal, et l'esprit se contrôle par le truchement de la concentration et des recueillements.

Dans le véhicule des bodhisattvas, le bien est vide autant que le mal, et seul l'éloignement de la souffrance grâce au déploiement de la grande compassion signe le contrôle de l'esprit.

Dans le véhicule des bouddhas, l'état naturel du monde et du moi ne cesse de spontanément attester la perfection de sa pureté absolue, la bouddhéité elle-même.

– Il m'est avis, dit alors Seng-jouei en interrompant mon exposé intérieur, que les accusations de Houo-kie contre le *Filet* n'ont pas pour lui le même sens que ses coutumières attaques à notre endroit.

Mon frère était bien catégorique alors que nous nous dissolvions dans l'ardente jungle du pic Kouei-feng, inquiets seulement de ce que les accusations mensongères de l'abbé Houo-kie parussent retenir l'attention du roi et de son oncle, le général au jugement infaillible.

– Yao Chouo-tö pense que l'abbé est manipulé, parvins-je à dire.

– Forcément, lâcha Jouei en s'arrêtant au milieu du paysage pour que je puisse retrouver mon souffle.

– A qui ce scandale profite-t-il ?

Un nom me vint, immédiatement, une image hideuse mais, ne lui laissant aucune raison d'être, je crus l'oublier presque aussitôt.

– Le gouverneur Ho-lien Po-po ? ne pus-je m'empêcher de dire en récapitulant d'un coup et malgré moi toutes les manœuvres politiques dudit gouverneur.

– Comment un tueur sanguinaire comme ce Ho-lien Po-po parviendrait-il à s'entendre avec Houo-kie ?

– Ho-lien Po-po n'est pas un tueur sanguinaire, c'est seulement un politicien habile.

– Il est surtout le maître de toutes les provinces du Nord.

– Si l'abbé parvenait à convaincre le roi que le *Filet* est un apocryphe, raisonnai-je, cela servirait-il les menées de ce Ho-lien Po-po ?

– Sans conteste, dit Seng-jouei avec un grave sourire. Mais je n'entends rien aux mouvements du pouvoir. Et vous ?

Il se pencha sur le bord du sentier pour humer une fleur. Autour de mon œil droit, les criquets redoublèrent de térébrantes stridulations. Doigts poudroyants, Seng-jouei me tendit la paix d'une corolle multicolore.

– Sentez, dit-il. Cela atténuera vos douleurs.

– Qu'est-ce que tout cela vous inspire, révérend ? fis-je en guise de remerciement.

– De me noyer là-haut !

Il désignait la cime du Kouei-feng.

7

Cause

Soudaines, splendides et hargneuses, la princesse Ming et une jeune inconnue au masque colérique accaparèrent la vue et l'ouïe du traducteur qui pensait. Devant lui, comme sur une scène, deux femmes échangeaient des gentillesses.

– Ce n'est pas une traînée qui va m'apprendre ! criait la princesse.

– Vous ne me faites pas peur ! crachait l'autre, avec un fort accent du Sud-Est.

– Mais qu'est-ce que vous avez toutes, s'indigna votre sœur, marquis, à vous récrier comme des marchandes de beignets quand vous soulevez ce rideau ?

– Ce n'est pas parce que vous êtes princesse..., siffla l'inconnue en saisissant la Ming par la manche avant de la menacer de son éventail haut brandi.

Un garçon manqué aux traits de femme contrariée et une nouvelle incarnation du désir s'écharpaient contre les cils du laïc inspiré. Hautaine encore, et à bout de nerfs, la septième élue de son devoir semblait lui dicter d'autres éclairs de vision.

Si Chan lui avait montré la vacuité du désir, Encens eût

apprécié qu'il admît de même la vacuité du plaisir. La poétesse invoquait sans retenue la jouissance et jamais ne semblait en éprouver assez. Son ironie paisible tenait toute à une désillusion, d'autant plus puissante qu'elle était ancienne, et qui lui permettait de n'être jamais vraiment déçue. On eût dit que, en elle, la femme vivait la vacuité sans vouloir s'en rendre compte afin de ne jamais se dérober.

– Une pute à six sous !

La princesse avait à son tour saisi l'autre par la manche. Grotesques et sincères, elles cherchaient à s'outrager.

– Lâchez-moi ! hurla l'inconnue.

– Que voulez-vous, monseigneur ! s'exclama la princesse. L'air de la montagne les énerve toutes ! L'appât du gain ne leur suffit plus. Négligez donc ce léger emportement !

– Madame, jura le maître, vous ne cessez de m'éblouir !

Le faciès de la Ming se saigna d'un sourire.

– Celle-ci, fit-elle en grimaçant de mépris, à l'exception de son caractère, a toutes les qualités des filles du Sud. Elle s'appelle...

– Je vous remercie, princesse. Vous devriez nous laisser. Nous ferons connaissance tout seuls.

– Méfiez-vous cependant, monseigneur !

Sourire irrésistible et paupières frémissantes, presque closes, de celui dont le cœur, à la cime de la tranquillité, est sur le point de rompre ses digues mais ne les rompt aucunement : expression où la princesse comprit qu'il était inutile de s'imposer plus.

La jeune femme prit place en face du maître, sans un mot de salutation ou d'excuse, en fronçant, défronçant et refronçant les sourcils.

– Votre précieux nom ?

– Cause.

– Au sens de « parle » ?

– Non. Au sens de « raison ».

Le sourire du maître s'étira notablement.

– J'ai un fils, dit Cause, comme si elle avait dit : « J'ai la peste. » Et vous, précisa-t-elle en écarquillant les yeux, vous ne serez pas mon premier moine !

Alors, ainsi qu'on vomit, elle parla sans retenue, sur tous les tons, avec tous les gestes, de tout ce qu'elle connaissait, aimait et haïssait. Elle haïssait, non qu'on l'eût haïe en profitant d'elle dès le jour de sa naissance, mais ceux-là mêmes qui l'avaient haïe et la haïssaient encore, et pas en tant que femme seulement, mais en tant qu'être humain. Un objet non pensant qui enrageait de penser plus et mieux que ses utilisateurs.

– Et ça continue avec vous !

Après le désir, le maître venait de se détacher des ragots, des plaintes, puis du mot « apocryphe » et, enfin, du concept de compassion. La luxure, abus morbide, n'émouvait en rien son fantôme ; la connaissance transcendante seule insatiablement jouait, et cette longue récréation avec des danseuses tourmentées, des musiciennes torturées, artistes, actrices, acrobates, mouvantes racines d'un milliard de mélancolies, « sans-moi » seul pouvait la supporter : Kumârajîva le traducteur n'était plus de ce monde comme on l'entend d'ordinaire. L'absence de moi rend omniprésente la propension à percevoir, sans plus l'engluer dans la petitesse d'un instant d'hallucination.

Tandis que, tantôt chuchotant, tantôt ne se retenant pas de hurler, dame Cause injuriait l'univers, le désir s'empara non de la personne mais, en quelque sorte, de la raison du maître, et ce désir avait la clarté, la netteté et la force de récognition inhérentes à chaque pure perception. Il fusa comme un aspect de l'omnisciente sagesse qui, elle aussi, se complaît dans le détail et l'harmonie.

Le récit de Cause s'emballa.

Le maître aurait bien plutôt évoqué la fantaisie amoureuse mais il s'écria : « Rien que haine ! » en se demandant comment un être aussi vindicatif pouvait vivre des aménités qu'on attend d'une courtisane. Il faut croire que les harpies sont des sirènes et que les bodhisattvas ne résistent pas à ceux qui souffrent plus que les autres, telle cette femme à la fureur exacerbée.

– Je ne suis l'esclave de personne ! s'exclamait Cause à présent.

– Outre ce que vous n'êtes pas, madame, qu'êtes-vous ?

En réaction à tout l'inavoué que noyaient ses malédictions et ses cris, elle exigea de boire.

– Sinon je casse tout !

– Cela n'en sera pas la peine. Satya !

Suivirent quelques instants de silence essoufflé, puis une espèce de sourire lui dessina un autre visage, comme le vieux Satya revenait avec une cruche et deux tasses de céramique.

– Voici de quoi boire, dit-il en remplissant la tasse de la dame.

Le maître ne se souvenait guère d'avoir pris de l'alcool dans sa vie : jamais il n'avait connu l'ivresse et il voulait savoir si, comme Vimalakîrti, il pouvait s'enivrer sans perdre la tête. S'il la perdait, ce serait bien la première fois aussi : il ne voulait pas manquer le spectacle.

Ils burent consciencieusement jusqu'à l'ivresse.

La voix de Cause, qui était rauque, se détendit. Elle cessa

même de maudire et de se lamenter. Etait-ce cette disparition de la moitié des sensations que recherchait le buveur ? Cet endormissement tant de l'inquiétude que de l'intelligence ? Calmement, mais toujours dégorgeant l'amertume, Cause déclara qu'elle n'avait qu'un seul cuisant désir :

– Que le monde s'arrête !

Ce fut immédiatement alors comme si elle glissait dans les ténèbres du sommeil profond. Le maître la porta sur le lit et s'assit près d'elle dans l'obscurité. D'elle-même, la forme de Cause se fit lentement phosphorescente et il la contempla, elle, non plus en moine se dégoûtant de quelque « latrine ambulante » mais, par-delà les distorsions de la simplicité, comme un homme regarde une femme.

Mûre enfin, la magie de l'ivresse fit éclater le châlit, ne laissant de l'alcôve qu'une vaste voûte étoilée sur un océan de lait. En rêve le maître pressait Cause, fillette, contre son cœur. En rêve ils revécurent les vingt et un affreux hivers qu'elle avait vécus, et chaque instant de ces hivers leur apparut, à tous deux, totalement irréel. Il lui disait, il lui disait le grand secret, et elle fit mieux que le comprendre : sans le moindre effort, elle oublia toutes ces illusions qui n'étaient jamais parvenues à être, à la malmener, l'humilier, lui prendre sa force et sa vie en lui répétant « femme » comme on dit « blatte ».

Ils contemplèrent la folie furieuse des hommes qui s'entre-tuaient sans vergogne et ils pleurèrent de la folie absurde, indigne et malsaine des bigots, des lettrés et des illuminés du Diable qui méprisent l'amour physique, qu'ils appellent « luxure », et la femme, qu'ils taxent de sorcière, de monstre, de maladie, de gouffre, de guet-apens, de chaîne, de cangue...

Le maître laissa ses bras étreindre le corps délicat de Cause, ses doigts la caresser, son giron l'accueillir, et ses cuisses éprouver la fraîcheur de sa croupe de fée. Soudain elle fut le ciel et lui, le dernier petit nuage dans l'azur immense.

Pour quelles raisons karmiques nous sommes-nous rencontrés ?
Pourquoi nous sommes-nous parlé ?
– Pour un petit sou que tu offris, quand tu étais
Pauvresse, au bouddha Marche-Haut.

Nous nous sommes caressé les mains
Et maintenant, nous nous compénétrons.
Nos bouches ne cessent de se baiser,
Nos salives mêlent leurs parfums :

La discipline est pour moi une perle bien ronde !

Le maître ne ressentait rien autour de son champ de cinabre inférieur. Son plaisir, tout son plaisir, il le lisait, ou l'écoutait, ou plutôt, le contemplait dans la jouissance qui, autre alcool, emportait Cause et ses inquiétudes. Or, privée de plaisir, il semblerait que la tige de jade tende à se rabougrir assez vite au point de ne plus subvenir à l'amour.

– Qu'est-ce qui vous prend, monseigneur ? fit la dame avec au fond de la voix, malgré la vulgarité dont elle s'enorgueillissait, un tremblement de pitié. Quelle affreuse idée vous occupe l'esprit ? Je commençais à y voir plus clair. Qu'avez-vous fait de votre chanson ?

Evanoui le dernier petit nuage dans l'azur obsédant du ciel, le maître se sentit dépossédé, assis tout seul, tout nu, sur le gynécée d'un lotus de fantasmagorie, au milieu d'un lac blanc de lune. Mais à nouveau une femme s'approchait. Sans pudeur, il se jeta à ses pieds en l'implorant d'accepter l'offrande de son corps.

– Nous sommes par trop inégaux, dit-elle sans arrogance. Tu es un enfant et moi une déesse. Que ferions-nous ensemble ?

– En vous offrant mon corps et ma vie, je vous offre ce que j'ai de plus cher. Si vous daigniez les accepter, j'aurais honoré le corps absolu de tous les bouddhas.

– Si cette illusion t'enchante...

– Ce qui m'enchante, c'est de ne vous associer à aucun mal ni à la moindre impureté.

– Prouvez-le plutôt et ne m'importunez plus avec vos fuites dans l'absolu bleuté et les ramollissements qui s'ensuivent !

Sinon qu'il fût interdit aux moines, Kumârajîva le traducteur ne s'était encore jamais penché sur la moindre des particularités conventionnelles du plaisir sexuel. Avec la foule de ses épouses, il ne s'était, bien entendu, pas retenu de répandre sa semence mais, presque inconsciemment, il s'était empêché de jouir – conformément à la Règle. N'y a-t-il pas, d'ailleurs, quelque chose de honteux dans le verbe « jouir », dans l'adjectif « jouissif » ? Nous autres, petits malins du Grand Véhicule, nous parlons de « félicité » en prenant soin d'accabler la « délectation », qui est la luxure des moines et consiste à aimer avec passion les expériences de bien-être, de clarté et d'absence de pensée qu'entraîne la concentration mentale.

Les bouddhas reçurent alors l'offrande acidulée d'un « Je ne suis pas la Fille de Jade, seigneur Che », qui signifiait au maître que, de nouveau impatiente au bord de la crise de nerfs, la jeune femme n'était plus ivre et de nouveau voulait que disparût le monde.

Ce doit être une vague de grande compassion qui lui répondit en raffermissant la virilité du maître, car il enveloppa Cause dans les ailes de sa présence, remonta son vallon de corail jusqu'à l'œil du baiser et lentement se déhancha, la déhanchant bientôt elle aussi. Le va-et-vient de sa nouvelle éloquence avait l'amplitude de ce qui ne vient ni ne va. La même amplitude que les instants qui s'éparpillaient hors de la durée, à mille lieues des commencements.

Le maître s'empara des seins de Cause. La besognant, il la caressait à pleines mains et, en plus de l'incitation viscérale à se laisser aller qu'il ressentait toujours quelques secondes avant de se répandre, il permit à certaine perle nacrée qui venait de s'allumer en haut de son cerveau d'irradier un peu du plaisir, de l'ivresse, de ce délicieux sentiment de chute dans la liberté qui, au-dessus même du désir, dirige le monde.

Jouir, et ne plus jamais souffrir !

Le plaisir ressemblait à la délectation méditative, mais il avait la lourdeur de la chair et la lenteur des sens. Il ressemblait à l'ivresse par l'étourdissement dont il glaçait l'esprit. Mais comment, dame Cause, comment aider votre amant à ajourner la chute de sa goutte ?

– Imagine, sur la plus haute branche d'un arbre pelé par l'hiver, un corbeau massif au bec ensanglanté...

Maître Che grimpe à la cime de l'arbre, mais le corbeau s'est envolé. Là-haut, la bille de plaisir pâlit et, désespéré par-delà le désespoir, il se sent dur comme le diamant, cassant comme le cristal, et il éclate.

Dans son propre monastère et sur son trône d'abbé, le pan-réaliste Houo-kie ne manquait pas de grandeur. Sur un trône voisin, aussi vaste et haut que celui de l'abbé, mais plus éloigné de la grande image du bouddha Shâkyamuni, le roi écoutait avec une attention de général.

Ce que je vous rapporte ici, marquis, m'a été fidèlement relaté par Seng-jouei dont je ne fais que transcrire les propos selon le procédé que vous savez. En un mot cependant, je vous dirai la pensée qui nous animait tous alors : le roi votre frère jouait avec le feu. Dans son auguste sagesse, il s'amusait à douter, à douter de tout, la jugeote évaporée à l'encontre de toute saine vacuité, en permettant à l'abbé Houo-kie de remettre officiellement en cause le Grand Véhicule et le maître national Che, son propre maître spirituel. Impudence royale mais impudence, que de forcer son maître à défroquer, puis de tolérer qu'on l'accuse d'avoir écrit et répandu des insanités au nom du seigneur Bouddha !

Votre frère, marquis, nourrissait une triste passion pour ce qu'il y a de néant dans notre vacuité : intelligence et compassion l'eussent presque indifféré. Il nourrissait l'idée fausse que tout apprenti bodhisattva a eue ou aura que, tout étant vide, tout est permis. Ce n'était là qu'une pensée, bien sûr, et Yao Sing a régné avec plus de délicatesse que maint autre souverain ; mais le doute universel que la vacuité provoque dans un premier temps n'est guère une fin en soi : les blagues nihilistes du prince auraient pu amuser quelques-uns de ses amis sceptiques, et pourtant, écoutez, marquis : sont-ce les tambours des musiciens célestes qui s'approchent pour encenser le bon gouvernement de votre frère, ou – mon cauchemar aurait-il raison ? – les sabots des hordes du nouvel Empereur de l'Eté, Ho-lien Po-po, en train de piétiner tous nos efforts ?

Votre frère eût aimé croire que le maître pouvait, en dépit et en sus de ses qualités, peut-être même grâce à elles, être un habile usurpateur – à la manière nécessaire de votre père Yao Tch'ang qui déposséda son suzerain Fou Kien avant de le trucider. Constamment notre généreux donateur Yao Sing exigeait qu'on lui prouvât que tout était vide. Ce jour d'été-là, toutefois, il jouait vraiment avec le feu.

L'abbé Houo-kie ne pouvait se faire à l'idée que, en matière de bien et de mal, les laïcs et les moines du royaume de Ts'in, ne fussent-ils pas de son école et moins encore de son véhicule, ne s'en réfèrent qu'à eux-mêmes au temps du repentir, avec, plutôt que lui, grand maître de la règle pan-réaliste, leur propre « nature de bouddha » pour témoin.

– Cette nature, Majesté, n'est-il pas manifeste que nous n'en sommes pas tous pourvus ?

– Elle est omniprésente, l'abbé : où ne serait-elle pas ?

– Dans l'inanimé, répliqua le Cachemirien Shîlaratna, debout entre le Bouddha et les trônes, aux côtés de Seng-jouei et Seng-jong.

Seuls douze moines du monastère avaient été admis à assister au débat ou, plutôt, à « la réfutation d'un texte majeur du Grand Véhicule » – grand, selon Houo-kie, par le nombre chaque jour croissant de simplets qui croyaient, entre autres fallacieuses rêveries, que, en prononçant une seule fois le nom de certain « bouddha A-mi-t'o », ils renaîtraient dans un paradis...

– Bien sûr, râlait l'abbé, bien sûr qu'il n'y a pas de bodhisattvas inanimés. Mais je vous prends à témoin, Majesté, ainsi que les révérends Seng-jouei et Seng-jong qui, s'ils sont honnêtes, le reconnaîtront : nos écritures à nous, pan-réalistes, ne sont nullement contestées.

– Il ne suffit pas, firent en chœur Jouei et Jong, qu'une autorité ne soit pas contestée pour être authentique !

– Nous ne sommes guère les seuls, répliqua l'Indien dans un chinois parfait, à contester les écritures du Grand Véhicule : leur fantaisie en a fait douter plus d'un.

– Il ne suffit pas non plus, reprit Seng-jong comme s'il récitait une règle de grammaire sanskrite, qu'une autorité soit contestée pour être inauthentique.

Seng-jong, marquis, était aussi strict que Jouei et aussi, disons, poète, que votre serviteur. Moine du Grand Véhicule sans cheveux longs ni bijoux, sans idée fixe ni complaisance, ce légiste des étoiles supportait avec toutes sortes d'emportements qu'on s'en prît au *Filet de Brahma* : n'en était-il pas, en quelque sorte, le premier détenteur chinois ?

Houo-kie montra les dents sans parvenir à rire.

– Vous vous gaussez, seigneur Jong, et je vous répondrai ceci, non pour vous contredire mais pour rétablir la vérité : que tout ne vient pas de l'esprit, comme vous semblez le penser, même si l'esprit est de toutes nos misères...

– Tout vient de l'esprit ! répéta le roi comme un enfant exaspéré.

– Et l'esprit est vide, soupira l'abbé, je sais, mais je ne le crois pas : comprendrez-vous un jour que l'idée du moi peut disparaître mais pas les instants de conscience ni les atomes matériels ?

– Pour nous, répondit Seng-jong, l'idée du moi n'est jamais apparue et ne peut donc pas disparaître. Quant aux instants de conscience et aux atomes matériels, ce sont des visions enfantines qui ne résistent pas à l'analyse.

– Seul le Diable peut inspirer pareils sophismes !

Shîlaratna avait timidement grondé, mais Seng-jong lui renvoyait déjà une bordée de contradictions :

– Non seulement le Diable ne nous inspire pas, mais il faut être un enfant pour craindre les démons. Quant aux sophismes, à l'exception de l'indicible, de toute ma vie je n'ai entendu qu'erreur et approximation ! J'admets cependant que ce ne sont pas les mêmes raisons qui nous attachent aux mêmes textes. L'effort enthousiaste ne doit-il pas porter les bons penchants et les dons à leur pleine mesure ? A chacun le véhicule de son intime pensée !

» Les raisons de croire à l'authenticité de vos textes, seigneur abbé, en contestant l'authenticité des nôtres, nous pourrions toutes les reprendre à notre compte, mais nous n'y pensons même pas. L'intérêt de différents véhicules, c'est de répondre à toutes les questions sur le réel et la paix, et non de discuter à l'infini sur le sens des mots.

La vue ultime en la matière, marquis, est la suivante : il n'est pas une seule méthode de libération spirituelle fondée sur l'amour et la connaissance qui n'émane de la compatissante sagesse des éveillés parfaits. En réponse à chacune des quatre-vingt-quatre mille passions qui torturent les mondes, les bouddhas ont une espèce particulière de sagesse. Et pour l'heure, somme toute, nous nous disputions seulement sur deux aspects de la sagesse aux quatre-vingt-quatre mille rubriques d'arc-en-ciel.

– Nous direz-vous enfin, l'abbé, pourquoi vous vous en êtes pris au *Filet de Brahma* et non à tous les textes du Grand Véhicule !

Le roi avait décroisé les jambes. Il s'ennuyait. Il eût aimé qu'advînt un météore, un spectacle monstrueux ou comique ; mais il n'y aurait que des mots, toujours les mêmes, et leurs faciles contradictions. Pourquoi, enrageaitil, le maître n'a-t-il pas inventé ce merveilleux soûtra ? Maître Che est comme le Bouddha pour moi, et même mieux que le Bouddha puisque, en chair et en os, il me montre le réel. Sa compassion est telle qu'il ne m'en voudra pas de livrer à nouveau ses enseignements aux mandibules des sophistes du Petit Véhicule : ne savons-nous pas tous, déjà, que, de toute bataille, le Grand Véhicule ne peut ressortir que victorieux ?

– Pour qu'un texte émane vraiment de notre seigneur le bouddha Shâkyamuni, se mit alors à réciter l'abbé, il faut, une fois admises ses qualités apparentes, s'assurer qu'en aucun cas il ne va contre l'évidence, la logique ni l'autorité.

– Tout cela, nous le savons, l'abbé, fit le roi en recroisant les jambes.

– Justement, Majesté ! A la différence du *Traité*, où maître Che affirme sa maîtrise de la clarté complexe, le *Filet* n'est pas complexe mais confus et ses clartés ne valent que berlues. Si bien que, pour moi, il n'est même pas nécessaire d'en relever les innombrables absurdités, ou alors, pour prendre un exemple conformément à la tradition, nous étudierons un cas d'« exclusion sans exclusion », tel qu'il apparaît au début du deuxième rouleau de la traduction de maître Che :

« Un fils de Bouddha doit s'abstenir de toute conduite sexuelle incorrecte, en commettant lui-même un acte inapproprié ou en poussant quelqu'un à le faire, ou encore en ayant des rapports sexuels avec une créature du sexe opposé – *sic* ! Il ne doit jamais créer les causes ou conditions d'un tel acte, ni le commettre lui-même... »

– Votre texte est fautif, l'interrompit Seng-jong. Il faut le corriger en « ou encore en ayant des rapports sexuels avec n'importe quelle créature du sexe opposé ». Continuez, révérend, je vous en prie.

Interloqué, Houo-kie obéit.

« Il doit éviter tout rapport sexuel avec des animaux, des dieux ou des esprits du sexe opposé, et s'abstenir de tout acte pervers ou indécent. »

– Contre cela, fit le roi, qu'avez-vous à dire, l'abbé ?

Cramoisi jusqu'à l'apex, celui-ci reprit sa lecture.

« Un bodhisattva doit cultiver un état d'esprit conforme à sa nature de bouddha et sauver les êtres en leur enseignant la vraie Loi. Si, au contraire, il entretient des pensées de désir à l'égard des êtres au point d'oublier la différence entre les animaux et sa mère, ses filles, ses sœurs, ou un membre des six classes de parenté, il perd toute compassion et se rend coupable d'une faute extrêmement grave. »

Perché sur son trône, Houo-kie hoqueta de joie.

– Vous disiez, révérend Jong, qu'il fallait lire « n'importe quelle créature », soit. Mais alors, comment expliquez-vous que, dans votre règle trente-six, je lise à nouveau : « Mieux vaudrait que mon corps tombe dans un feu rugissant, ou sur une montagne d'épées, plutôt que d'enfreindre les défenses des bouddhas du passé, du présent et du futur en commettant l'acte sexuel avec les êtres du sexe opposé » ? Voudriez-vous dire que ce n'est pas un crime que de commettre l'acte sexuel avec des êtres du même sexe ?

Vulgarité absurde ! pensa Seng-jouei alors que notre frère Jong relevait :

– Il semblerait que l'acte dont vous parlez, révérend, vous tracasse bien plus que nous.

– Comment ? s'indigna l'abbé en pâlissant.

– Vraiment, renchérit le roi, cela vous obsède !

– Forniquer sans compassion ni amour, voilà ce qui fait horreur aux enfants du Bouddha : c'est tout ce qui est écrit là. Les détails ont été donnés plus haut, lâcha Jong avec dépit.

» Pour nous autres, la grande faute, c'est le manque de compassion ; le reste est secondaire. Si bien qu'il arrive, plus souvent que dans le Petit Véhicule, je vous le concède, que la compassion authentique se charge des effets néfastes de ce qu'il faut bien appeler une "transgression".

– Et lorsque vous violez vraiment une règle, seigneur Jong, intervint Shîlaratna, quelle pénitence vous imposez-vous dans votre néant ?

– Pas de néant ! répliqua Seng-jouei. L'apprenti bodhisattva qui se sent coupable d'avoir manqué de compassion méditera sur la réalité de sa faute, sur la réalité de la douleur qu'elle a engendrée et sur la réalité de ceux qu'elle a blessés, jusqu'à reconnaître l'apparence réelle de ces trois éléments.

– Plus de juges, dit l'Indien, plus de critères, sinon votre indéfinissable « nature de bouddha »...

– Cette nature de bouddha, renchérit Houo-kie, n'est qu'un Soi brahmanique compliqué de nouveaux concepts ! Cette bouddhéité parfaite, dites-vous, qui fonderait tous les êtres animés, non seulement l'homme mais les animaux les plus ténus, les moucherons, les puces et même les vermisseaux qui sommeillent dans tous les recoins de notre corps, tout ce petit monde en serait pourvu, et cette « nature » serait éternelle, pure, substantielle et bienheureuse... Je ne vous suis plus, révérends ; les contradictions de votre nouvelle Loi, je l'avoue, me laissent les bras ballants.

– Consolez-vous, l'abbé, rit le roi, votre grand ancêtre Mahâkâshyapa, qui était omniscient, n'y entendait rien, lui non plus. Mais prouvez-nous plus avant que nous sommes en présence d'un apocryphe. Et bénissez le ciel que son auteur, ou son traducteur, se trouve en retraite : il vous aurait cloué le bec en un instant... Nous traînons, messeigneurs, nous traînons, il ne se passe rien.

Désignant un vieux moine de l'assistance muette, il lui demanda :

– Eh vous, révérend, dites-nous votre opinion !

Le moine se leva en rajustant ses robes. Il allait ouvrir la bouche quand le roi s'énerva un peu plus en désignant un autre moine.

– Et vous, que la vacuité terrorise, que faites-vous ici ?

– Majesté ! osa l'interrompre Seng-jouei. Me permettrez-vous de poursuivre notre débat en rappelant à nos frères pan-réalistes une vérité toute simple ?

– Bien sûr, fit le roi en retrouvant un peu de calme. Quelque impatience m'avait distrait... Vous disiez, révérend Jouei ?

– Je dis, martela Jouei, que la doctrine authentique de l'Eveillé a sa source véritable dans la vie des moines authentiques, et, de toutes ces vies, la seule qui nous concerne, celle d'où a jailli le *Soûtra du Filet de Brahma*, c'est la vie du moine qui s'est totalement affranchi des passions douloureuses.

– Entendez-vous par là, demanda Houo-kie, que maître Che se serait affranchi de toutes ses passions et que, par conséquent, même n'émanant que de lui, le *Filet* serait authentique parole du Bouddha ?

– Aucunement, seigneur abbé. Nul ne peut juger de ces choses que les éveillés eux-mêmes. Le *Filet* est incontestablement authentique selon l'évidence, la logique et l'autorité !

» Quant à la discipline, je ne crois pas être assez malin pour la transgresser de manière significative, du moins la discipline que, en tant que moine entièrement ordonné, je partage avec vous, révérend abbé et révérend traducteur, ainsi qu'avec mon frère Jong. Et à défaut de vous prouver que nul, jamais, n'a trouvé l'unique, la bonne, la grande, la vraie et la tout ultime discipline absolument universelle, je laisserai quelques-unes de nos lourdes désignations esquisser les premiers pas d'une danse réservée aux moines dégagés du remords.

Je m'en tiendrai à une discipline
Jamais née, que nul jamais ne créa,
Et jamais n'oserai prétendre
Que j'en respecte mieux mes vœux !

Si j'avais votre sagesse, abbé, je saurais
Que la règle sacrée n'est jamais apparue,
Que nul jamais ne l'a inventée,
Et je vivrais mes vœux comme l'immensité.

Mon corps est un reflet,
Ma voix un écho et mes pensées
Un éternel spectacle d'illusion :
Comment me vanterais-je de respecter mes vœux ?

L'esprit souple comme l'eau,
Je m'en tiens à l'essence du nirvâna.
Tout maléfice m'a quitté : je suis
Le maître de tous les bienfaits !

Respecter ses vœux ou les violer :
Quelle différence ? Voyez vraiment

La nature des choses, et vous appliquerez
Vos vœux dans leur plus grande pureté !

Il était si rare que Seng-jouei passât la mesure en paroles que le roi pria l'assistance de cesser de s'indigner – de braire et de glousser, dit-il plus précisément.

« Respecter ses vœux ou les violer : quelle différence ? »

On est là en vérité absolue et seuls les bouddhas et les grands bodhisattvas perçoivent, parce qu'ils n'ont plus ni monde ni moi, le sens profond de l'égalité qui constitue l'essence du réel. Comme le maître, nous avions l'idée que la confusion entre le néant et notre vide concrétait une pierre où il était inévitable d'achopper.

– Va pour les jeux de mots de votre « Mère », la *Connaissance Transcendante* ! On admettra que sa lecture peut délier la pensée, et on s'abstiendra de la craindre en quoi que ce soit du fait même qu'elle ne cesse de répéter que, parfaitement insaisissable, elle n'est parfaitement rien. Le néant ne m'a jamais fait peur et ne me concerne pas. Mais votre *Pénitentiel* ramène tout au paradoxe de l'unité de la compassion et de la vacuité sans aucunement l'élucider.

» Dans un premier temps, poursuivit l'abbé Houo-kie, votre bouddha Vairochana s'ébroue parmi des images du seigneur Shâkyamuni comme autant de gouttes d'eau ; ensuite il définit en quarante "qualités" l'esprit du bodhisattva, lesquelles sont autant de dénégations du bon sens, de la logique et de toute autorité ; et enfin, au plus abyssal d'un nihilisme que je taxerais non seulement de puéril mais de dangereusement illuminé, pour couronner les fumées du vacuisme triomphant, votre Vairochana – cette espèce de prestidigitateur jouant avec les êtres et les mondes – proclame la nouvelle Loi, la vraie Loi, la Discipline merveilleuse ainsi que, éternels enfants, vous voudriez nous faire oublier l'universelle souffrance et la dureté de l'illusion : qu'apportent vos cinquante-huit préceptes que les deux cent cinquante nôtres n'aient déjà apporté ?

Un bon apocryphe, pensa Seng-jouei à ces mots précis de l'abbé, vaudra toujours mieux qu'une mauvaise traduction !

– Il ne s'agit pas d'additionner nos préceptes aux vôtres, dit-il alors. C'est le point de vue qui change : ne l'avez-vous toujours pas compris ?

Houo-kie sursauta une autre fois en réclamant le silence.

– J'exige, haletait-il, de rencontrer maître Che ! S'il est le saint homme que l'on dit, il me prouvera sur-le-champ que je déraisonne.

– Mais il est en retraite close, dit Seng-jong, et nul...

– En quoi, moi qui ne suis qu'un pauvre moine, troublerais-je la retraite du saint homme, s'il voulait bien m'accorder un tout petit entretien ?

Il apparaissait que l'abbé mourait d'envie de surprendre le maître en pleine orgie. Son regard pétillait.

– Nul, s'écria le roi, ni vous, l'abbé, n'importunera le maître jusqu'à la fin de sa retraite. Vous avez attendu six ans pour l'accuser, et sans raison valable jusqu'à présent. Vous patienterez bien quelques jours encore.

La voix pâteuse, les traits tirés, les yeux étincelants, le maître gémit que le crâne lui élançait, que cela faisait cinq ou six nuits qu'avec Cause il se soûlait – que nous devrions sortir, prendre l'air.

Sa compassion s'était chargée de ma migraine, anodine douleur au regard des milliards de souffrances qui torturent toutes les espèces vivantes.

– J'apprécie, se moquait-il, que cette vive enfant de Cause m'ait forcé à me dessiller sur une réalité que mon savoir m'avait toujours cachée : le sens, au sens de contenu effectif et de puissance, du plaisir.

En décroisant les jambes, il me tendit la main.

– Aidez ce vieillard grivois à se relever, révérend. Le mot plaisir ne vous fait-il pas honte ?

– Non, maître. Aucun mot.

– Vraiment aucun ? sourit-il en se désintéressant tout à coup de ma réponse. Je ne sais combien il y a de lunes que je n'ai fait quelques pas dans la montagne. Tant de femmes, révérend, tant de livres : je n'ai plus droit qu'à un seul recueillement : la fréquentation, l'unique fréquentation de celle que vous savez. Voire l'union intime, vierge ami, avec son image – il s'étira en bâillant... Que disions-nous ?

– Vous parliez, maître ? murmurai-je.

– Sortons ! Allons voir s'il y a autant de criquets que j'ai cru en entendre !

– Il y en a plus que de grains de poussière au fond des grottes de ma tête.

– Allons voir ça ! dit le maître en enfilant ses sandales de laïc. Il fait bon, vous ne trouvez pas ? Je sens que mon malaise passe déjà...

Dans la cour de la Perle du Dragon, comme au fond d'un cratère de verdure jaune d'or et noir, tournoyait le vrombissement unanime, le miroitement limite des musiciens à élytres. Nous enjambâmes la dernière marche du perron, où en deux files scintillantes allaient et venaient les fourmis. Puis les pirouettes de trois milans, au bord du ciel, captivèrent nos regards.

– Ceux qui, babillai-je, regardent avec envie les oiseaux voler renaîtront en oiseaux.

– Enfantillages, calembredaines, poésie...

– N'est-ce pas ce qui est toujours en train de se passer ?

– « Se passer » n'est pas le bon prédicat. Aucune langue ne peut dire cet « événement » qu'une description détaillée prendrait plus d'air et de temps qu'il n'en a existé et n'en existera dans une grande ère cosmique.

Je tendis l'oreille par-dessus le tapage qui redoubla comme nous dépassions la gloriette Venue en Volant.

– Votre cellule ?

– Oui, maître.

Il désigna du menton la cime du Kouei-feng.

– J'ai toujours rêvé d'emménager dans les nuages mais, que je lève ou baisse les yeux, je ne vois que le bleu du ciel, et si je ne suis pas, d'instant en instant, précisément en train de déménager, jamais je ne me rendrai compte qu'il y a des éternités que le monde a planté ma tente dans les nuages.

Dans la bouche de Kumârajîva, ce type de comparaison annonçait toujours un puissant paradoxe.

– Il y a quelques semaines encore, petit frère, j'étais puceau et mon sexe ne me servait qu'à uriner. A présent qu'il peut jouer, il joue mal : parfois il refuse de durcir ou encore de rester dur autant qu'il conviendrait, et presque toujours, tel un diablotin malicieux, il m'envoie dans les reins les souffles qui en délogent ma semence bien avant que je n'y aie même songé. N'est-ce pas passionnant ?

Qu'auriez-vous répondu de sensé à ma place, marquis ? D'autant que le sentier remontait abruptement et que le maître, dont la voix avait retrouvé sa vigueur, semblait prêt à courir jusqu'au sommet qui s'éloignait à mesure que nous avancions. Les mouches bleues fonçaient dans l'air torride, légèrement brumeux. Au fracas massif et cristallin des insectes invisibles répondait l'ordre flou des rochers et des arbres. Sur une branche d'acacia, une fourmi exploitait un puceron pour son miel ; pour sa chair acide et chitineuse, une mante surveillait la fourmi. Mais un oiseau happa la mante et se renvola, et dix pucerons en embuscade derrière un nœud du bois se jetèrent sur la fourmi pour la restituer en miel.

– Quelle délivrance inconcevable !

Arrachées au tumulte, ces paroles me rappelèrent soudain mon mal de tête à moi ; péniblement, je me réfugiai dans le mutisme de mes pas. Le maître accéléra. Il se mit à trottiner, puis à courir comme je le redoutais. Je courais moi aussi. Les moines, toujours assis, n'ont pas des jambes de chamois, du moins le moine contrefait qui vous parle, marquis. Je courais et mes pas, mes chers pas muets, poussèrent chacun, l'un après l'autre, un cri de lame brûlante qui me sondait la moitié droite de la tête. Je courais derrière le mirage de l'oubli de soi.

Ah, nous pouvons enfin nous asseoir à côté du grand Kumârajîva, sur un étroit promontoire qui domine la plaine de la Wei, floconnement de pastels pour distraire le regard jusqu'à l'impossibilité de trouver quelque horizon que ce soit. Sous nos genoux, marquis, les choucas miment le monde à coups de griffes et de bec en faisant corps avec les vertiges du vide.

– Vous ne voulez décidément pas savoir pourquoi je trouve passionnant, révérend, d'avoir à présent des difficultés d'ordre amoureux ? Peut-être devrais-je étudier les arts de la chambre à coucher.

– Vous... Je ne sais comment dire.

– A l'aise, jeune pudibond ! Au début, je me suis répandu dans la femme en refusant le plaisir – le sien comme le mien – sous prétexte de l'imprégner par devoir. Ensuite, je me suis en elle répandu avec curiosité mais toujours en refusant le plaisir. Puis le désir est devenu mon ami et une femme m'a rappelé que sa présence valait la mienne : c'est l'égalité qui me soulage de la fausse pureté !

Perplexe, j'étais totalement perplexe. La femme ! Ma céphalée elle-même se tut, me permettant d'accuser plus clairement le coup.

– L'ouverture en la femme ressemble au vif-argent, lequel a la vertu de dissoudre tous les métaux : la femme ne peut être mère que parce qu'elle incarne la vie même de la claire vacuité. Et ce n'est pas la haine du désir qui me privera plus longtemps de la vérité. A l'heure qu'il est, révérend, ma retraite est le palais du plaisir et de ses ornements.

» Car l'offrande du plaisir me semble bien plus précieuse que nos illuminations intellectuelles les plus profondes. Je suis un vieillard à l'imagination rabougrie, mais je veux et je dois, autant que compatir, et pour reprendre un mot tombé en désuétude, “conjoïr”.

8

Veine

La nouvelle traduction des *Enseignements de Vimalakîrti* en était aux dernières colonnes du septième rouleau – trois pouces de soie rosée. Ce soûtra, inexactement traduit de la langue du Bouddha et des dieux indiens par Tch'an le Scythe dans la langue de Tchouang-tseu et de nos sages insoumis, m'avait décisivement illuminé dans mon adolescence, et il ne cessait, par l'immense touffeur de cet été de l'an VII, de m'illuminer encore. Je bouillais de mettre au propre avec le seigneur Che la dernière mouture du merveilleux passage de la déesse mais, pour l'heure, notre maître se rétablissait de ses nocturnes beuveries avec dame Cause.

Celle-ci trouvait dans l'esprit du vin la distance subtile qu'un seul instant de concentration sur l'esprit d'éveil permettait au bodhisattva de mettre à profit pour mieux se rapprocher de nous autres, vivants mirages.

– Mais à chaque instant, dit le maître, Cause me ramenait en elle. Et si l'on ne m'avait montré que l'obscénité, par exemple, était le pur effet lui-même de l'impossibilité, pour l'obscénité, de se fixer jamais dans le réellement obscène, eh bien, scribe virginal, je n'aurais osé, même laïc en la sainte convention, presser mes lèvres de prêcheur contre certaine pivoine frémissante et pousser ma langue aux mille idiomes entre les pétales du monde qu'une rosée de miel envahissait.

» Voilà, omniscient ami, ce que mon présent fantôme juge le plus difficile : jouer l'amant d'une illusion de vraie femme.

Et comme, honnête disciple, j'arquais les sourcils pour manifester un doute que, vous-même, marquis, laïc et père, vous comprendrez, maître Che me pria, m'ordonna même, de descendre sur-le-champ à Tch'ang-an pour, sous n'importe quel déguisement, me jeter dans les bras de la première putain qui voudrait bien de moi.

– Mais..., brûlai-je un instant, pour frissonner l'instant suivant.

– Mais ! répéta le maître en me caressant la joue. Voulez-vous transcender ? Ou plutôt, Seng-tchao, vous est-il jamais arrivé de « transcender » ?

– J'en ai beaucoup parlé, soupirai-je.

– Moi aussi ! s'écria-t-il. Parler, écrire, vivre même, rien n'empêche de transcender. Il n'y a rien à transcender : et c'est cela même que transcender ! Ne prétendiez-vous pas que les mots, aucun mot, ne vous effrayaient ? Alors, allez au bordel au lieu de rêver de je ne sais quelle fille de jade dont vous vous racontez, tel un dualiste farci de bonne conscience, qu'elle est un héros du corps absolu de tous les bouddhas ! Renoncez enfin à votre aveuglante « pureté » !

» Je vous dirai même, ô mon semblable, que, dans les bras ivres de la sauvage Cause, j'ai cru comprendre que purifier les royaumes des êtres éveillés ne pouvait consister qu'en ceci : ouvrir les yeux sur la douce pureté de leurs paysages.

Arraché de moi-même, outre-pays, outre-sagesse, un gamin en moi se jurait d'aller au bordel – enfin, dès qu'il le pourrait ; un autre faisait semblant de se demander si le maître plaisantait ; et un autre, encore plus idiot, au « fond de moi », espérait qu'il n'avait pas plaisanté, mettant lui-même la main à la pâte, tel un vrai maître, un guide foulant les mêmes sentiers que les éclopés, « partageant toute la rouge poussière en lui harmonisant ses lumières ». Pour Kumârajîva, cette idée de Lao-tseu émanait d'un bodhisattva, et Cause était une bodhisattvî, et les sauterelles et tous les êtres vivants, d'irremplaçables maîtres spirituels.

L'illumination dans la poussière, voilà l'idée centrale du Grand Véhicule, mais pour cela il faut avoir formé durant d'hallucinatoires éternités le plus grand des grands vœux sacrés possibles : celui d'atteindre l'omnisciente libération pour arracher tous les êtres à leurs infernales souffrances – pour que, effondrés les murs du moi illusoire, l'indicible puissance de notre éveil originaire se déploie et toujours se renouvelle en illuminant les mondes.

Eussiez-vous été assis là, à ma place, à côté de cet homme immense, marquis, que vous vous seriez cru en pleine fantasmagorie. Les rares objets de la chambre brillaient du terne et rassurant éclat de la conscience que nous en avions – justement : un instant de distraction, et la pierre à encre changeait de place ; à la fenêtre, un rouge-gorge se transformait en barque puis se renvolait.

– Sans les bénédictions des bouddhas et des bodhisattvas, dit maître Che, je n'aurais jamais vaincu mon impuissance ni fait à la folle Cause l'offrande du plaisir amoureux. Quelle originalité bénira ma prochaine femme ? Quelle ensorceleuse les bouddhas vont-ils dépêcher à mon ignorante personne ? Car, révérend, ce n'est pas moi qui imprègne ces femmes mais elles qui m'engrossent des qualités les plus subtiles de la sagesse.

Et le plus grand des moines du royaume d'expliquer à son secrétaire comment il avait eu tant de peine à voir, dans les courtisanes qu'il avait accepté d'honorer, des femmes – et non des êtres-à-convertir asexués – aimant normalement la jouissance ; puis comment, à présent, la connaissance lui parlait d'êtres-à-convertir humains et femelles, dont le plaisir, en tant que courtisanes, était le domaine d'activité, et qui dans le plaisir se raffineraient jusqu'à s'émanciper de toutes les causes de souffrance.

Rien de sentimental, marquis, dans l'amour profond et la compassion illimitée. Rien de mesurable dans la pensée du maître qui me narrait ses ébats. Caresses, baisers, fluides et parfums : je ne vois guère que l'espace vide pour vous donner une idée du nouvel art érotique du traducteur koutchéen. Mais sa sagesse venait de concréter, pour l'amour et par amour, une inconcevable décision : il avait décidé de se rappeler incessamment que, générosité du corps absolu, les facéties érotiques et même la superbe indignité de certains instants ne cessaient de se libérer dès leur émergence ; que le remue-ménage de la chair, des souffles et des âmes brillait des mille feux de l'extinction des ténèbres dans la paix !

Une patience, marquis, sublime au point de puiser dans le pur et dans l'abject la paisible égalité du grand nirvâna, une patience absolue habitait notre maître en colorant l'instant d'illusions sublimes. L'ambroisie de ses paroles enivrait mes cinq sens et ma raison, les chavirait, plus précisément, en spectaculaires synesthésies. Nous jouissions du temps hors du temps, lorsqu'il nous parut que le rideau de la porte s'était soulevé et que la princesse Ming s'approchait à pas retenus de notre table.

Le maître reposa le rouleau de soie que nous lisions avant de la saluer avec enjouement.

– Monseigneur, chuchota-t-elle d'abord, comme prise de respect, je n'ai pas pu empêcher... Puis plus sèchement et distinctement : vous avez des visiteurs !

– Non seulement, rit le maître, vous ne m'amenez pas ma nouvelle épouse, mais vous m'annoncez qu'il y a là des visiteurs prêts à m'importuner : la sœur du roi devrait être plus stricte !

Serrant les mâchoires, elle fit entrer les visiteurs : ce fut alors comme si je retombais sur terre et que, durement assis sur mon cul à côté de maître Che, je levais les yeux sur le néant... pour y découvrir l'abbé Houo-kie, le traducteur Shîlaratna et, avec la plus déroutante stupéfaction, mon vieil ami, le grand scripturaire Fang Long. Si les deux pan-réalistes faisaient ici figure de hérissons perdus sur des feuilles de nénuphar au milieu d'un étang, Fang Long, l'agnostique fureteur, m'évoqua une grenouille au bord d'un encrier. On eût dit que la Ming votre sœur se cachait derrière lui.

Se tournant vers elle et la désignant de sa main aux doigts courts, Houo-kie s'excusa :

– Nos hommages, maître ! Le capitaine Ming a eu l'obligeance de nous guider jusqu'ici... L'affaire est assez importante, rassurez-vous, pour que nous nous soyons permis, nous trois seulement, et à l'insu de tous, même du roi, de forcer votre clôture...

– Pas de clôture, murmura le maître avant que l'abbé n'en finisse.

– Ah çà ! On ne dira pas que votre solitude n'est pas bien gardée ! Bravo, capitaine !

La Ming ne broncha pas. Moi, marquis, si ! Pourquoi l'abbé appelait-il votre sœur « capitaine » ? Jamais un capitaine n'aurait porté pareilles robes !

– Asseyez-vous, messeigneurs, parvins-je à prononcer en dévisageant Fang Long qui, tout sourire, inspectait le décor sans chercher à croiser le regard des acteurs.

– Restez, princesse ! dit le maître à la jeune femme qui faisait mine de repartir.

– C'est cela, c'est cela, répéta Houo-kie à l'adresse de votre sœur, prenez place avec nous, capitaine : vous serez avec le seigneur Fang Long les témoins des décisives réponses que le maître national apportera à mes doutes, à mes stupides questions...

La princesse ne desserra pas les lèvres mais pâlit extrêmement. D'un mouvement, elle s'agenouilla sur le sol, en retrait des trois visiteurs, et ses paupières se refermèrent.

Shîlaratna, plus sombre de peau que notre maître et les traits fortement émaciés par la dure règle, avait les yeux fort clairs, lesquels, du fond de leurs orbites vert-de-gris, ne cessaient de lancer des fléchettes de colère, de ressentiment, de jalousie, de sincère indignation intellectuelle – allez savoir –, dans les yeux noirs, les yeux tout en pupilles, du maître, où il était si facile de voir que le monde et soi-même n'étaient qu'un minuscule reflet toujours étincelant.

– Nous pardonnerez-vous l'invasion ? dit-il alors, non sans préciosité, et en chinois correct.

– *Kim atha*, mais encore ? répondit laconiquement, en sanskrit, Kumârajîva.

Houo-kie reprit la parole :

– Ayez compassion, maître Che, de deux pauvres moines que le démon du doute possède et prétend ne plus lâcher ! On jase à la cour, monseigneur. On raconte que...

L'abbé porta un regard à la ronde : il ne faisait clair que sous la fenêtre, sur l'écritoire et au pied du grand lit. Ses petits yeux s'attardèrent, inquisiteurs, sur l'alcôve, sur la fenêtre, puis sur moi : si j'avais bien compris, il avait enfreint les ordres du roi. Mais pourquoi la princesse l'avait-elle amené avec cet érudit obsédé de discipline réelle, et ce cher mécréant de Fang Long ? Celui-là, pensai-je vivement, est ici par pure curiosité, ou je ne le connais plus !

– En fait, trancha Shîlaratna, c'est du *Pénitentiel des bodhisattvas* que nous sommes venus vous parler : il semblerait que, depuis plusieurs mois déjà, les déportements de vos bodhisattvas, de nombre de moines et de laïcs, hommes et femmes que vous, ou vos proches disciples, avez consacrés, ou plutôt nommés bodhisattvas, provoquent d'innombrables remous dans le peuple.

» S'il est vrai que les enfants du Bouddha doivent, pour mériter d'appartenir à cette glorieuse lignée, faire le bien, éviter le mal et dompter leur esprit, je ne sache pas qu'ils doivent en plus se préoccuper de votre vacuité qui, en niant l'évidence, se réfute elle-même.

– Hélas ! pleurnicha Houo-kie, cent fois hélas ! Nous avons l'intime conviction que la traduction chinoise que vous avez donnée du *Pénitentiel des bodhisattvas*, qui n'est somme toute qu'un ouvrage de plus dans votre canon excentrique, présente le désavantage supplémentaire, à nos yeux d'hommes sensés et de moines pan-réalistes, d'être un apocryphe, si je puis me permettre...

Laissant Houo-kie répéter son essentiel boniment, le maître fouillait le regard de la Ming et il comprit que l'esprit de la princesse était la pâture de certains ogres imaginaires : elle s'énamourait, au-delà de la raison, d'une idée ridicule qui pouvait la tuer.

– ... un texte cryptique et contradictoire en termes de philosophie, explicite et inconséquent en termes de règle de vie. Et tout cela nous navre énormément. Les bouddhistes ne peuvent pas obéir à des commandements incompatibles...

– Non ! éclata le maître. Vous deux, révérends, les apocryphes vous déplaisent ? Je vous le concède. Mais vous n'avez pas cherché à me surprendre en train de composer un apocryphe. Vous vouliez avant tout, et vous aussi, seigneur Fang, vous assurer que certaines rumeurs étaient fondées. Pourquoi ?

Il scruta leurs pensées et dit :

– Par ennui et par distraction !

Houo-kie feignit d'être indigné. Le moine indien et mon ami calligraphe avaient le front plissé par la concentration.

– Nous voulons juste débattre de la justesse de votre *Pénitentiel*, dit Shîlaratna.

– Mon *Pénitentiel* ? répéta le maître. Celui dont je serais l'auteur ?

– Voyons..., gronda Houo-kie, interrompu par le spécialiste indien.

– Il s'agit d'un apocryphe, incontestablement, dit ce dernier en forçant les tons de notre langue, puis il lâcha assez haut les syllabes : *Sandigdhapramânah so'sandigdham*, ce qui, en langue de l'Inde, signifie la même chose.

Kumârajîva se recueillit brièvement et appela le vieux

Satya. Telle une ombre, le serviteur se pencha pour prendre les ordres du maître et remonta son châle sur son épaule gauche en un geste immémorial.

– Il nous faudrait l'original sanskrit, seigneur Che, dit l'Indien, mais votre disciple Seng-jong n'a pas prétendu nous laisser le consulter.

– C'est normal, dit Kumârajîva, puisque ce manuscrit se trouve ici à présent.

Et, comme par miracle, Satya lui posait dans la main droite un long cube de soie noire brodée de lions d'argent.

– Il suffit de demander, maugréai-je en m'indignant franchement de l'irrespect, de l'insouciance et du sans-gêne, sinon de la grossièreté de ces trois hommes qui venaient dans sa retraite injurier mon maître en le traitant de falsificateur.

Le traducteur et l'abbé tendirent ensemble les mains vers le précieux paquet que maître Che leur présentait. C'était à qui le déballerait : Fang Long me lança un regard qui se voulait entendu. Quant à la princesse, son front laissait croire qu'elle brassait des pensées toujours plus noires. C'est l'abbé qui l'emporta. Pressant le livre contre sa poitrine, il entreprit de déballer à grand renfort de soupirs et de bruissements respectueux ce qui s'avérait être un manuscrit en brâhmie koutchéenne sur feuilles de latanier prises entre deux plaques de bois dont la supérieure était gravée et peinte de trois bouddhas de couleurs vives.

Soulevant la plaque de couverture, l'abbé Houo-kie s'écria :

– C'est l'original de votre *Pénitentiel* que je tiens là ?

– Comme c'est indiqué sur la page de titre, sourit le maître.

– Tenez ! grogna l'abbé en confiant avec dépit le volume à son expert cachemirien. Dites-nous ce qui est écrit là !

– « *Brahmañjalasûtre*, marmonna Shîlaratna, *dashamo 'dhyâyah*, lut-il en donnant un coup d'ongle sur la page. *Vairochanabuddhanirdeshabodhisattvachittabhûmishîla nâma viharati sma.* »

– Ce qui veut dire ? siffla l'abbé en se saisissant de deux petits rouleaux qu'il cachait dans sa robe.

– « Soûtra du Filet de Brahma, chapitre dix, où le bouddha Vairochana expose les préceptes des terres de l'esprit des bodhisattvas. »

– Exact ! sursauta Houo-kie en relevant le nez du texte qu'il venait d'entrouvrir. C'est bien ce que je lis. Traduisez-moi les premières lignes du manuscrit, révérend Shîlaratna, si vous le voulez.

– C'est ce que le maître national a déjà fait, me permis-je, toujours plus agacé.

– Vous comprendrez, révérend Tchao, la nécessité de cette vérification, dit l'Indien en pesant lourdement ses mots.

– « En ce temps-là, le bouddha Shâkyamuni se trouvait dans les sphères de la quatrième concentration, au cœur du palais royal de Shiva Maheshvara, et aux innombrables divins rois Mahâbrahmas, innombr... »

– « ... indiciblement indicibles bodhisattvas... »

– Si vous voulez ! coupa l'Indien.

– « Il enseignait la méthode des terres de l'esprit prêchée par le bouddha Vairochana dans le monde Réservoir de la Terrasse du Lotus »...

» Qu'est-ce que cette méthode ?

– C'est tout à fait cela, dit l'abbé, exultant comme s'il avait oublié qu'il croyait tenir un apocryphe, un faux, un odieux mensonge dans sa main. Et si nous essayions plus loin ! Dites-moi, révérend, si, si, s'il est vraiment écrit : « ...j'habite un océan de mondes Réservoirs de la Terrasse du Lotus » ? Vous y êtes ? Oui ? Est-il vraiment écrit, en langue barbare, que « le lotus a dix pétales. Sur chaque pétale est posé un cosmos formé de mille mondes, et dans chacun de ces mille mondes j'apparais comme un Shâkyamuni » ?

– Effectivement, seigneur abbé.

Une tension plus grande encore aiguisait la voix du panréaliste cachemirien. Le maître et moi, nous nous réjouissions des innombrables mérites que l'abbé Houo-kie gagnait en lisant aussi clairement un extrait des textes très bénis du Grand Véhicule.

– Pourquoi ce délire logorrhéique, maître Che ? osa Shîlaratna non sans hardiesse.

– Pour certains, dont je suis, dit le maître, il n'y a là ni logorrhée ni délire, mais concepts de grandeur évoquant la transcendante immensité de la sagesse du Bouddha.

– Soit, reprit l'abbé. Admettons que vous ayez traduit ce texte du sanskrit. Il s'agit là du chapitre dix d'un soûtra du Grand Véhicule portant le nom de *Filet de Brahma*, n'est-ce pas ? Où sont les autres chapitres ?

– Je ne les connais pas, répondit le maître. De toute façon, je ne les aurais pas traduits, puisque le chapitre dix, ainsi que me l'a enseigné mon maître principal, résume parfaitement l'ensemble du soûtra, qui, en fait, n'en compte pas moins de soixante. Cela représenterait, en chinois, cent vingt rouleaux : vingt de plus que le *Traité*.

» Quant aux "dix terres de l'esprit des bodhisattvas", dont la méthode intrigue mon éminent confrère à juste titre, j'ai prévu de traduire dès que possible le bref chapitre qu'elles occupent dans l'immense collection de l'*Ornementation Fleurie*, ainsi que le commentaire qu'en a donné notre patriarche, le bodhisattva Nâgârjuna.

– Vous admettrez, seigneur Che, dit Shîlaratna, que nous n'avons encore rien résolu. Et si, par hasard, vous aviez vous-même composé ce texte en sanskrit ? Ce charmant manuscrit ne prouve rien !

– En effet ! renchérit le maître. Nous sommes confrontés à une aporie ! Ce ne sera pas, en ce qui me concerne, la première fois. Vous avez d'autant plus raison, révérends confrères, que cette écriture brâhmie, quelque peu puérile, est la mienne. C'est à la dictée de mon maître Sûryasoma que, lorsque j'avais treize ans, à Kachgar, j'ai « calligraphié » au propre ce texte subtil et décisif.

– Qui nous assurera alors que, s'il n'est pas de vous, ce texte n'émane pas de Sûryasoma, ou encore de son maître, voire de Nâgârjuna ?

– Pour moi, révérends pan-réalistes, mon maître, son maître, et tous les maîtres du Grand Véhicule, particulièrement ceux de notre Voie médiane, se sont éveillés dans le même éveil que le bouddha Shâkyamuni.

– Hérésie ! s'exclama Shîlaratna. Le Bouddha est unique !

– Hérésie ! répliqua le maître en éclatant de rire : s'il n'y a qu'un seul bouddha, cela signifie que tous les autres êtres animés n'accéderont jamais à l'éveil du Bouddha. Le corps absolu est unique, conventionnellement, je vous l'accorde. Mais en vérité absolue, dans la réalité du Bouddha proprement dite, et autant que la sagesse me permet de parler, il n'y a ni bouddhas ni êtres ordinaires et, à plus forte raison, ni un seul bouddha ni plusieurs.

La princesse Ming soupira de franche lassitude et fit de

nouveau mine de se lever. J'entendis Fang Long lui chuchoter :

– Ne me laissez pas seul, capitaine !

– Restez, princesse ! lui intima le maître une fois encore.

– Mais non, mais non, insista l'abbé, le capitaine ne nous dérange pas, au contraire...

La princesse-capitaine retomba donc dans son inertie, tandis que le maître poursuivait :

– Elargissons le débat, révérends ! Et dites-moi, une bonne fois pour toutes, ce qui dans le Grand Véhicule n'émane pas du Bouddha, selon vous, mais de « sophistes manipulés par le Diable une fois disparu notre seigneur Shâkyamuni » ?

Interdit par la franchise de la question, l'abbé Houo-kie répondit puérilement qu'il ne savait pas. Qu'il ne savait plus. Que « sophistes manipulés par le Diable », c'était un peu exagéré. Que tout ce qu'il y avait de bon dans le Grand Véhicule se trouvait déjà dans le Petit et que...

– Ce n'était peut-être pas à votre intention, révérend abbé, que le seigneur Bouddha ébranla la roue des enseignements pour la deuxième fois, au Pic des Vautours de Râjagriha – la roue des enseignements sur le vide : pour vous autres et ceux qui partagent votre mentalité, votre sensibilité, votre forme d'intelligence et vos aspirations, la vacuité n'est probablement pas l'expédient salvifique le plus approprié.

» Du moins nos soûtras l'expliquent-ils ainsi.

– Pour ce qui est de l'authenticité d'un texte, contre-attaqua Shîlaratna, les critères d'évidence, de logique et d'autorité ne valent qu'au sein de chaque école séparément.

– En effet, me permis-je, fanfaronnant un peu à l'intention de Fang Long dont la présence ne m'inquiétait plus et dont l'ennui étonné m'inspirait d'impossibles singeries. Pour ce qui est de s'entendre, messeigneurs, dites-moi si je me trompe mais, en face du Grand Véhicule, unique véhicule du Bouddha, comme le proclame le *Soûtra du Lotus*, je vois un Petit Véhicule divisé en dix-huit écoles qui toutes se chamaillent pour des atomes ou des instants de conscience ultimes, dix-huit écoles comme autant de sectes revendiquant chacune plus d'authenticité que sa voisine....

– Mais en clamant que tout est vide..., hoqueta Houo-kie comme s'il revenait d'un assoupissement.

– En ne trouvant de réalité absolument à rien, appuya le moine cachemirien, vous...

– Vous niez, reprit l'abbé, vous « déréalisez » – je ne sais comment dire – l'exercice religieux de la discipline, du recueillement méditatif et de la connaissance. Jamais le Bouddha n'a annulé aussi absurdement les vérités qu'il avait pris tant de soin à formuler à la requête et à la mesure de chacun !

– Ah ! exhala le maître en guise de réponse.

Ses sourcils s'arquèrent comme s'il voulait en savoir plus.

– Ne prétendez-vous pas non plus, dit Shîlaratna, que, dans certains cas, les cinq crimes les plus infâmes peuvent n'entraîner aucune conséquence néfaste ?

Et Houo-kie d'en rajouter avec des sourires qu'il voulait fraternels :

– Les formes, les sons, tout cela, seigneur Che, entre nous, vous voyez que ça existe...

– Il ne serait donc plus nécessaire, renchérissait Shîlaratna, d'échapper au cercle vicieux des morts et des renaissances ?

Les yeux de l'abbé s'illuminèrent :

– Le Bouddha, ai-je lu dans vos livres, aurait, en plus de son corps charnel transitoire et de son corps absolu permanent, un troisième corps auquel vos poètes ont donné le nom ambigu de « corps de jouissance ». De quoi s'agit-il exactement, maître Che ?

Imperceptiblement d'abord, et sensiblement à présent, la lumière s'intensifia dans la chambre – ou bien la pénombre n'était plus telle qu'elle était. Je vis comme des copeaux de couleurs se détacher du plafond, des pétales qui floconnaient dans le silence de nos sept regards.

Du plafond de la chambre de Kumârajîva tombaient des fleurs de ciel qui, ne cessant de tomber, se collèrent à nous, et nous recouvrirent comme neige. Nous tous, observai-je, à l'exception du maître qui, dans sa tenue noire et sans le moindre étonnement, regardait la compagnie sombrer sous les écailles d'œillet, les mufles de lamier pourpre, les cils de centaurée. Il jubilait en constatant que toutes les réponses possibles se trouvaient dans cette pure citation se matérialisant. Paralysé, nul n'osait rompre la surprise du tableau qui me semblait, à moi aussi, terriblement familier.

Relisez les enseignements de Vimalakîrti, marquis, à la fin du chapitre sept, et vous reverrez la fantasmagorie dont je voudrais seulement vous rapporter la lumineuse émotion.

Imaginez-nous penchés sous des corolles de concepts, moi-même, bien sûr, quoique la chose ne m'affectât pas vraiment puisque j'étais en quelque sorte prévenu, mais surtout nos visiteurs : les deux moines avaient disparu sous les fleurs ; on eût dit deux hautes termitières bariolées d'où seuls émergeaient, l'un ocre et l'autre cuivre, leurs crânes luisants. Un peu moins que les moines cependant, la princesse Ming suffoquait elle aussi sous les fleurs, mais Fang Long, ce faux mécréant, n'en était guère plus chargé que moi... Comme je vous le disais, marquis, si les iris, les lilas et les lis s'entassaient sur nous autres, êtres ordinaires, ils avaient à peine effleuré le maître avant de se poser sur la table et le sol autour de lui.

Les révérends Shîlaratna et Houo-kie n'étaient guère plus cocasses que deux épouvantails d'automne se prétendant casuistes. Et juste comme ils commençaient à se débattre pour libérer leurs robes de toutes ces campanules et autres clochettes, à la fenêtre parut le visage d'une jeune femme. Ses doigts, posés sur ses lèvres, filtraient un rire si clair qu'il éblouit l'expert indien en le ramenant à l'immobilité. De son côté, plus surpris qu'il ne l'avait jamais été, l'abbé Houo-kie redoubla de vaine agitation pour se dégager de certaines pervenches dont les lobes l'ensorcelaient.

Penchée à la fenêtre, l'apparition cessa de rire et, d'une voix étonnamment puissante, s'adressa à Houo-kie qui toujours se démenait comme aux prises avec une armée de diablotins.

– Pourquoi, dit-elle, repoussez-vous ces fleurs, révérend abbé ?

– Ces fleurs ? s'exclama ce dernier, affolé. Mais je n'ai pas le droit d'être ainsi couvert de fleurs !

La règle pan-réaliste l'interdit en effet.

– Qui êtes-vous, demoiselle ?

– Peu importe qui je suis ! N'êtes-vous pas plutôt en

train d'accuser d'innocents pétales de ne pas respecter vos vœux monastiques ?

» Vous le savez comme nous tous, l'abbé : les fleurs, ça ne juge pas !

Houo-kie ne craignait pas le jugement des ancolies, entre autres grenouillettes, boutons-d'or, trolles et renoncules, seulement leur poids : il n'entendait pas mourir déjà, étouffé sous les fleurs.

– Voilà qui est vrai, dit enfin le maître, si vous me permettez, « demoiselle »...

Avec ces mots, il lança un calice d'ipomée en direction de la jeune femme : la fleur s'évanouit dans l'air ; et un autre en direction de la princesse-capitaine qui, malgré un mouvement disgracieux, ne parvint pas à l'éviter ; au contraire, l'illusion colorée s'ajouta aux phosphènes botaniques de ses manches en éclaboussant son front distendu par le désarroi.

Subitement, la pluie de fleurs s'arrêta.

– J'aime croire, dit le maître à Shîlaratna pétrifié de ridicule dans ses atours d'emplumé, que les pétales de pivoine pas plus que ceux d'orchidée ne se prennent pour des êtres secoués de discriminations qui auraient décidé d'en opprimer certains autres.

– Révérend abbé, enchaîna l'apparition à l'adresse de Houo-kie, l'impartialité des bouquets du ciel n'est pas à prouver, c'est vous et seulement vous qui jugez : si vous êtes devenu moine pour pratiquer les enseignements du Bouddha et que vous continuez de juger à tout bout de champ, vous n'aboutirez pas à la paix du Bouddha : vous allez contre la loi du réel, car la loi du réel, c'est la paix qu'induit l'absence de jugement.

» Et j'observe, déclara-t-elle en désignant le maître, que

si les fleurs ne se sont pas éternisées sur ce bodhisattva, c'est qu'il ne se laisse plus aller au jugement vulgaire.

» De quoi avez-vous peur, seigneur abbé ? Vous savez bien que la peur attire les mauvais esprits.

» Monseigneur, fit-elle à l'adresse de maître Che, me permettrez-vous de m'asseoir avec vous ?

Avant toute réponse, elle s'agenouilla à côté de la princesse Ming dont l'inquiétude ne cessait de travailler les traits. Quel combat se livraient les trois poisons dans le cœur de notre pauvre duègne ? La princesse n'était guère la seule âme inquiète ici : moins radicalement que l'abbé, mon ami Fang Long s'était toutefois mis à trembler. Au vrai, je n'avais jamais vu, moi non plus, un être humain se déplacer avec une telle célérité : je ne l'avais même pas vue se déplacer. Etait-ce la sœur jumelle de la déesse des combles de Vimalakîrti qui venait d'entrer par la fenêtre ?

Les deux pan-réalistes et Fang Long s'étaient retournés vers elle, plus pour la surveiller que pour la contempler.

– Qui, qui, bégayait l'abbé Houo-kie, qui êtes-vous ?

– Considérez pour l'instant que je suis une apparition, révérend.

– Une apparition ?

– Rien de grave, dit-elle à voix plus haute : n'avez-vous pas plutôt ressenti les glorieuses bénédictions du seigneur bodhisattva ?

– Je vous en prie, céleste créature, fit ce dernier, parlez ! Mes éminents confrères vous écoutent avec beaucoup d'attention et je ne voudrais pas les distraire.

Puissamment concentré sur son aspect grotesque, et torturé à cette idée qu'il prenait pour une réalité en soi, l'expert Shîlaratna était en effet obnubilé par la pensée que, un jour, il se vengerait de cet affront.

– Parlez encore, beauté divine, je vous en prie ! dis-je à mon tour avec ferveur et sans trop de jugement, il est vrai, malgré mon tablier fleuri, ma couronne et mes guirlandes.

– Eh bien, révérends pan-réalistes, c'est parce que vous avez peur du samsâra que les formes, les sons, les odeurs, les saveurs et les tangibles vous affectent à ce point ! Il n'est pas un seul objet des sens pour contraindre l'homme qui n'a pas peur.

» Les fleurs, surtout celles qui poussent dans le ciel, s'accrochent uniquement à ceux qui sont encore soumis au pouvoir de l'habitude ; sur les autres, ceux qui connaissent la libération spontanée du jugement et que leurs tendances habituelles ne manipulent plus, les phosphènes ne se fixent point.

– S'accrocher ou pas, cela vient du dedans ! m'écriai-je en riant. Parlez-nous donc, déesse, de la psyché des fleurs !

En guise de réponse, celle-ci noua et dénoua souplement les doigts dans un vif enchaînement de moudrâs : les fleurs qui jonchaient le sol et les autres, les méchants pétales qui humiliaient les réalistes, tout cela disparut sans laisser trace ni parfum. Les défenseurs de la discipline s'ébrouèrent tels des chiens sortant de l'eau ; puis ils grimacèrent pour nous faire croire qu'ils avaient enfin repris leur souffle et, s'éclaircissant la voix comme pour demander un service, Shîlaratna osa s'adresser à la jeune femme :

– Y a-t-il longtemps, étrange apparition, que vous fréquentez la Perle du Dragon ?

– Oh ! s'exclama-t-elle, je me suis fixée ici depuis que, dans mon vieil âge, j'ai atteint la libération.

– Cela fait-il longtemps, donc, s'impatienta l'abbé déjà dans l'oubli des fleurs, que vous vivez ici ?

Une femme ? pensait-il. Une femme qui aurait atteint la libération dans un corps de femme ?

– Je me suis libérée dans mon vieil âge, révérend : serait-ce il y a longtemps ?

Houo-kie accusa le sursaut d'une légère illumination ; la peur, en ce cas précis, lui avait assoupli l'esprit au point qu'il trouvât idiote sa question : comment peut-on raisonnablement demander à un être qui dit s'être libéré dans sa vieillesse, mais semble n'avoir pas plus de dix-huit ans, s'il y a longtemps, et même fort longtemps, qu'il a atteint la libération ?

Plus de fleurs, plus de mots : le silence nous savoura quelques instants, jusqu'à ce que la déesse s'en reprenne à l'abbé.

– Ainsi donc, révérend, vous venez d'avoir la grande sagesse de vous taire !

– Si j'avais atteint la libération, ne se tut plus l'abbé, je n'aurais plus rien à vous dire ; en fait, si je ne vous ai pas répondu, c'est parce que je n'ai rien trouvé à vous répondre.

– Mais parler, dire, écrire, s'écria l'insaisissable créature, la voilà la libération !

Le visage de Shîlaratna se convulsa de tics comme si les paradoxes lui rudoyaient les ligaments.

– Vous voulez savoir pourquoi ? Parce que la libération n'est pas affaire d'esprit seulement, ni de matière, ni de quelque savant dosage des deux. De même, le langage n'est pas purement spirituel ni purement matériel, et encore moins est-il un mélange de ces deux choses, si bien que, révérends individualistes, je prêche la libération sans aucunement renoncer au langage.

» En vérité, exulta-t-elle, tout est libération !

– Nous y voilà ! rugit l'Indien qui retrouvait son tempérament. La libération ne consisterait-elle plus à se dégager du désir, de la colère et de l'ignorance ?

Le maître applaudit comme un simplet content.

– Ce n'est qu'aux arrogants que le Bouddha a enseigné que la libération était libération du désir, de la colère et de l'ignorance.

Vous noterez, marquis, que les arrogants désignent ici les pseudo-mystiques qui, vénérant le nirvâna qu'ils ignorent, n'ont que peur et mépris pour le monde dont ils connaissent peu de choses.

– Bien ! fit Shîlaratna. Bien...

Il cherchait un argument qu'il ne trouvait pas.

– Déesse ! s'exclama soudain l'abbé. Qu'avez-vous atteint et comment vous êtes-vous illuminée ? Quel est le secret de votre éloquence ?

– Je n'ai rien atteint et je ne me suis pas illuminée : voilà le secret de ma faconde !

Splendide, légère, elle se leva.

– En effet, dit la beauté, l'illumination est une forme d'arrogance à l'encontre des enseignements de tous les bouddhas !

Kumârajîva applaudit une autre fois.

– Bravo, fille de jade ! Ne vous arrêtez plus de parler ! Votre faconde, comme vous dites, me plaît ! Allez, l'abbé, vous ne m'aurez pas dérangé en vain : interrogez la déesse de l'éloquence ! Elle est là en personne : elle meurt de vous répondre.

– Des deux véhicules, savante créature, articula péniblement Houo-kie, lequel préconisez-vous ?

L'abbé voulait-il vraiment savoir comment ne rien atteindre et ne pas s'illuminer ?

– Je suis le Petit Véhicule pour aider les êtres en leur rappelant les impitoyables rouages de la causalité. Je suis le Grand Véhicule par grande compassion.

Provocante et claire, elle vint s'accroupir contre l'abbé pour lui souffler son haleine dans les narines.

– Dans un bosquet de jasmin, révérend, c'est le jasmin qu'on sent et nul autre parfum.

Houo-kie acquiesça d'un rictus tandis que son compère s'étranglait en soupirant.

– Eh bien, dit la déesse, dans la chambre secrète du maître national Che, il n'est d'autre parfum que celui des mérites du Bouddha. Les mérites des saints du Petit Véhicule n'y ont pas laissé de fragrance dont on se souvienne.

Les ailes du nez frémissantes, l'abbé esquissa un sourire et il me sembla que ses yeux se mouillaient. Glissant jusqu'à Shîlaratna dont la raideur avait quelque chose de touchant, la jeune femme poursuivit :

– Indra, Brahma et les quatre divins rois, ô révérend de l'Inde, les dieux, les dragons, les bons et les mauvais esprits, et ceux qui, comme vous, entrent dans cette chambre, tous sentent qu'un homme supérieur est en train d'y pratiquer la juste méthode, et ils se délectent des parfums qui émanent de lui chargés des mérites de tous les bouddhas.

» Ils engendrent l'esprit d'éveil, révérend Shîlaratna, et ils repartent.

» Pour ne rien vous cacher, messeigneurs, cela fait douze ans que je partage cette chambre avec le traducteur Kumârajîva.

Lequel confirma sans frémir.

– Mais, remarqua Houo-kie, il n'y a pas trois mois que

le maître national vit ici et, d'ailleurs, ce pavillon a bien moins de douze ans !

– Ces calculs valent peut-être pour votre monde, l'abbé. Je vous parle de la chambre que moi, créature incréée, je partage depuis douze ans avec lui, l'ami du vide, le moine indigne, le colporteur d'apocryphes, sans qu'il nous faille ni chambre ni même nous trouver ensemble.

– Alors qu'entendez-vous par « partager la chambre de Kumârajîva » ?

Sa question posée, le moine cachemirien examina une autre fois le châlit nuptial qui occupait la moitié de la pièce. Ce que constatant, Houo-kie procéda au même examen avant de trahir sa pensée profonde :

– Ce n'est pas cet humble grabat qui...

Shîlaratna faillit s'étrangler une autre fois. C'était un grabat et non une alcôve qui leur apparaissait. Chacun, ici, projetait son monde non pour le plaisir mais pour le bien. Quant à mon ami Fang Long, depuis que la fée des combles avait pris en charge nos contradicteurs, et plus particulièrement l'abbé, il ne cessait de dévisager la princesse sans se laisser, apparemment, séduire par l'apparition féminine aux exaltants discours qui poussait comme nuages les calligraphies de son éloquence, à quelques pas de lui, dans une atmosphère d'intense illusion. Tel un aimant de flammes, pourtant, le cœur enragé de la Ming attirait irrésistiblement le regard et les doutes de mon ami Fang Long.

– Pourquoi, femme, s'enhardit l'abbé à l'adresse de celle qui le provoquait, ne vous débarrassez-vous pas de votre corps de femme ?

– Voilà douze ans, disais-je, que Kumârajîva et moi, nous cherchons les attributs essentiels de la femme, la féminité en soi, mais nous ne les avons pas encore trouvés. Que pourrais-je donc changer en moi pour ne plus être femme ?

» Comprenez donc, révérend, qu'il en est de même pour toute chose : rien n'est définitivement ce qu'il paraît. Comment osez-vous me demander pourquoi je ne change pas de sexe ?

Il se passa alors quelque chose d'extraordinaire dont mon ami Fang Long pouvait être, à point nommé, l'idéal témoin. Quelque chose que nous autres, êtres ordinaires, ne pouvons voir ou connaître qu'à l'occasion de rêves merveilleux.

L'abbé Houo-kie poussa un cri étrange, comme si un démon l'avait mordu, un cri étranglé. En fait, s'il avait gardé sa voix d'homme, il en avait perdu les traits : de son châle gris de moine jaillissait le joli visage de la déesse. Celle-ci, du moins ses soieries, dansa quelques pas et, se retournant, nous montra qu'elle avait revêtu les vieux traits de l'abbé. Les traits de son visage et plus car, ayant dénoué sa ceinture et déboutonné sa chemise, elle se trouva bientôt torse nu, et son épaisse poitrine clairsemée de poils n'avait rien d'une poitrine féminine !

La princesse Ming glapit sourdement. Shîlaratna s'était levé en criant à la sorcellerie. Je consultai le sourire du maître : inaltéré. Il m'évoquait un novice s'amourachant d'une belle aux cheveux longs.

Au cœur de l'impossible, la princesse-capitaine s'empara d'une main de Fang Long pour y plonger ses griffes, la déesse aux traits de moine se rajusta et dévisagea longuement le moine aux traits de déesse, l'abbé Houo-kie dans un corps de femme, lequel semblait inspirer toutes les horreurs à son voisin du Cachemire toujours debout à marmonner des formules d'exorcisme.

– Ici, seigneur Shîlaratna, dit la voix de la déesse, il n'est aucun maléfice. Permettez-moi plutôt de demander au révérend abbé pourquoi, puisqu'à présent il a un corps de femme, pourquoi donc il ne change pas de sexe lui-même, ainsi qu'il me le proposait.

Aux prises métaphysiques avec sa brusque dégaine de jeune déesse, l'abbé Houo-kie se lamentait.

– Je n'ai pas senti que je changeais !

Il avait glissé une main sous ses jupes soyeuses, et l'autre dans sa blouse de satin.

– Reprenez-vous, l'abbé ! ordonna la déesse. Le seigneur Bouddha n'a-t-il pas déclaré que les phénomènes n'étaient ni mâles ni femelles ? Vous pouvez le lire dans vos textes aussi.

Au même instant, et aussi soudainement qu'elle s'était déjà métamorphosée, la jeune femme rendit ses traits à Houo-kie en réintégrant les siens.

– Tout ce que vous regardez, révérend, regardez-le bien : vos yeux en se posant ne se poseront jamais sur rien. Et en vérité, cela même qui ne se trouve où que ce soit ni nulle part, c'est cela qu'enseigne le Bouddha.

– Jamais ! cria l'Indien Shîlaratna en se levant.

A son exemple, Fang Long et la princesse bondirent sur leurs jambes. La déesse, l'abbé, le maître et moi, penchés sur la merveilleuse écritoire, nous nous dévisagions.

– Mes amis ! dit le maître. Veuillez tous vous rasseoir. Nous ne sommes pas au marché. Vous pensez peut-être que notre débat a pris fin ; vous admettez donc, je suppose, que le *Pénitentiel des bodhisattvas* n'est guère un apocryphe et que, bien sûr, le Grand Véhicule n'est pas une invention de sophistes manipulés par le Diable ?

– Non ! fit simplement Shîlaratna en se rasseyant.

Au même instant, la princesse Ming hurla en nous glaçant tous :

– Cette femme n'est pas une déesse, et moi je ne suis pas capitaine !

Secouée de sanglots, elle s'effondra à côté du traducteur indien en hoquetant :

– Je ne suis pas capitaine, je ne suis pas capitaine...

– Que dites-vous, capitaine ? lui demanda Houo-kie avec courtoisie.

Se précipitant sur le vieil abbé comme pour le mordre, la princesse hurla de nouveau :

– Je ne suis pas capitaine !

– Je comprends que tout cela vous bouleverse, jeune homme. Moi-même...

– Voyez l'effet de vos goéties, seigneur Che, s'écria Shîlaratna : vous traumatisez les officiers de Ts'in et, non content de bafouer l'état monastique en compagnie de cette femme, de cette prétendue « déesse », une courtisane...

– Une courtisane ! hurla de nouveau la princesse Ming. Du nom de Veine ! Je le sais, puisque c'est moi qui l'ai amenée ici !

Ces paroles, ou plutôt ce qu'il en entendait, plongèrent Fang Long dans un nouvel abîme de perplexité ; à son tour, il se rassit et, comme si la princesse ne l'avait pas interrompu, l'abbé Houo-kie, en plein processus de conversion au Grand Véhicule, repartit pour une autre série de questions à la fois intentionnelles et idiotes :

– Dites-moi, déesse, quand vous quitterez cette existence, où renaîtrez-vous ?

– Je resterai une créature magique des bouddhas. Autrement dit, je renaîtrai là où je renaîtrai.

Soudain inspiré, l'abbé parla comme un adepte du Grand Véhicule :

– Toute fantasmagorie, émanât-elle des bouddhas, ne saurait mourir pour renaître !

– Les êtres animés non plus ne meurent ni ne renaissent !

Chaque individu, marquis, serait-il l'unique chimère à vivre dans un monde incontestablement réel ? Connaissez-vous un seul être, une seule chose, qui ne soit pure impression de rêve ?

– Il doit y avoir bien longtemps, mademoiselle, que vous avez atteint l'*a-neou-to-lo-san-mao-san-p'ou-t'i* !

Un sursaut de pan-réalisme forçait l'abbé à exiger de la déesse qu'elle lui prouvât que l'éveil suprême – qu'il essayait de nommer en sanskrit – était, lui aussi, une illusion.

– *Anuttarasamyaksambodhi* ! corrigea le Cachemirien avec emphase. S'il suffisait de connaître la prestidigitation et la rhétorique pour atteindre votre fameux éveil, les illusionnistes, les charlatans et tous les prestidigitateurs seraient éveillés. D'ailleurs, Vairochana et vos bouddhas fantasques ne sont pour moi que des truqueurs à la langue déliée...

Indifférente aux griefs du penseur indien, la jeune femme répondit à Houo-kie :

– J'ai atteint l'*anuttarasamyaksambodhi*, révérend abbé, le jour précis où vous, vous êtes retourné à l'état laïc !

– Je ne crois pas, prétendit l'abbé, avoir rendu mes robes sacrées : il n'en a jamais été question !

– Il n'a jamais été question pour moi non plus d'atteindre quelque *anuttarasamyaksambodhi* que ce soit. L'éveil ne se fixe nulle part : il ne saurait être question de le trouver !

– Depuis que vos bouddhas, persista Shîlaratna, s'illuminent dans votre éveil insurpassable, authentique et parfait, il doit y en avoir autant que de grains de sable dans le lit du Gange. Qu'en dites-vous, madame, vous qui avez réponse à tout ?

– Je dis que ce sont le langage, l'écriture et les signes qui ont inventé le passé, le présent et l'avenir. Je ne dis pas que l'éveil suprême s'inscrive dans le temps. Mais vous, révérend, quand finirez-vous par atteindre l'éveil d'un Ancien ?

– S'il m'arrive de l'atteindre, finassa l'abbé, je n'atteindrai rien !

– De même en est-il pour les bouddhas et les bodhisattvas, messeigneurs : il n'y avait rien à atteindre et ils l'ont atteint.

A votre avis, marquis, y a-t-il plusieurs éveils ? Un pour les Anciens, un pour les bodhisattvas, et un autre, suprême, pour les bouddhas ? Si vous me répondez qu'il y en a plusieurs, vous bafouez l'égalité universelle, et si vous pensez que l'éveil est unique et un, je vous contredirai encore en vous rappelant que le vide n'est ni un ni unique, pas plus que multiple, mais qu'il existe une quantité illimitée de sensibilités captives de nos corps-et-âmes, ainsi qu'une infinité de degrés dans notre ascension au vrai.

Comme la jeune femme avait manifestement fini de parler, le maître se leva pour la prier de prendre sa place.

Le plus naturellement du monde, elle s'exécuta tandis que maître Che nous faisait signe de rester assis.

Il recula de trois pas et, s'étant rajusté, se prosterna trois fois front contre terre en direction de la déesse.

Shîlaratna et l'abbé en eurent le souffle coupé. La jeune femme souriait à la ronde en arrachant à chacun, d'un regard inqualifiable, tous ses secrets. Médusés, Fang Long et la princesse paraissaient ne plus pouvoir penser.

Avant que toute remarque, objection ou indignation n'ait eu le temps de s'élever, le grand traducteur Kumârajîva chantait :

Humaine ou non, elle a l'apparence qui séduit
Celui qu'elle veut sauver : parfois elle est déesse,
Mais par amour change de corps à l'infini,
Et ses vertus sans nombre illuminent les mâles
Sur l'essence du désir et sur ses vraies limites...

L'Indien Shîlaratna et la princesse-capitaine poussèrent le même cri affreux, profondément angoissé, pendant que le maître achevait sa chansonnette :

Dans les humbles bistrots, dans les bordels fleuris,
Les saints sont de grands saints quand ils lèvent leur coupe !

Ô moine, me dit plus tard le maître, c'est la patience très résolue qui m'a précipité, excité comme un chiot, aux pieds de Veine, l'inconnue magnifique. Ne faut-il pas une patience inconcevable pour ne pas perdre la raison au sein de tant de paradoxes ? Crever le fond vide de chaque instant... A présent, je rêve que je me suis réveillé : vais-je enfin rester ouvert ?

Dame Veine n'a pas calculé ses paroles un seul instant : elle n'avait guère l'intention de débouter nos frères pan-réalistes. Moi-même, révérend, je ne pouvais être plus présent que je ne l'étais et pourtant je ne savais pas, au sens habituel, ce qui se passait. Mais en aucun cas je n'ai influencé Veine ainsi que Shîlaratna en est convaincu. Le spectacle que nous venons de vivre n'est qu'un spectacle et, dans ce nuage d'inconnaissance, la sagesse a perpétué l'amour.

Dame Veine n'est qu'un être humain et elle m'a assuré que la Loi merveilleuse, les Véhicules Grand et Petit, de même que les coups d'épée dans l'eau de notre Voie médiane, eh bien, toutes ces choses que nous estimons par-dessus tout, elle m'a juré s'en soucier comme d'une guigne et n'en avait pour ainsi dire jamais entendu parler.

– Ce qui me chagrine bien plus que la componction de vos confrères, me dit-elle en revanche, c'est vous, monseigneur !

Les doucereux parfums de l'esprit déroulaient leurs rubans et il me parut que s'abstenir de juger n'était plus quelque chose d'éblouissant, d'éphémère – la source de toute mélancolie – mais un fleuve fonçant sur son lit d'éternité.

– Relevez-vous ! m'ordonna-t-elle. Et ne m'appelez plus déesse : je n'ai vraiment rien de divin !

– Et moi, rien de vraiment humain ! répliquai-je en me massant le menton pour apprécier ma barbe.

Je me relevai en effleurant Veine en trois points : aux genoux, aux hanches et aux seins. S'écartant avec la brusquerie d'une mijaurée, elle proposa que nous nous attablions devant les textes.

– Ce débat, madame, que nous venons de rêver, émane du seigneur Bouddha, ainsi que vous pouvez le lire dans ce soûtra.

Quelque peu exaspérée, elle parcourut notre nouvelle traduction du merveilleux soûtra pour dire seulement :

– Et alors ?

– Vous ne vous souvenez de rien ? m'exclamai-je.

– Non !

– Même pas que vous venez de me demander de ne plus vous appeler déesse ?

– Non !

– J'ai dû mal entendre...

– Non !

Veine venait encore de me prouver la hauteur de son éloquence !

Au premier « non » qu'elle me lança, je compris que mon désir de comprendre et d'expliquer n'était qu'une peur, et elle en était fort chagrinée. Son deuxième « non » me montra combien elle avait raison de s'affliger sur mon compte : avez-vous déjà vu, révérend, bodhisattva aussi confus que votre maître ? Le grand exorciste terrassé par un diablotin ! Et son dernier « non » me donna la nausée d'admettre combien lamentable était l'égoïsme de « mon nirvâna sans moi ».

Rappelle-toi ton vœu originel, Kumârajîva !
Tu as juré de secourir ceux qui souffraient
En connaissant leurs secrètes réalités
Pour tous les libérer en grand.

L'alcôve me parut alors si lointaine que je renversai la dame à l'endroit précis où nous nous trouvions, là où, écrivant, je méditais, pensais, existais : autrement dit, dans les moelleux coussins de ces muscles qui tressaillent au milieu de nos cages thoraciques : nos esprits. Je saisis Veine par les fesses et, de sa taille à mon sexe, je sentis un vol de joie ; au sommet de mon cerveau, la boulette de boue blanchissait. Une perfection géométrique, tel le rayon tendu entre l'ombilic et l'arc de la hanche, et le délié des caresses, recentrèrent ma tension. Qu'il était facile, pourtant, d'oublier la pureté désincarnée dans le baiser des corps, baiser de vérité comme un état de sagesse absolument merveilleux, dont toutes mes précédentes illuminations, révérend, n'auraient pas suffi à combler un seul instant !

Le lotus fondant de dame Veine a décidément arraisonné les lois de la causalité ; je me suis tout entier liquéfié. Elle m'a ramené à ma fluidité ; elle incarnait le diamant de mon esprit, et sa sève était ma sève, enthousiasme nos enveloppes de lumière, accueil et déploiement de l'accueil, au comble de la chair merveilleuse, l'âme en douceur, moelleux des sens chacun dans son esprit, nous rêvions l'impartageable même. Pour Veine, mon jeune ami, mes soixante-deux automnes ont fleuri en un seul printemps, une saison d'ascensions vers les flammes de notre libération : cette cime où la compassion d'une prostituée affermirait notre liberté.

Quelque chose vous tracasse, jeune Tchao ?

– Etiez-vous sérieux lorsque vous m'avez enjoint d'aller au...

– Bordel ? Et comment, révérend ! J'insiste, j'insiste pour que, alors, vous au moins, vous ne vous fassiez pas prendre !

A jamais assis à cette table et voûtés sur de précieux manuscrits d'où fusaient toutes les réalités, je sentis les doigts brûlants du maître sur mon poignet et je le vis soudain se métamorphoser à la vitesse de la pensée en tous ceux et celles que je connaissais et que je ne connaissais pas, revêtant par centaines des formes qui se coulaient les unes dans les autres au fil d'un déchaînement moiré de figures et de lignes proprement hallucinant où la beauté, la laideur, voire les formes et les couleurs, n'eussent jamais pu tenir lieu de critères.

– Et alors ? Oui, vous, Seng-tchao. Comment appelleriez-vous cela ? Je voulais vous rappeler, puisque vous m'en aviez prié, que vos saints vœux monastiques, de même que votre sainte abstinence et votre sainte continence, ne sont préoccupants nuages que dans le ciel de votre esprit.

A la pointe du moindre poil,
D'innombrables éveillés s'éveillent
Et chacun d'eux expose à chaque être
Les merveilleux secrets du réel.

J'ouvris la bouche pour répondre, mais le maître ne me laissa pas parler. Il entreprit de me commenter ces quatre vers au « niveau absolu ». Soixante-dix mille jours et autant de nuits passèrent avant que, n'ayant trouvé la faille d'aucune digression dans son discours, je ne referme la bouche pour déglutir.

9

Nuée

I. *Le Petit Ferghana*

Deux jours après ces événements, je redescendis au Temple Chaumière, puis au palais, car il me pressait de voir si la conversion de l'abbé Houo-kie n'était que mon désir et si Shîlaratna continuait de lancer l'anathème contre le Grand Véhicule.

Devant la salle des petites audiences, je retrouvai mon ami Fang Long : mon informateur sur place, il était désormais le témoin d'un mystère qui, me sembla-t-il immédiatement, l'avait beaucoup plus impressionné que moi. Vous aurez à ce sujet constaté, marquis, que j'ai enfin renoncé à gaspiller de l'encre et du temps pour préciser que j'étais « bouleversé », « ébloui », ou même « illuminé » : vous êtes à présent persuadé de l'inutilité de ces gloses dans une épître consacrée aux expédients salvifiques déployés par le grand Kumârajîva.

En revanche, l'étonnement d'un autre que moi ne pouvait que déclencher ma compassion, autant que mon intérêt. Je n'avais pas revu la princesse Ming, mais j'imaginais que le roc de ses convictions avait été sévèrement ébranlé. Pour l'heure, la pâleur inhabituelle et le regard agité de Fang Long me disaient qu'il devait se décharger d'un souvenir insupportable, et je le suivis jusqu'à la grande bambouseraie qui démarque le gynécée du parc de la Libre Errance.

– Vous qui êtes si forts, commença-t-il avec une hargne de justicier frustré, vous pouvez répondre à toutes les accusations, n'est-ce pas ?

– Qui « vous » ?

– Les moines bouddhistes, toi et les autres : prouvez-nous enfin votre supériorité !

– Ni haut ni bas, nous ne voyons qu'égalité...

– Calembredaines de tondus ! tenta-t-il de sourire en blêmissant un peu plus.

– Que cherches-tu, Fang Long ? Qu'est-ce qui te torture ?

– Ton maître n'a rien vu avant-hier ? Rien remarqué ? Il aurait dû me démasquer, sermonner le capitaine...

– Parce que, pour toi aussi, c'était un capitaine...

Il explosa. Aucune philosophie ne lui avait servi à se calmer.

– Ecœurant cul-bénit de punaise visionnaire !

– Visionnaire ?

– Visionnaire ! répéta-t-il en contrefaisant ma voix.

Il m'empoigna à l'épaule.

– Pendant que ton maître accomplit des miracles, le monde crève, notre petit monde, celui qui n'a pas accès à la « connaissance transcendante ».

– Arrête de tourner autour du pot et dis-moi franchement ce que tu veux me dire ! Ah oui, tu doutes, je sais ! Tu hésites comme cet âne qui « mourut de soif entre deux fontaines ».

– Et toi, tu ne doutes pas assez ! Parce que moi, en plus de douter de tout, je prétends que tout peut se vendre et s'acheter. Alors j'essaie de me croire dans un lieu de plaisirs et de jeux somptueux où, bien sûr, perdre, c'est l'ordinaire, quant à gagner...

– Tu n'as rien vu là-haut, à la Perle du Dragon ?

– Rien qui m'accule à la paix de l'esprit ! Des diableries, pour parler comme ce Cachemirien dont l'obtus génie me glace. Mais laisse-moi m'épancher, pour une fois ! Nous verrons ensuite si je mérite que tu m'endoctrines !

Tes confrères n'ont certainement pas manqué de te décrire l'échec de l'abbé Houo-kie dans son propre monastère, lorsqu'il s'était agi de confondre votre *Filet de Brahma*... Il est impossible, à mon sens, de prouver le caractère apocryphe de ce texte sans remettre en cause l'ensemble de votre littérature.

Du fond de leur défaite, l'abbé et son conseiller indien refusaient de s'avouer vaincus. Le roi leur avait clairement ordonné de ne pas déranger le maître national avant la fin de sa retraite. Mais les deux enfiellés du Petit Véhicule jugèrent que – une fois n'est pas coutume – il s'avérait indispensable de désobéir au roi : ne fallait-il pas, coûte que coûte, s'assurer que les rumeurs de débauche qui profanaient le nom de Kumârajîva étaient infondées et, au terme d'une discussion sincère avec lui, faire toutes les lumières sur ce texte ?

Entièrement possédés par cette idée, ils ne tardèrent pas à découvrir que ton maître ne se trouvait pas non plus dans l'ermitage du Kouei-feng où il avait accoutumé de passer l'été. Alors, poussés par un démon composite, ils n'eurent point de cesse qu'il ne découvrissent sa cachette.

– Et toi, Fang Long, comment connais-tu si bien les pensées de nos adversaires ?

J'y arrive : c'est précisément ce que j'essaie de t'expliquer ! Je te disais que l'abbé et son conseiller indien se montaient l'un l'autre la tête en ressassant l'idée que, si ton maître tenait tant à ne pas se montrer, c'est qu'il avait une énormité à cacher. Pour des moines, ces deux-là ne manquaient pas de culot.

Jusque-là, je ne les connaissais que de vue, et leur pensée, par ouï-dire seulement : tout abbé qu'il fût, et traducteur son confrère, ils arpentaient quotidiennement les palais administratifs, les salles d'audience et les gynécées comme des courtisans chauves dispensés de l'étiquette, rien de plus ! N'empêche que le nommé Shîlaratna, le moine indien, m'intriguait. Et d'ailleurs il m'intrigue toujours : sa sincérité me semble totale, même s'il a aujourd'hui plus de haine qu'un loup affamé ! C'était un fort personnage dont les ténèbres me fascinèrent jusqu'au jour où, à quelques pas du trône, nous engageâmes la conversation pour parler encre, soie, écriture et... traduction. Forcené en son genre, le Cachemirien me déclina tout de go les griefs qu'il avait contre vous, contre ton maître et le Grand Véhicule. Et contre toi, Tchao, qu'il tient pour un truqueur tant des êtres que des mots.

– Tu le crois aussi ?

Oui. Tu manques de cette sérénité un peu plate qui, j'ai cru le remarquer, caractérise le masque de l'indifférence, pardon, de l'équanimité. Vous êtes vraiment des êtres ordinaires, vous autres moines, même si vous baragouinez le sanskrit en prétendant tout connaître !

L'Indien m'a vite lassé : c'est un redoutable doctrinaire et, dans son âme ébahie, ton maître, le trop grand Kumârajîva, fait figure d'imposteur suprême. Bref, c'était un autre barbare aveugle et hargneux que cet érudit-là !

Et l'autre bien-en-cour à la bille miroitante, l'abbé dans son chariot traîné par les limaces, terrorisé, sinon manipulé, par son commissaire indien, me sembla par contraste d'une affabilité sans réserve. S'il partageait les intuitions de son sinistre compagnon, c'était par jeu de lâche et de pédant... Il est sûr cependant que l'abbé éprouvait beaucoup moins d'intérêt pour la condamnation des apocryphes que pour les rumeurs de luxure, ou la luxure elle-même, ainsi que le criaient ses petits yeux humides et luisants.

Et moi, mon vieux Tchao, je n'avais qu'une idée en tête, toujours la même : nous acculer tous à nos ultimes retranchements. Je puis à présent t'avouer que je m'étais efforcé, moi, ton ami, déjà bien avant de m'acoquiner avec ces deux bonshommes, de consolider et de propager ces bruits de luxure, concept ne me choquant en rien, mais qui souillait le nom du maître national.

Ne sommes-nous pas des marionnettes à danse d'obsession ? Ô mes amis, enfants du Bouddha, enfants tout court ! N'est-ce pas vous aussi qui, en pillant l'Etat pour vos cérémonies et vos livres, forcerez Ts'in à s'incliner devant Ho-lien Po-po ? A l'heure qu'il est, le félon s'est proclamé Premier Souverain de la nouvelle dynastie des Sia. Dis-moi comment tu t'y prends, Tchao, pour ne pas trouver outrancièrement vain que, pendant ce temps, ton maître, qui est le cœur pensant du royaume, se prélasse avec des coquines en te dictant, s'il le peut encore, les paradoxes de votre vérité ?

Bruits ignobles pour les affiliés de votre confrérie, néanmoins fort utiles à l'ordalie que je rêve toujours de vous imposer. Je te jure que je me moque éperdument que ton maître couche avec des femmes ! Il n'est rien de plus ordinaire. Je veux juste te secouer jusqu'à la moelle, jusqu'à ce que tu me jettes à la figure ce que, sans plus tergiverser, je reconnaîtrai comme le réel et le vrai.

Mais revenons à vos détracteurs officiels ! L'accusation d'apocryphe émane de l'Indien ; quant à la rumeur de luxure, je ne sais pas sur quelle pourriture elle a fleuri en premier. Ecoute-moi ! Dans ces rumeurs, j'entends non pas que ton maître fornique à se damner, mais plutôt qu'il n'est pas à la hauteur de la tâche ni, à plus forte raison, de toutes les légendes que son nom évoque au pays de Ts'in.

Que le *Filet de Brahma* soit authentique ou pas, je n'ai rien à en penser. Tu sais que je vis de tous les textes, les vrais comme les faux, mais la manie purificatrice de nos deux lascars a fini par me convaincre qu'il était l'heure d'aller te dénicher : moi aussi, je voulais vous démasquer.

– Tu étais moins sûr de toi là-haut, avec ton « capitaine » !

Ne me cherche pas tout de suite, Tchao ! Je te promets que, ma confession achevée, je m'en remettrai à ton intelligence que, par le ciel, tu veux si compatissante ! Nous parlions de l'abbé. D'heure en heure, sa longue langue se déliait ; il adore les mots d'esprit. Je connais bien l'angoisse qui, le chevillant, le rend grotesque. D'autant que, lui et moi, nous étions vite convenus de remplacer, très avantageusement, toutes les soieries de ses robes et de ses livres. Franchise ou impudence, il m'avoua d'un trait son incapacité à démontrer le faux dans le *Filet* ou, du moins, à exprimer combien, devant ce texte, il se sentait « en présence d'un faux ». Puis, sans conviction aucune, il m'expliqua que le « Grand Véhicule » était une anicroche dans la littérature de vérité.

Ils avaient décidé de faire irruption dans la cachette du maître national pour le prendre la main dans le sac, du moins si telle devait se révéler la situation. Je proposai donc à l'abbé d'être le témoin qu'il lui fallait et, de questions en réponses, il comprit que tu étais mon plus vieil ami. Evidemment il hésita un peu puis, saisissant le fond de ma pensée, il divagua dans le sens que j'escomptais : « Je me suis laissé dire, seigneur Fang, que vous n'apparteniez à aucune école et ne fréquentiez aucun cénacle. Dans ce cas, et à la lumière des excellents services que vous n'avez cessé de rendre à la communauté des adeptes du Bouddha... »

Il délirait tant que ma mécréance avouée le fit larmoyer ; je dus même le consoler à ma façon, en lui rappelant combien il était pénible, sinon avilissant, de toujours sacrifier aux mêmes dogmes.

– Vas-tu me dire enfin comment tu t'y es pris pour nous rendre visite à la Perle du Dragon ? Qui as-tu soudoyé, puisque pour toi rien ne va sans l'argent ?

C'est toi, œuf troué, qui m'as mis sur la voie ! Tchao le mystique est trop naïf : il ne sait pas mentir ! Là aussi, tu manques d'aplomb, vieil ami ! Rappelle-toi le jour où je t'ai laissé entendre au débotté que la réputation de ton maître s'entachait de libertinage ! Tu t'es emballé comme si c'était toi, petit moine, qu'on venait de surprendre entre les cuisses d'une fille ! Tu t'es emporté au point de me faire comprendre que, cet été, ton maître s'était enfoncé plus encore dans les hauteurs du Kouei-feng. « A l'abri d'une vallée secrète », as-tu même précisé, ô adepte du contrôle mental ! Puis un indice encore plus important t'a échappé : « Sous haute protection militaire ».

J'en savais assez. Ne venais-tu pas de m'avouer que Kumârajîva s'était retiré dans un endroit absolument secret, protégé par le roi ? Tu ne peux savoir combien alors tu justifiais les soupçons de Houo-kie et de son ombre noire : moi-même, je compris à tes mines que ton maître se cachait et se cache encore pour dissimuler d'inavouables mystères !

Confiant mes affaires à mon intendant, je chaussai les fameuses sandales de randonnée que le poète Sie Ling-yun venait de concevoir et me mis en route pour les montagnes du Midi. En une demi-journée, j'étais au Temple Chaumière, et tu comprendras à quelle respectable distance je me suis efforcé de le contourner. J'ai dormi sur la mousse ; les fourmis m'ont réveillé et, dès l'aurore, j'ai foncé sur le Kouei-feng, à la recherche d'un singulier ermitage gardé par des hommes en armes. Tu connais ma rage d'aboutir, Tchao, eh bien là, j'enrageais, retournant escargots et cailloux pour m'assurer qu'ils ne masquaient pas l'entrée de quelque vallée secrète. Or le Kouei-feng n'est pas un simple pic, c'est un massif dans le massif, une jungle sans replats, sans repos, un enfer botanique grouillant de singes, de serpents et d'insectes, et non d'hommes en armes, même tapis derrière les aspérules !

Je compris alors, et je te prie de ne pas sourire comme un ermite fier de son potager, je compris que « vallée secrète » dans ta bouche signifiait vallée « secrète » et pas seulement « d'accès difficile ». J'ai même, à l'instant précis, la poésie de l'admettre. Secrète au sens de fermée à tous ceux dont ce n'était pas le karma que d'y accéder.

– Long, permets-moi de ne plus sourire et de te demander une autre fois comment tu as fini par t'y retrouver, dans mon potager !

Si tu te rappelles, l'abbé Houo-kie a essayé de justifier notre intrusion en déclarant à ton maître qu'il ne savait pas comment j'étais parvenu à convaincre le capitaine Ming, votre gardien et protecteur, de nous conduire à votre luxueuse et bizarre cachette. Eh bien, tout cela pour t'avouer et reconnaître que, moi non plus, je n'ai toujours pas compris comment nous nous sommes tous rencontrés dans ce spectacle de haute magie qui m'a...

– Le capitaine Ming ?

Ecoute comme c'est étrange ! Vexé de ne pas vous avoir dénichés, j'errais de la cour à l'atelier, dans un flou qui m'ordonnait de foncer droit devant moi sans craindre les mauvaises rencontres. Et c'est ainsi que, presque à mon insu, je poussai la porte du Petit Ferghana, le lupanar le plus prestigieux de Tch'ang-an.

Je m'étais déjà frotté au moins à six des accortes demoiselles qui vinrent me faire des avances à peine fus-je entré dans le bruyant salon, mais je les repoussai tout en les désirant, décidément contrarié dans mes habitudes. Apparut alors la tenancière des lieux qui, dès qu'elle me vit, m'invita à la suivre dans ma chambre habituelle, où elle me fit entrer sans un mot d'explication.

Là, dans la chambre faîtière du Petit Ferghana, c'était la nuit, sauf autour d'un visage aux traits féminins – la bouche notamment –, une tête casquée et enturbannée qui se présenta comme le capitaine Ming et me pria de m'asseoir.

Ledit capitaine mentait-il lorsqu'il me déclara que le maître national lui-même l'avait prié d'entrer en contact avec moi pour que je lui amène Houo-kie et Shîlaratna, en un lieu invisible du nom de « Perle du Dragon », dans le secret le plus absolu, s'entend ?

Nous l'y avons suivi, comme tu l'as vu, et plus que toutes vos manigances, c'est le mystère de ce capitaine qui me parle et peut-être me convertira.

Des bambous de l'ombre aux colonnes de la gloire, il n'y avait que cent pas que nous franchîmes, Fang Long fulminant vaguement et moi aux prises avec mon intime brise-raison : ici-bas, me disais-je, la lumière non tamisée du sage provoque des tempêtes dans les poussières de la nécessité.

La salle des petites audiences brassait toutes les hauteurs réservées de l'intrigue décisive, du mensonge prolixe et de la forfanterie la plus crue. Chacun ici renvoyait la balle à l'autre, en ayant eu soin, au préalable, de prélever son écot sur la pauvre balle, laquelle s'était réduite à un minuscule grain de riz rouillé d'où s'échappaient, eût-on dit, les rodomontades du désespoir : les cris d'angoisse du peuple de Ts'in emporté par les Sia, ces Huns du Nord qui avaient accepté de suivre le félon Ho-lien Po-po dans sa terrible haine de Yao Sing et de votre clan – K'iang du Kiosque Rouge contre Huns de la tribu des Sien-pei qui, depuis la nuit des temps, se sont entre-tués et maudits pour l'envie de la même dune.

Voici à présent, marquis, la suite non pas logique mais sapientiale du récit d'événements qui s'enchaînaient avec la dive brusquerie de l'inspiration, laquelle, transcendant toute science, libère.

Par petits groupes, les « premiers informés » papotaient, j'entends, négociaient les nouvelles en marchandant leurs impressions. Ici un gland de bonnet salivait en moussant comme un escargot, là une manche brodée de licornes pleurait l'échec d'une infamie, là encore les jades coupants d'une ceinture entaillaient un secret, et là enfin où, attirés, nous allions, les deux pan-réalistes et le roi flanqué des seuls Yao

Chouo-tö et Kiang K'an discutaient. Comme nous les saluions avec toute la retenue permise, le roi haussa le ton.

– Puisque vous en êtes arrivé là, révérend, disait-il à l'abbé Houo-kie, vous apprécierez que je confie vos moines à un adepte du Grand Véhicule, au révérend Seng-jong, par exemple, dont je sais qu'il domine toutes les disciplines.

Sans laisser à Sa Majesté le temps de finir, l'Indien Shîlaratna empoigna tout à coup l'abbé au bras et le poussa violemment sur Fang Long qui, de justesse, retint le bonhomme de tomber en proférant force insignifiantes excuses. Immédiatement, le général Yao Chouo-tö se précipita sur le moine indien et, d'une main le paralysant comme un grand-père son maigrichon de petit-fils, lui dit avec un calme remarquable :

– Doucement, révérend ! Qu'est-ce qui vous prend ? Nous ne sommes pas chez les sauvages ici, et moins encore dans les noires pensées de votre esprit !

Suant d'une irrépressible ébullition intérieure, le traducteur à la gorge bleue hurla quasiment :

– Je sais que le maître national est un menteur ! Je sais où il se cache et je vous jure qu'il trompe le monde entier !

N'y tenant plus, je l'arrêtai en criant à mon tour :

– Il suffit !

L'Indien se tut une fraction de seconde, me permettant de lui suggérer :

– Ou alors, exorcisez vos démons !

J'en avais déjà trop dit, comme cela m'arrivait souvent, et Shîlaratna n'attendit pas que le général le relâche pour, d'un mouvement surhumain, s'arracher à lui et se jeter aux bottes du roi en m'écartant comme une basse ramée.

– Je vous dis la vérité, Majesté. Ecoutez-moi !

Ce fut soudain le silence, un silence comme il en régnait

peu en cette haute cour du règne, un silence dont une dizaine d'emplumés profitèrent pour déguerpir, et autant d'autres pour s'agglutiner à nous en dévorant des yeux le moine noir agenouillé. Nous nous tenions bouche bée, tremblants et prêts à sauter sur le premier qui frémirait. Conscient de son impunité, le roi rompit lui-même le silence en évitant la vulgarité d'une nouvelle empoignade. Il contenait sa voix comme pour ne pas effrayer le moine venu de loin :

– Seigneur Shîlaratna, que vous prend-il à présent de vous prosterner ainsi ?

– J'implore votre pardon, Sire !

– Vous êtes pardonné. Relevez-vous ! Il vous faudra désormais admettre la validité du Grand Véhicule, sinon sa supériorité...

Pendant que le roi parlait, Kiang K'an, son conseiller confucianiste, eut le temps de s'approcher de moi pour me souffler que l'abbé Houo-kie venait de s'avouer « vaincu » : qu'il admettait, en l'absence des preuves du contraire, la validité du *Soûtra du Filet de Brahma*.

Voilà qui éclairait les éclats du moine indien : sachant ce que nous savions, je compris que le Grand Véhicule n'avait plus qu'un seul ennemi. Avec un signe de remerciement à Kiang K'an, je rejoignis l'abbé pour prendre de ses nouvelles.

– Tant pis ! souffla seulement ce dernier en m'indiquant Shîlaratna des yeux.

Celui-ci, justement, avait de nouveau haussé le ton et déclarait au roi que ce n'était pas pour quelques cris qu'il implorait son pardon.

– Je vous ai désobéi, Majesté, non pas indignement,

mais pour la vérité. J'ai forcé la clôture du maître national parce que je ne supportais plus qu'il nous nargue...

– Qu'il vous nargue ! éclata le roi en se levant pour saisir l'Indien par les épaules. Je vous avais interdit... La vérité ! Quelle vérité ?

– Je n'étais pas seul, Majesté, se défendit le moine : vous ne m'auriez jamais cru ! Mais il faut que vous sachiez.

Glacé de curiosité, je ne respirais plus. Un coup d'œil à Fang Long m'indiqua que, remisée toute angoisse, il se croyait au spectacle et attendait que la scène s'envenime.

– Que je sache quoi ? criait le roi. Qui vous a emmené là-haut ? Et d'abord, prouvez-moi que vous avez vu le maître national !

Il m'aurait suffi d'un mot pour tout expliquer, mais ce mot n'existait pas.

C'est alors que Fang Long intervint. Sa « neutralité » resplendissait au point que, à sa vue, le roi se rassit en écartant Shîlaratna d'un geste autoritaire et familier.

– C'est moi, Majesté, qui, d'une certaine manière, ai contraint ces deux révérends à me suivre à la Perle du Dragon.

– Retirez-vous, retirez-vous tous ! hurla Yao Sing à ceux qui ne méritaient pas d'entendre ces secrets.

Presque instantanément nous nous retrouvâmes entre gens concernés, et le roi lâcha un profond soupir suivi d'un « Vous ? » à l'adresse de Fang Long, qui trahissait un étonnement plus profond encore.

– Comment donc connaissiez-vous le chemin de la Perle du Dragon ? demanda-t-il en regagnant un peu de sa chancelante maîtrise.

Volant la parole à mon ami, Shîlaratna redonna de la voix :

– Nous avons suivi un capitaine, le chef des hommes qui gardent le petit palais du Pic des Vautours.

– Quel capitaine ?

– Ming ! prononça Fang Long.

Le roi lança un coup d'œil à son oncle Chouo-tö.

– Nous ne connaissons pas de capitaine Ming ou, du moins, ce n'est pas le nom de l'officier que nous avons posté là-haut... Il faudra que vous m'ameniez votre guide, ce traître, et le capitaine, le capitaine K'iuan qui aurait dû vous éconduire tout simplement...

– Majesté, intervins-je, les choses sont plus subtiles qu'elles ne paraissent. En un mot, cette visite au maître dans son ermitage a été, pour tous, y compris pour le maître national, une hallucination !

– Vous ne vous en sortirez pas comme ça ! menaça Shîlaratna.

– J'entends bien, révérend ! cria le roi. Vous permettrez alors au seigneur Fang Long de nous dire si, lui, il s'est senti halluciné.

– Oui, Majesté, dit l'ami Fang : violemment halluciné !

– Ils se connaissent, grogna le moine indien.

– Moi aussi ! sursauta, rouge d'extase, l'abbé Houo-kie. Et je vous promets, Majesté, que cela n'est pas près d'arrêter !

– Vous hallucinez tous ? reprit le roi comme si, enfin, l'affaire le passionnait. Me direz-vous ce que vous avez vu ?

– Majesté ! aboya Shîlaratna avant de se débonder : hallucination ou pas, vous auriez comme nous découvert un maître national débraillé plus qu'un portefaix, la barbe et les cheveux hirsutes, les ongles crottés, et qui, par la bouche d'une femme – car il était avec une femme ! –, en se moquant éhontément de nous, a fait perdre la raison au révérend abbé !

– Le grand homme, se rengorgea le général Yao Chouo-tö, avec une femme ?

– Avec une sorcière ! cracha Shîlaratna.

– Est-ce là ce que vous avez vu ? demanda le général à Fang Long.

– Une sorcière ? Non. Une jolie femme à l'éloquence certes ensorcelante...

– Quelque fille de jade tombée du ciel ! gargouilla l'abbé.

Le roi ne prétendait plus lâcher l'os d'or qui le faisait tant saliver.

– Une jolie femme éloquente ? répéta-t-il à l'adresse du traducteur indien.

– L'ermitage du grand homme, martela le général Yao Chouo-tö, ne saurait abriter une femme, fût-elle sa mère !

– Tout cela, insistait Shîlaratna, n'était guère une hallucination, mais de la sorcellerie. Reconnaissez-le, seigneur Fang Long !

– Je ne reconnais rien, dit mon ami. Je ne suis pas capable de reconnaître quoi que ce soit ! Je ne crois pas à la sorcellerie mais pour moi désormais, hier, aujourd'hui et demain dégageront toujours un fort parfum d'hallucination.

Le fournisseur de soie et de pinceaux reprit son souffle ; à sec il déglutit.

– Vous auriez vu ces fleurs ! lâcha-t-il, de l'émerveillement plein la voix.

– Quelles fleurs ?

Alors l'abbé Houo-kie se mit à chantonner :

– Que de fleurs, en effet ! D'incontestables phosphènes qui ont failli nous étouffer... tellement il en pleuvait.

Puis il parla, parla, parla, hoqueta et rit : Fang Long et moi-même, ainsi que Shîlaratna, nous reconnûmes que, nous aussi, nous avions subi la même illusion des fleurs.

– Exactement comme dans le *Soûtra de Vimalakîrti*, Majesté, soupirai-je.

Vite, avant que nul ne relève, je me tus comme pour réabsorber mes paroles, tandis que Shîlaratna nous expliquait que, entre sorcellerie et hallucination, il y avait un rapport non d'exclusion mais de cause à effet : rondement menée, toute magie crée des hallucinations, et rien d'autre, bien entendu.

A présent convaincu de l'inanité de poursuivre, j'abandonnai au roi le soin de conclure comme il l'entendait cette comédie de l'incompréhension. Chacun d'entre nous était et serait toujours contraint de mentir, et cela me lassait énormément. Ayant laissé Shîlaratna nous dire et nous redire ses percutantes réalités, le roi et son oncle admirent enfin que le maître national fréquentait, là-haut, une femme, et que c'était inadmissible.

– Inadmissible, précisa le roi, si, une fois sorti de sa retraite, le maître national ne peut se justifier devant les moines, les laïcs et le peuple. Et s'il apparaît qu'il a, comme vous le prétendez, violé la pureté, nous le bannirons.

Yao Sing détestait ce qu'il disait, détestait aujourd'hui qu'il existât la possibilité de remettre en cause, et même de détruire, le monde qu'il avait construit avec l'Académie.

Il ajouta :

– Sinon, le maître national décidera lui-même des œuvres de sa sagesse, de son amour et de sa puissance.

Ambigu à souhait, le général nous congédia tous avec ces mots :

– Il en sera ainsi !

Seuls et bien seuls, Fang Long et moi quittâmes le palais pour, dans le vacarme des marchés du soir, nous alléger de ces mensonges dont l'apparence m'évoquait la mort. Mon ami avait soif que je le rassure ; il me harcelait de questions désordonnées, d'objurgations. Si elle y était parvenue avec l'abbé Houo-kie et le seigneur Che lui-même, dame Veine n'avait certainement pas manqué d'apprivoiser quelque peu notre agnostique scripturaire.

– C'est vrai ! lui répondis-je enfin. Tu ne me parles que du capitaine Ming : la déesse t'aurait-elle si peu frappé ?

– Quelle différence ? Tout ne te glisse-t-il pas entre les doigts, comme à moi ? J'ai le sentiment non pas de perdre la raison, mais plutôt d'y accéder un peu : ce qui a l'air beaucoup plus affolant !

– Parfait ! le félicitai-je. Tout me file entre les mains, vieux frère, bien sûr, et les mots en particulier. Mais si naturellement « mains » et « mots » s'évanouissent, je n'ai plus de raison de me plaindre et de nous faire souffrir.

Ces paroles m'ayant remis l'essentiel en mémoire, je pressai mon ami de m'emmener chez lui. Là, dans le trésor de ses robes délicates, j'en trouvai une assez voyante pour y dissoudre mon monachisme et, ayant compris que, loin de me livrer à quelque excentricité, je voulais seulement me rendre au Petit Ferghana incognito, Fang Long me tendit un couvre-chef assez biscornu pour voiler non seulement ma tonsure mais aussi les deux tiers de mon visage. Mon nouvel accoutrement l'amusait tant qu'il voulut savoir si j'avais, enfin, l'intention de ne plus être puceau.

– Ça, c'est encore à voir, l'assurai-je. Par contre, j'ai vraiment envie d'aller au bordel !

La mine renfrognée, il m'observa quelques instants, puis se détendit :

– Après les émotions de la Perle du Dragon, le Petit Ferghana te semblera bien fade !

Certainement, pensai-je avec fierté, et porté, poussé, vivifié par les bénédictions que vous savez, je priai le seigneur Fang Long de m'emmener dans un lieu de luxure et de perdition.

Au Petit Ferghana, les filles n'eurent pas le temps de nous accueillir que déjà une grosse femme sans âge s'approchait de mon ami et lui soufflait quelques mots dans l'oreille.

– Tchao ! s'exclama ce dernier en m'attirant. C'est incroyable ! Ça continue. Le capitaine Ming m'attend dans la chambre faîtière... La tenancière, cette dame, venait de m'envoyer un coursier. Veux-tu que je te confie à l'une de ces demoiselles ?

– Non ! répliquai-je sans la moindre hésitation. Je préférerais...

– Tu préférerais espionner notre rencontre ? Je crois que tout est prévu pour ce genre de spectacle, là-haut !

On me posta dans un étroit cagibi qu'éclairait un faisceau de lumière émanant d'un trou par lequel, y ayant collé l'œil, je vis une lampe qui illuminait une tête enturbannée et un casque, un visage que je reconnus en manquant défaillir.

Fang Long salua le capitaine et s'assit sur une natte en face de lui, de l'autre côté de la lampe.

– Que puis-je pour vous, mon capitaine ?

– Taisez-vous ! dit la voix de la princesse, voix que Fang devait ignorer, car il s'exclama :

– Votre voix ! Votre voix n'est plus la même...

Et comme, très perplexe, il réfléchissait en se balançant doucement sur sa natte, le fameux capitaine déroula son turban et ôta son casque.

– Quelle voix devrais-je avoir ? dit le capitaine en redevenant femme, ainsi qu'en témoignaient la chevelure qui roula sur ses épaules et la finesse de son visage, dont les traits se contractèrent aussitôt pour ébaucher une grimace d'absolue désolation.

» Je suis la princesse Ming, la sœur du roi. Vous ne me reconnaissez pas ?

Abasourdi, Fang Long resta coi.

– Non ? Moi non plus, je ne me reconnais pas ! Je deviens folle, seigneur Fang. Pas vous ?

– Je...

– C'est bien vous qui me dévoriez des yeux avant-hier, pendant que la courtisane Veine se jouait de nous ?

– C'est bien vous qui, ici, m'avez proposé de monter à la Perle du Dragon ?

– Non !

– Et ce n'est donc pas vous qui nous y avez emmenés ?

– Non plus ! s'écria-t-elle. A moins que je perde la mémoire... Ces sortilèges vous laissent-ils indifférent, vous ? Moi, ils me troublent... Ou plutôt, ils achèvent de me troubler. Je crois que le maître national m'a maudite. Tout cela, c'est à cause de mon frère et de son goût des expériences douteuses. C'est moi-même, seigneur Fang, qui ai choisi les filles que Kumârajîva devait engrosser pour donner au roi un ou plusieurs génies à l'image de son maître... Mais vous qui me faites parler et ne dites rien, qui êtes-vous, que me voulez-vous ?

Interdit, Fang Long se passa longuement la langue sur les lèvres avant de déclarer péremptoirement :

– Moi, je suis le meilleur ami de Seng-tchao.

– De ce...

– De ce faible qui s'est soumis au plus puissant, dit-il en détachant les syllabes à mon intention. Et le plus puissant, s'il l'est vraiment, devra un jour ou l'autre le prouver ! J'ai cru malin de propager une rumeur qui l'aurait suffisamment dérangé pour qu'enfin il soit obligé de nous montrer la vraie grandeur...

– J'attendais bien plus, fit la princesse non sans orgueil, lorsque j'ai confié cette misérable rumeur à quelques bavards de mes relations, bien plus que déranger le maître national... De toute façon, cette rumeur n'est même pas un mensonge !

– Vous vouliez... Vous vouliez que tout le monde découvre que, le maître spirituel du roi étant un imposteur, le roi votre frère n'était pas un bon roi ?

La princesse s'étrangla avant de répondre :

– J'ai fait cela parce que je les hais tous, parce que mon frère est un faible et son maître un profiteur ; les moines outragent notre peuple en guerre et leurs coûteuses philosophies ne sont que des mensonges. J'espérais que la cour, absorbée dans ses discussions sur le néant originaire et l'authenticité de ces littératures superflues, ne prêterait pas attention à certaines manœuvres du gouverneur Ho-lien Po-po, dont le roi lui-même avait tant de fois apprécié la clairvoyance et le sens de l'Etat en lui confiant cent charges et mille titres...

Bouche bée, elle laissa un filet de salive couler le long de son menton.

– Princesse ! l'appela Fang Long. Princesse...

Quelque commotion l'avait prise. Ses yeux se ranimèrent ; elle serra les lèvres et déglutit en se tournant vers moi comme si elle me voyait... Qu'avait-elle à faire avec l'Empereur des Sia, ainsi que Ho-lien Po-po se faisait appeler ? Quelle était cette haine confuse qui l'obsédait ?

Fang Long se balançait de plus en plus sur ses fesses. Il se préparait à recevoir un fauve au terme de son terrible bond.

– Le maître national m'a terrassée, reprit la princesse, il m'a envoûtée pour me rendre folle ! Sa sainteté de crotale me brûle par tout le corps, je grouille de lui, de tous les vers immondes que son esprit ne cesse de répandre dans mon ventre... Oh, sanglotait-elle, je voudrais qu'il me serre contre lui, je voudrais me blottir contre sa bonté ignoble.

Interrompant le sinueux délire de la malheureuse, Fang Long lança comme par plaisanterie :

– Vous êtes amoureuse, princesse !

– Je n'aime personne, hurla-t-elle alors en arrachant sa tenue de capitaine. Vous pouvez même me baiser si ça vous chante !

S'il m'est encore loisible, marquis, de composer l'essai que je vous avais promis sur les nirvânas avec restes et sans restes, je devrai m'y atteler sans plus attendre. Le Temple Chaumière a été déserté : les moines aussi se sont enfuis, et je m'étonne que nul cuirassier norrois n'ait encore fait irruption dans ma cellule. Le présent dure moins qu'un instant et je dois me presser. Le maître m'a prié de coucher le plus précisément possible, mais de façon cryptique pour le profane, les ultimes et merveilleux secrets de la pénétration du réel : dès que le diamant de l'amour éclaircit le regard, marquis, les poétiques révélations du maître perdent leur caractère de paraboles ou de fables : elles décrivent au plus près l'infiniment subtile pureté de « cela même ».

De retour du Petit Ferghana, je me réfugiai chez Fang Long pour méditer sur l'intrication des apparences. Mon ami poussa l'amabilité jusqu'à me laisser seul pendant trois jours, trois jours de jeûne et de contemplation. Dès l'aube du deuxième, libéré des embardées de mon imagination, je goûtai aux joies du recueillement et revisitai chacune des poussières qui, par millions, dansaient dans les fenêtres de nos mémoires.

Votre sœur, marquis, s'égarait par les étages et les corridors de la folie. Elle s'était claustrée dans ses quartiers du grand gynécée ; la fièvre la tordait sur son lit et elle délirait comme sous l'emprise du datura. Elle se bouchait les oreilles en y fichant ses doigts au point que ses ongles lui crevèrent les tympans : elle ne voulait plus entendre cette voix qui l'écorchait. Tout l'étouffait, les fleurs encore, diaboliques tortillements de lumière, et tout la torturait minutieusement.

Ses servantes durent la sangler à son lit avec des cordes bénites, mais cela ne la calma pas non plus.

– Baisez-moi ! hurlait-elle. Baisez-moi mais ne me touchez pas ! Baisez-moi seulement ! Ne me faites pas jouir, ne m'aimez pas, videz-vous en moi !

Et tandis que les servantes de la princesse s'affairaient autour d'elle, le gynécée tout entier, le palais, ses temples et ses parcs se mirent eux aussi à divaguer. Le monde entier divaguait : le roi et son oncle, Fang Long et moi. Arrachés au présent, nous n'avions plus d'intérêt que pour le grand débat qui prouverait une fois pour toutes à chacun des habitants de Ts'in la transcendante perfection de notre maître visible et éveillé, Kumârajîva.

II. *Chienne d'ailleurs*

Ah bon, vous avez préféré vous repaître d'évidences que de jeter votre pucelage aux chardons ! Cela n'a aucune importance, mon bon Tchao. S'il est parfois intéressant de désobéir, il demeure essentiel de bien écouter. Restez donc vierge et accordez-moi toute votre attention même si, parfois, vous avez l'impression que je divague.

Dame Nuée vient du pays de Wou, des Terrasses du Ciel et de la Mer. C'est une grande musicienne, par la taille et la virtuosité : belle comme Chan la Kachgarie, et virtuose comme Immobile au ventre étoilé. Son chasse-mouche à elle, c'est une minuscule cithare sans cordes d'où elle tire chuchotis et grondements mieux que les soufflets de la terre. Une fille potelée, rubiconde, aux doigts délicats comme des étamines qui me salua en me provoquant.

– Seigneur Che, a-t-elle dit après s'être prosternée, voulez-vous me rendre dignement hommage ? Jurez-moi d'abord que vous ne laisserez plus jamais choir votre semence !

– Je puis vous rendre hommage, madame, sans rien

vous jurer, dis-je en me prosternant à ses pieds. Connaissez-vous l'esprit d'éveil ?

– Mieux que vous, seigneur des Trois Corbeilles !

Je n'en doutai pas un instant, mon bon Tchao, et nous nous assîmes.

– Je veux bien vous jurer sur-le-champ de ne plus répandre mon jade, madame, si vous me dites pourquoi vous y tenez tant.

– J'y tiens pour une raison indescriptible.

– Ne pas répandre sa semence, n'est-ce pas seulement s'assurer une bonne santé ?

– Ne pas répandre sa semence, c'est en plus la maîtriser.

– Qui vous a appris cela ? Connaissez-vous le Grand Véhicule ?

– Mon maître m'a non seulement enseigné le Grand Véhicule, mais aussi le Véhicule Suprême de tous les Bouddhas.

» Du seigneur Bouddha, maître Che, il ne cesse d'émaner d'inconcevables méthodes d'éveil, mais certaines de ces méthodes, à vrai dire les plus profondes et puissantes, sont restées secrètes, et non écrites, dans le cœur des lignées ininterrompues qui les détiennent avec une discrétion adamantine.

– Le seigneur Bouddha aurait-il enseigné que, en n'éjaculant pas, on pouvait atteindre l'éveil ?

Je vis alors que la splendide créature venait d'extraire de sa robe une minuscule cithare qu'elle posa sur ses genoux et d'où ses doigts, autant que ses yeux, en l'effleurant à peine, tirèrent non la musique du silence mais le silence cristallin de l'esprit incarné.

Je crus entendre que l'esprit d'éveil, en tant que pouvoir

créateur de la sagesse, était un cinabre d'or pourpre œuvrant dans l'unité polaire du yin et du yang.

– L'éveil nous enseigne que les phénomènes ne sont ni mâles ni femelles...

– Yin et yang sont loin de désigner la femme et l'homme seulement ! Le coït naturel produit des êtres vivants. Mais l'art de la coïncidence des opposés que mon maître m'a appris obéit aux mystères de la régression du cinabre, laquelle rend parfait bouddha !

Nuée avait rangé sa petite cithare et, toujours agenouillée non loin de moi, elle était nue, la flamme de terre souple de son corps frémissant légèrement au-dessus de la corolle de ses vêtements défaits.

– Le roi, confessai-je alors, voulait que je fasse des enfants à dix courtisanes : à certaines j'ai laissé ma semence en prenant soin de réciter les formules qui la rendent stérile. Au roi qui insistait en menaçant la Loi merveilleuse je n'ai pas nommément promis d'engrosser qui que ce fût. Mais je voulais obéir à une prophétie grave et digne de foi et, puisque vous me percez jusqu'au-delà du cœur, vous aurez vu que je voulais aussi faire l'expérience du pur désir ainsi que Sudhâna dans les bras de la divine Vasumitrâ.

– Cet exemple-là est encore trop abstrait : c'est la bouddhéité que vous avez dans le ventre dont je veux vous montrer l'infinie richesse !

Ma transcendante racine s'était violemment raidie mais nulle part, pas un seul instant, il ne nous vint à l'esprit d'engager le combat.

– Plus jamais, jurai-je solennellement à dame Nuée, je ne perdrai ma semence : ainsi m'aurez-vous rendu mes préceptes de chasteté !

– Aho ! dit-elle, votre racine mirifique, seigneur Che, est

désormais la cause des univers et même le diamant de l'immortalité que nous partageons avec tous les êtres animés.

– Ma tige de jade ?

– Non, son pouvoir créateur, un phallus plus fécond que toutes les combinaisons du yin et du yang, dont l'érection ne défaut point durant des millénaires : oubliez définitivement la convention, maître ! Votre sexe tendu vers le mien, à bien y regarder, c'est une tête de corneille prête à s'enfoncer dans la gorge d'un crapaud !

– Singulière image !

Reprenant sa petite cithare, Nuée me rouvrit au désir de plaisir et de joie, et pour m'assister dans l'effort de ne point céder à la passion qui me brûlait le ventre, elle entonna sur un rythme vif :

Il faudra qu'un beau jour ce surmâle
Reconnaisse qu'il n'a rien dans le coffre !
Au premier cillement du désir,
Tout entier le cinabre à lui s'offre :
Parviendra-t-il à le doser
Selon l'art des philosophes ?

– Cinabre encore ! m'exclamai-je.

– Cinabre d'or ! Je parle de votre essence réelle, maître. La discrimination de l'homme et de la femme n'est qu'une bêtise égoïste du plus fort qui, bien sûr, aboutit à la domination du singe sur la guenon ! Le yin et le yang véritables se trouvent au complet en chaque être animé : ce faîte suprême qui nous anime est le centre exact de notre corps et du monde.

» L'esprit d'éveil a secrètement reçu le nom de "réel cinabre" : vous le savez, maître, puisque, tout enfant, tant le taoïste d'Agni et l'arhat des monts de Scythie que votre précieuse mère, Jîvadevî, vous avaient prédit que vous propageriez le réel cinabre en Orient.

– L'esprit d'éveil est ma seule pratique, madame.

– Alors, je vous le répète : vous n'en avez pas saisi l'entière perfection.

Elle esquissa un sourire en effleurant le pli intense qui sous ma robe ne désenflait plus.

– Vous ignorez presque tout de la conjonction de la femelle et du mâle et pourtant vous bandez au plus fort : votre semence est à son apogée et vos soixante-deux automnes ne vous ont pas encore dévoilé les souffrances de la vieillesse.

» Les mystériologues se livrent aux alchimies les plus confuses dès lors qu'ils méconnaissent le véritable sujet de notre œuvre : certains prennent notre cinabre pour le sulfure de mercure vulgaire et le cuisent et le recuisent en se plaignant d'en extraire du vif-argent et non de l'or. D'autres se targuent de plus de lumières lorsqu'ils voient dans le cinabre l'art de guider les souffles dans le corps pour rester en bonne santé, garder la vue perçante et vivre jeune indéfiniment : sans sagesse, ce sont des souffleurs seulement, de gauches acrobates. Certains malins vont encore plus loin : très secrètement ils pensent que le cinabre désigne le plaisir génésique mais, plutôt que d'aller cueillir les vraies fleurs du bien avec une demoiselle, ils l'assaillent violemment, dans un rapt de spasmes qu'ils taxent d'illuminante volupté. Ces envahissants onanistes ne sont que pourfendeurs de tuiles !

» Vous connaissez la vacuité du plaisir génésique, maître, mais avez-vous jamais contemplé la vacuité de son renversement ?

Je sentis que mon sexe, tel celui d'un étalon apaisé, se rétractait pour disparaître comme dans une gaine.

– Ah ! m'écriai-je. Que de bénédictions...

La nudité de Nuée ne cessait d'attiser l'étoile de feu qui ardait en dessous de mon ombilic : le ventre de la jeune femme me parut soudain glace en vase de cristal où, exact reflet de ma « brûlure », très subtilement rougeoyait un filament de rubis.

– Voici la médecine, dit-elle : il vous reste à l'absorber, monseigneur. Vous connaissez les vertus d'un nombre infini de recueillements tant du Petit que du Grand Véhicule, et vous voyez que, jusque dans la moindre particule de poussière, les éveillés ne cessent de s'éveiller pour le bien des êtres. Permettez à votre concentration d'exercer sa puissance sur l'imagerie que je viens de vous montrer dans mon ventre.

» La petite coupelle d'où s'élève la flamme correspond à ce que les médecins considèrent comme le fond du canal de la percée, l'un des huit méridiens extraordinaires du corps. Mais pour nous, il n'est là que symbole sacré de l'immensité du vide.

» Lorsque vous vous recueillez dans la vacuité, seigneur Che, que se passe-t-il ?

– Je n'ai que compassion pour toutes les formes de vie.

– Cette compassion a chez vous la taille du filament de carmin que vous regardez scintiller dans mon ventre : qu'attendez-vous pour déflorer le mystère de votre féminité ?

» Ce cil de feu somnole au bas de tous les rachis. Vous le reconnaîtrez lorsque vous le reverrez. Ne cherchez surtout pas à le reconstituer, vous n'y parviendriez jamais.

Je me penchai alors, mon bon Tchao, sur le mercure

et le plomb, à la recherche du « visage de la pierre philosophale ». Nuée voulait que je m'exerçasse sur l'heure à ce qu'elle nomma, entre autres, respiration par les talons.

Quelques-uns de mes amis taoïstes m'avaient montré leur « respiration embryonnaire » mais j'avais préféré m'en tenir, en fait d'exercices respiratoires, à la célèbre « attention posée sur l'inspiration et l'expiration » enseignée par le Bouddha. Cette fois pourtant, la dame m'apprit à ramener mes souffles grossiers au bas du canal de la percée, afin que leur sagesse y attise mon imperceptible yang pur.

– Voilà, au bas-ventre, seigneur, la fin brutale des passions !

» Dès à présent, oubliez tout ce qui vient de se passer et restez là comme un idiot qui ne sait même pas respirer : je m'en vais prendre quelque repos et reviendrai vous voir dès que vous aurez quelque chose à me montrer.

Nuée la courtisane me laissa là assis devant mes manuscrits : j'éprouvais une indicible joie. Avant de rabattre la tenture de l'entrée, elle me lança une pique de diamant :

– Pour la femme véritable, la conception a lieu dès que cesse la distraction. Et lorsqu'elle a accouché, c'est à la pureté primordiale qu'elle donne le sein.

Une pâleur vint du dehors gommer les noires visions qui m'avaient harcelé toute la nuit. Toute la nuit un tigre de la montagne a rugi autour de la Perle du Dragon. Je me suis tapi comme une carpe au fond de l'eau, mais ces grondements émanaient de l'intranquillité de mon cœur. Je croyais avoir trouvé le « souffle d'avant la pensée » et le travaillais, en dessous de mon nombril, selon les instructions de Nuée.

Tout à coup, je fus sens dessus dessous ; un écorchement de tout mon être me dit que l'exact chemin du retour à l'origine commençait. Cet écorchement dévoilait la forme-sans-forme de ma « femelle mystérieuse » en me réveillant à ma féminité fondamentale, immémorialement occultée.

Le jour poussait par la fenêtre une pâleur qui vint se poser sur le bout de mon nez en me faisant loucher : les yeux croisés sans intention, je me pris à contempler mon champ de cinabre inférieur à travers ma robe. Et mon ombilic, je vous l'assure, lui aussi me regardait : dans la sphère cristalline de mon ventre, le vermisseau de ma propre menstrue se tortillait en essayant de s'échapper de la gangue de préjugés où il était emprisonné.

A l'instant précis où, enfin, je contemplais cette portion de chaleur séminale, dame Nuée apparut dans la chambre et s'agenouilla à côté de moi. Désignant la petite chose, elle s'exclama :

– Tiens, la « chienne d'ailleurs », ainsi que l'appelait Râhulabhadra, le maître de votre maître ! Acceptez mes salutations matinales, seigneur Che !

» Cette petite chose, dit-elle en désignant mon pubis illuminé, on dirait bien que vous l'avez cueillie : qu'allez-vous en faire à présent ?

– Hé ! souris-je, je me suis souvent plongé dans un recueillement d'unification qui consistait précisément à apprécier l'égalité universelle en y laissant se fondre tous les couples d'opposés.

– Aho, Kumârajîva ! Nous contemplons les tréfonds de la Voie médiane : voilà pour la coupelle ; et cette aiguille incandescente où se concentrent nos esprits...

Tout en parlant, et sans prendre la peine de se dévêtir, Nuée me montra en elle ce que nous regardions en moi.

Sa flamme s'était dilatée jusqu'à son cœur : sous ses robes sa peau se couvrit de sueur parfumée – son beau visage était pourpre.

– Je suis dans une étuve, dit-elle, mais cela ne porte pas à conséquence ordinaire.

Mes talons reprirent les rênes de ma respiration et, dans un envol rouge sang, ma cicindèle déroula son fil jusqu'à la vulve de mon cœur.

– Oh ! fis-je seulement en appelant à moi les brûlures de tous les êtres.

Inexistants et pourtant torturés, je les accueillis en suant des boisseaux, moi aussi, dans la chapelle de l'arcane. Vrai, dans ce feu de mon cœur je sentais tous les souffles de la vie, de la matière, de la pensée : sa brûlure sublimait en les consumant les petitesses de mon immensité.

Dragon véritable, mon cœur polissait à jamais son inusable perle.

Nuée grondait, et son grondement m'ébranla autrement encore. Le feu en elle allait rejoindre la chambre faîtière de son cerveau, et sa flamme grognait non comme un tigre, elle fulminait plutôt comme un dragon d'ouragan qui replonge dans le gouffre amer. D'un seul coup, la rougeur de son visage déclina : ses traits me dirent que son amour igné venait de retrouver la cime du réel.

La cime du réel, mon bon Tchao ! Vos céphalées céderaient si vite aux soins de cette escalade ! La cime du réel a des fraîcheurs de lune : c'est là qu'on émerge des boyaux du mystère ! J'aimerais tant que vous goûtiez, vous aussi, à ce velouté d'ichor, mon enfant.

La pointe de notre flamme léchait une goutte de nacre ; la langue du moineau toucha le lait de l'étang et tout notre éveil se concentra : une violence immobile éclata, un fracassant silence de fin des temps, une éléphantesque stabilité qu'assuraient cent séismes – quelque omnipotence séminale en son immobile frémissement...

– Léger, léger ! murmurait Nuée. Restez au sommet du vide, bon seigneur, et rien n'ébranlera votre paix !

Ses paroles semblaient nuées de vermillon.

– Le ciel de votre chair, ô moine, est retourné à sa terre.

Pour sûr, grand Tchao, nous œuvrions au baiser de l'eau et du feu.

– De la grotte de la lune, disait ma préceptrice en pointant le sommet de son crâne, poussez votre pur éveil jusqu'à la salle du sceau, votre entresourcil d'inaction, et constatez ! Tout cela, ce sont les beautés de la sagesse : votre absolue féminité, monseigneur.

Eclaboussements, giclures, consumations et noyades, jaillissements et rejaillissements, chute ascensionnelle : joie et joie et joie, joie, ô moine, d'une clarté, d'une chaleur, d'une fraîcheur, d'une grandeur de sapience proprement ineffables. Effectivement, ma cervelle n'attendait que cela : que mon sexe la féconde !

J'eusse aimé vous parler plus longuement de certain aller-retour de l'un à l'autre jusqu'au même, de certain ludionnement qui vous curette l'axe du monde... Une inondation qui ne mouille rien dont j'engloutis neuf fois neuf tasses et, ruisselant d'ambroisie par les yeux, la bouche et les pores, je fis l'offrande de mon émerveillement à tous les êtres éveillés et ordinaires.

Tout naturellement alors, dame Nuée m'apparut sous les traits de mon maître Sûryasoma, dont le nom signifie « Soleil et Lune », dont le nom signifiait tout !

Le jour de son départ, Nuée la messagère de mon maître et la même que lui insista significativement sur l'absolue nécessité qui m'incombait de ne plus jamais mal user de ma semence, et je lui renouvelai mon serment.

N'éparpillez jamais votre semence, ami Tchao : vous assassineriez d'innombrables êtres vivants !

– Ce vœu qui vous honore, me bénit Nuée, vaut bien que nous immortalisions votre langue, grand traducteur !

Sublime, Nuée avait repris les traits de mon seigneur Sûryasoma et elle me pria d'exécuter sur-le-champ les opérations qui consacreraient ma langue.

Je vis alors, posée sur ma fontanelle, une calotte crânienne d'une transparence éblouissante où dormait, comme au fond d'un bol, un dé d'or pourpre. Il dormait, et Nuée me commanda de le réveiller en le contemplant sans désir. Bientôt, le fragment de matière mystérieuse gonfla, se liquéfia, bouillonna et déborda du crâne. Un miel de sainte fermentation se détachait de la voûte céleste pour envahir ma gorge, la racine de ma langue, et ma langue tout entière jusqu'au dernier atome de sa pointe. Mon organe de fibres se dédoubla en huit pétales rouge vif qui alternaient avec huit autres pétales rouge rosé. Mon concept de langue prit l'aspect du muet qui vous parle et s'assit sur le lotus de toutes les jouissances.

Je n'étais que le sentiment de chacun de ses pétales s'embrasant pour lancer des rayons de lumière sans fin dans toutes les directions de l'espace. Ainsi ma langue honorait-elle tous les bouddhas et les bodhisattvas. Ceux-ci, dans leur grande compassion, agréèrent mon offrande et m'ondoyèrent d'une surabondance de majesté splendide qui avait forme-sans-forme de rayons lumineux mêlés d'images de sages par millions, de rouleaux et de livres, d'épées, de flamboyantes épées qui s'absorbèrent dans la roue de ma gorge en substituant à ma langue de chair un organe de diamant : une langue imputrescible.

Cette émerveillante fantasmagorie nous ramenait à la cime du vide, à la cime du réel, à la cime la plus profonde. De vastes marées emportèrent les mondes les plus durs, les moins imaginaires – des trombes diaphanes soufflèrent le pur, l'impur et toutes les poussières jusqu'à l'instant exact où, dégoulinant de feu véritable, nous nous saluâmes avec vénération.

Nuée la courtisane changea une autre fois d'aspect.

– Je m'appelle Vaste aussi, dit-elle.

10

Vaste

I. *Sagesse*

Une autre et la même que Nuée, Vaste la Dixième était nue et me tendait un petit secret. Ses traits ne cessaient d'échapper à mon regard, mais ils condensaient la beauté de toutes les femmes, et la blancheur de sa peau se jeta sur mes sens comme je prenais connaissance de son petit secret :

Ceux qui maîtrisent seuls leur semence
sont des saints.
Ceux qui la maîtrisent en faisant l'amour
sont des sages.

Dans les yeux de Vaste, rien que dans ses yeux, la sensualité de la femme, de l'homme et des dieux dénouait ses rosaces. Oh, Seng-tchao, mon éveil avait tant de liberté qu'il laissa la grande prostituée le parer d'une immense excitation : le seigneur Bouddha en moi la goûta immensément. L'esprit ouvert au désir du plaisir et de ses joies, mon moi céda à la plus huileuse des passions. Enjoué comme un singe et bandant comme un nourrisson, je contemplais la Fille de Candeur tel un précieux fantôme de mon éveil nouveau :

Les chiens, qui adorent copuler,
Ignorent qu'il y a là une voie !

– C'est pour réaliser le contenu du réel, dit Vaste, que les éveillés prennent apparence d'homme et de femme.

Elle vint sauvagement se presser contre moi.

– Nous exprimons, murmurait-elle très lascive, moi yin et toi yang, l'unique essence véritable du vrai.

» *Aho mahâsukham*, soupira-t-elle en sanskrit, ce qui signifie "ô félicité suprême".

Puis, sur un ton d'immense détachement, elle me dit l'essentiel de son ascèse :

– Pendant que les mâles me barattaient, un tel, un autre tel, d'instant en instant et à chaque effet de boutoir, entrecoup dans le noir, je restais par amour, amour idiot, bonté animale, tendre, attentive, éveillée. Chacun de ces monstres m'offrait à sa façon le meilleur de lui-même : son égoïsme.

» En raffinant mon cinabre sans même le savoir, il m'arrivait toujours plus souvent de tomber sur le célèbre faîte suprême du saint Confucius : mes clients ne cessaient de me replacer, moi, petite flèche, dans l'invariable milieu du sentiment d'humanité.

– « Paisible ne se meut », dit le *Livre des Mutations*...

– Qui, tel un soûtra ajoute : « Ou ne se meut que pour répondre. »

– Longtemps, approuva Vaste en jaugeant mon sexe gorgé de printemps, longtemps je me suis laissé posséder dans la plus grande immobilité du corps et de l'esprit. Mon corps ? Non pas un tas inanimé, mais ce qu'il est réellement : un arc-en-ciel pensant.

» Puis, mieux que le faîte suprême, a surgi le réel illimité !

» Tu n'es pas sans sérénité, dit-elle en plongeant ses mille mains sous ma robe, mais ton impavidité à toi, bodhisattva, manque de clarté.

– Sorcière du vrai, l'exhortai-je en la serrant contre moi, apprends-moi l'immobilité des bouddhas !

La couvrant de caresses, je lui chuchotais des aménités, je lui disais combien je l'aimais, je l'oignais de tous les onguents de ma bouche et de mes yeux. Les senteurs de ses cheveux, de ses aisselles et de ses vallées attisaient mon désir ; j'étais heureux comme un amoureux.

– Empoigne le chaudron du vide suprême ! ordonna-t-elle.

De profonds roucoulements jaillirent de sa gorge ; dans la mienne, un *Soûtra du Désir* avivait la salive de notre incessant baiser. Saint, sacré, sublime secret de cette simplicité, pensai-je comme la courtisane dénudait mon Kouei-feng et l'inclinait sur la vaste plaine de son ventre où, majestueux, un grand fleuve coulait. Elle passa ses bras autour de mon cou et le jade de sa peau m'enveloppa de son châle immaculé. Terre feuillée de la dame, une habile douceur enserrait le joyau pourpre de ma hampe où cent aiguières de nectar versaient leurs voluptés.

– Tout doux, tout doux ! chuchotait-elle.

Nos yeux aussi se caressaient, et les rayons de nos regards se mêlaient comme tresses. Gifle de vide sur le vide qui m'avait permis d'étreindre sans étreindre, la langue de Vaste à mes lèvres ne se taisait plus :

– La paix du plaisir à cet instant, mon ami, n'est pas son extinction dans l'insubstantialité ! Nos ventres de bouddhas brûlent d'un furieux brasier au cœur duquel toutes les apparences ne cessent de se dissoudre et de se coaguler.

A ces paroles de diamant, la ferveur resserra notre étreinte et je fondis en larmes. En bas de mon rachis, plus clairement que jamais, m'apparurent la coupelle sacrée et son fragment de cinabre pur qui, dès que je le vis, surgit avec l'éclat du soleil qui jaillit de la mer pour s'enfoncer dans la minière de mon nombril en désagrégeant tous ses horizons. Vaste émit une syllabe multicolore et nos humides radicaux s'imbriquèrent impeccablement. Ses yeux souriaient et mes pupilles dardées entre ses seins jouirent d'une autre conflagration de choses et d'idées.

Pendant quelques secondes, je ne sentis plus rien, le concept de sensation lui-même m'avait quitté, mais brusquement le mystère de ma féminité revint me mordre au cœur comme un fauve et, dans le merveilleux lotus du réel, les voiles les plus subtils qui occultaient ma bouddhéité se consumèrent en dégageant un éclat insupportable.

L'Eveillée dans mes bras, et le héros qui vous parle comme en rêve, Seng-tchao, comme en rêve nous crûmes nous anéantir. Mais il n'en était rien car, accoudés à la fenêtre sans-souci, nous observions elle et moi deux animaux déchaînés qui se roulaient par terre et partout, s'arrêtant là pour trembler, ici pour se rasseoir et s'entre-bessonner, puis soudain tressauter ensemble, sauter, bondir sans un cri, sans un soupir, sans un mot...

Penchés à la fenêtre, nous contemplâmes une bataille de dragons muets jusqu'à sa résolution en atomes et en ciel. Par nos passages mystérieux, le cinabre avait atteint la racine de nos langues et, doucement, doucement, le lotus inondé de Vaste allait et venait autour de mon amour pour elle et de ma compassion pour tous les êtres.

Le lotus dansait de joie dans l'équanimité – éclats de rire, éclats : toutes les voyelles, sans coups de glotte et par rubans de lis, toutes les colombes applaudissaient quand la flamme de notre désir s'enfonça tout là-haut, dans l'abîme de vérité que les sages appellent « roue de la félicité suprême ».

Ainsi, Tchao, il est indéniable que le feu philosophal passe au carré de sa puissance lorsque l'acte d'amour l'attise. Il est cependant un autre secret que vous comprendrez par-delà les mots, et que je ne vous dirai pas même allégoriquement. En le découvrant, vous verrez combien le qualifier d'indiciblement indicible, par exemple, c'est indiciblement peu dire.

Perle abyssale ! L'apex inconcevable, montagne sans forme qui nous couronnait, libéra ses océans de nectar : l'ascèse la plus haute se révélait haut plaisir, aigles blanches au planer phlegmatique sous les voûtes où la vraie foi se recuit, où la simplicité de la joie, dans un vertigineux plongeon d'une grâce infinie, toujours culmine en se dépassant.

Etait-ce insurpassable joie suprême, cette croisée des plaisirs insubstantiels où la sagesse révélait son essence de joie libérée de toute joie ?

Chut !

Matière même des sels du détachement subtil, cette libération exhalait le saumâtre du plaisir et de la pensée : la joie même des plaisirs de la terre et des cieux de la pensée !

Mais alors ? s'insurgea une dernière hésitation...

Oh, la nature des choses, naturellement toute en chaque chose, se livrait à tous les baisers en goûtant une saveur sans exemple. Parfois me mordillait, me mordit, me picota, me pinça, me griffa – rectifiant les brumes de l'extrême plaisir, elle réveillait mon éveil à légers coups d'ongles. Le suave de l'amour me ramenait à l'immense oubli du monde, oubli de moi, bien au-delà des révélations de tous les soûtras sur l'au-delà du plaisir et de la douleur.

Hé ! Je me noyais encore dans les flots de la pensée, et cette noyade me ramena à la joie comme une goutte, non de sapience, mais de doute. Notre souffle sifflait, plus rien ne me concernait que ce doute, cette goutte, et, doutant absolument, j'accroissais l'accomplissement de notre joie. Je doutais avec vous, Seng-tchao, avec tous ceux qui doutent lorsqu'ils surprennent l'amour arrachant l'homme aux ténèbres de l'ignorance. L'exquise joie, noble plaisir de l'amitié sacrée, formait les vœux altruistes les plus démesurés, les plus bariolés, des vœux inconcevables qui rayonnaient et se réabsorbaient là, ô moine, dans votre cœur, en portant à son comble le réservoir de vos mérites.

Car le plaisir que les amants éprouvent en l'agrémentant de leurs légendes personnelles, eh bien, débarrassé de ces légendes, le plaisir est la félicité suprême qu'aucun jugement n'entache : la sagesse spontanée.

Ma raison recentrée par le souffle regagna sa véritable nature, qui est plaisir sacré. Plus rien ne pouvant m'ébranler, je nous vis étendus entre les livres et le lit, un vieillard enlaçant une courtisane, et j'eus cette pensée : plutôt mourir que rompre mes vœux !

– Mourons ! dit-elle.

D'eux-mêmes, nos voeux cédèrent dans la joie réellement partagée.

Dans ses laboratoires, la mort œuvrait.

Elle œuvrait.

Et le mort qui vous parle fut insondable béance de lumière, de cette lumière qui englobe le jour et la nuit, tous les soleils, tous leurs miroirs, et le silence – j'étais l'être de beauté incarnant la connaissance transcendante, et mes innombrables mains déroulaient d'innombrables rouleaux manuscrits, ouvraient d'innombrables livres, exécutaient les innombrables rituels de la grande lecture. Ma voix psalmodiait toutes les littératures sapientiales, libérantes et vives du passé, du présent et du futur, et mon esprit avait le goût même de la sagesse qui sans cesse s'accroît et se découvre et pourtant déjà tout infinie se connaît.

« Pendant ce temps », mon bon Tchao, les images et les sensations de mes vies antérieures, ainsi que des vies de tous les êtres animés de tous les espaces et de tous les temps, répandaient mon rire par-delà notre inexistante mais si chère origine immémoriale. Comme les textes, les langues, les lexiques infinis se blottissaient contre mon cœur, j'y contemplais les montagnes et les fleuves de notre terre chérie, et mon regard sans yeux sondait l'illimité : ainsi me prosternai-je aux pieds de la vierge absconse qui m'avait ramené à mon omniscience, à ma naïveté : c'était vrai ! criait l'éternel enfant de mon nom, tout est possible, les magies, les panacées, le salut universel !

Joie parfaite, joie parfaite de l'esprit et de la parole pour le bien d'autrui, définitivement suranoblie en sainte félicité par joie suprême : au haut du crâne unique, l'unique fontanelle s'ouvrit et le divin emprisonné sauta les murs. On eût dit un dragon de feu géant qui s'élevait dans le ciel comme un tourbillon de rayons d'or s'éparpillant par milliards.

Pas la moindre pensée ordinaire, Seng-tchao : tout cet or s'empourpra.

Restons, marquis, dans l'essentiel. Pour ma part, je me tairai en laissant à « cela » le soin d'écrire les lignes qui vont suivre et dont, j'espère, vous supporterez la lecture car, moi, je ne les relirai point... L'urgente situation où, malgré tous vos efforts, la prochaine chute de Tch'ang-an et le départ confus des meilleurs nous ont plongés me contraint d'entamer cet essai que je vous avais promis et que j'intitulerai : *Le Nirvâna n'a pas de nom.*

II. *La geste cinnabarine*

Assis parmi mes frères non loin du trône de lions, je vis d'abord le maître du logis, mon maître chéri. Géant au visage tanné d'intériorité, hâlé d'origines extrême-occidentales et auréolé d'une douceur rose à pouvoir de safran, il inclinait son crâne et ses joues rasés de frais, tandis que de la main droite, vive comme aiglette, il attouchait les têtes dénudées qui, devant lui, défilaient pour accueillir le souffle de son esprit d'éveil : mes frères, mes sœurs, les anciens et les récents, tous ceux qui, au pays de Ts'in, avaient compris que le maître national Che allait donner des enseignements exceptionnels sur le sens véritable de l'unique véhicule du Bouddha et avaient répondu à l'appel du grand éveil.

De part et d'autre du maître, sur des trônes un peu moins élevés, le roi et Houo-kie semblaient apprécier pour la première fois l'abyssale profondeur de l'esprit d'éveil. Chacun ici, à en croire la sérénité de tant de paupières fixes ou closes, observait l'enchaînement des états de son esprit sans vulgaire distraction.

En levant les yeux plus haut encore, je reconnus les combles de la chambre de Vimalakîrti, mais il n'en tombait aucune fleur. Nous nous trouvions au cœur bouddhiste de la capitale, dans le grand temple du Monastère Central, dont Houo-kie était l'abbé. Les bannières de brocarts jaunes, les colonnes vermillon et les nattes parfumées divertirent mon regard par-delà le maître et l'abbé que dominait, immense, la statue de bois doré du seigneur Shâkyamuni. Par milliers, les lampes illuminaient les longs autels chargés d'offrandes merveilleuses. Plus merveilleux encore était le foudroiement de toute impossibilité : aussi vastes qu'ils fussent, les lieux n'auraient jamais dû contenir, et moins encore accueillir dans un tel confort, l'innombrable foule des bodhisattvas qui défilaient devant le maître en psalmodiant *« Na-mo A-mi-t'o Fo »*.

L'attouchement de sa main suffisait à rattacher le vœu de chacun à celui des maîtres accomplis de la lignée, et d'aucuns s'en trouvaient vivifiés au point de reconnaître les jubilatoires paysages de la première terre de l'esprit des bodhisattvas. Prêchant l'unique véhicule du Bouddha, le maître montrait directement aux bienheureux le corps de la vacuité à cœur de compassion.

Quelle bonne fortune que de cultiver le précieux esprit d'éveil en communion avec autant de nobles et divins êtres ! *« Houang-houang hou-hou »*, exultai-je en la totalité qui nous comblait : comme j'ai le cœur illuminé ! Le réel venait de me gratifier d'une pointe de couteau de très fine poudre rouge qui acheva de colorer mon âme ; je ne tergiversai plus sous prétexte de céphalée : mon crâne, en fait, était un bol d'aumônes débordant d'eau régale et, le narrateur enfin évanoui, la narration renouvela sa libre errance. Sujet, elle narrait, objet, elle était « tout cela » dont le *Soûtra des Dix Terres* précise qu'il ne fait qu'un avec l'inqualifiablement claire vacuité.

Le grand Seng-jouei, alors, était assis à ma droite, droit comme un *i*, tendre comme un ciel, et il contemplait l'incarnation du Verbe. Il contemplait le cœur du « Lotus blanc de la Loi merveilleuse », fleur transcendante sur laquelle trônait A-mi-t'o, le protecteur des mondes, sous l'aspect du très rouge soleil Amitâbha de Lumière Immensurable.

Notre maître Amitâbha, éveillé originaire et seigneur Bouddha en personne, portait les trois robes de la gloire monastique, et à ses pieds nous nous tenions assis, agenouillés ou debout, sur mille espèces de lotus aux pétales multicolores dont s'ornait un lac de jouvence aux eaux de Gange nouveau – immaculées, inoffensives, fraîches, légères, douces, purissimes et sucrées.

L'étreignant de ses mains posées dans le geste du recueillement, et sur lesquelles reposait son bol d'aumônes absolu, notre maître chérissait en son giron la silhouette d'une femme à la nudité fascinante, souple et vive comme une flamme de jade. Jouei contemplait le rouge du blanc, la chair même de la parole et de tous les langages, le feu qui gorge de bien les mots, chaque mot nécessaire : Jouei devenait océan de poèmes salvateurs.

Ciseleurs d'échos, les soixante musiciens de la Voix exécutaient la *Symphonie de Brahma* comme en se jouant, figure sonore de son *Filet* sans mailles, où le seigneur Tao-cheng, entre autres sapients, écoutait le sens le plus abouti de ses thèses sur le grand nirvâna. Seng-jouei et ses semblables jouissaient de l'inadmissible tétralogie de l'« éternité », de la « félicité », de la « substance personnelle », ou « âtman », et de la « pureté ». Nombre de nos moines ne pouvaient harmoniser ces quatre « attributs » avec leur concept du nirvâna, et Tao-cheng lui-même n'était pas parvenu à leur transmettre son illumination, la subtilité qui, dans ces quatre concepts adamantins, démontrait en vérité absolue l'autrement indicible du réel.

Et Tao-cheng autant que ceux qui attendaient quelque éclaircissement vital à ce sujet s'illuminèrent comme un seul homme aux rayonnants non-discours d'Amitâbha. En réponse à ceux qui voyaient en notre nature-de-bouddha quelque résurgence de l'âtman incompris, et pour amener ses amis brahmanes à l'illumination suprême, il semblait tout à coup évident que la sagesse sans naissance était éternelle, que son éternité en faisait une immuable vie, que cette vie déployait à l'infini la jouissance de connaître et que, à aucun instant de cette éternité, aucune des particules de lumière non duelle qui contribuaient à constamment embellir sa beauté n'avait la moindre existence réelle.

Houei-kouan, notre condisciple inquiet d'éveil subit et toujours pestant sur les pratiques graduelles qu'il accomplissait, prétendait-il, dans un esprit subitiste, connut pour sa part le plus subit des éveils dès lors qu'il cessa de chercher à comprendre ce qui lui arrivait. Devant lui, en effet, les feuilles de lotus se soulevèrent en cascadant de gouttelettes. Apparut le visage d'une jeune femme belle comme la fille du roi des dragons, dont la chevelure sans fin souligna successivement un cou gracile, des épaules rondes et des seins légers, puis une taille plus fine que...

Houei-kouan invoquait le nom d'A-mi-t'o quand il vit, à mi-corps émergée, la jeune femme lancer d'une main translucide un petit objet scintillant dans la direction du maître bouddha. Le Vénéré des mondes souleva légèrement son sublime bol d'aumônes, la singulière offrande de la sirène y plongea et le bol redoubla de chatoiements.

– Cela s'est-il passé vite, seigneur Houei-kouan ? fit alors la créature en achevant de prendre forme humaine.

Notre frère subitiste contemplait les longues cuisses opalescentes, les genoux à peine facettés de l'impromptue dont l'offrande et la beauté captivèrent soudain toute l'assemblée – le grand scripturaire Fang Long, toujours épris de subversive pureté, découvrait lui aussi l'invisible qu'il aspirait tant à voir.

– C'est une perle valant plus que toutes les richesses d'un milliard d'univers, disait la jeune femme à Houei-kouan, que je viens d'offrir à votre maître !

Celui-ci sourit en signe d'approbation mais notre frère s'exclama :

– Qu'importent ces valeurs conventionnelles ?

– Oh, je voulais seulement vous donner un exemple de rapidité, dit-elle. Mon propos – si j'avais un propos – n'était autre que de vous féliciter, révérend, pour votre intuition de l'éveil subit.

» Entre l'éveil d'un bodhisattva de la dixième terre et celui d'un bouddha, expliquait-elle sans une ride d'arrogance, je n'ai guère vu que l'intemporel instant appelé “recueillement adamantin”, un instant plus précieux que tous les temps, plus mystérieux que tous les mystères, je vous l'assure, et pourtant aussi vide, donc possible, que tous les autres...

La jeune fille se tourna vers le splendide visage du maître et, plus rapide encore que le plongeon de la perle dans le bol, elle se transforma en bille de blancheur qui d'un trait s'enfonça, telle une comète, entre les sourcils du plus grand des traducteurs. Houei-kouan l'y suivit instantanément, l'instant d'après toujours assis non loin de moi, égrenant avec extase son chapelet dont chaque grain comptait les milliards d'escaliers et de marches qui, tout au fond de lui, l'entraînaient dans l'immédiat de l'éveil.

Sans invocation ni chapelet, mon ami Fang Long adorait la flamme blanche à la taille si fine, aux hanches si amples qui, avec une ardeur infinie, épousait le corps du bouddha d'or rouge en l'abreuvant de baisers.

Le maître de toutes les disciplines, autrement dit le révérend Seng-jong, qui se tenait debout au pied du trône léonin, rayonnait, lui aussi. En charge des offrandes que chacun, ébloui, présentait à maître Che, il les déposait sur une table entièrement couverte de joyaux, de soieries et de fleurs, et qui s'en couvrait encore sans qu'aucun objet ne chût – au contraire, chaque don y révélait tout l'éclat de sa simple splendeur. Seng-jong rutilait de béatitude : son cœur éprouvait l'incontestable authenticité du *Soûtra du Filet de Brahma*, et son sang bouillonnait de la vie des dix terres de l'esprit d'éveil.

En ce jour, nul contradicteur, nul importun, nul timoré du grand ne se serait aventuré dans le Temple Central de la Paix Eternelle. Nul accusateur n'avait cloué le maître au tabouret d'infamie. Nul, pas même Shîlaratna assis avec nous sur un lotus de pureté, ni la princesse-capitaine, laquelle, pâle plus que les brumes du matin et figée comme une grabataire, s'était fait conduire, dans le palanquin de lumière d'un ultime délire, parmi nous.

Tandis que le maître bénissait l'interminable foule, sur le trône voisin, notre souverain Yao Sing ne pouvait détacher les yeux de celui qui, lui ayant si fortement obéi, n'aurait jamais à se justifier de quoi que ce fût tant que lui-même serait roi. Pris d'une brusque fièvre, il fondit en larmes.

– Majesté ! crut-il entendre comme le maître se tournait vers lui.

Il perdit conscience ici.

Il se tenait tout nu devant le trône du Bouddha et à côté de lui, dans le même appareil, son maître spirituel, le grand Kumârajîva jurait :

– Plutôt mourir que rompre mes vœux !

– Vous ne savez pas de quoi vous parlez, Koutchéen, dit alors le Bouddha.

Sur un ton enjoué que l'inquiétude forçait légèrement, le roi prit le seigneur Bouddha à témoin, en le désignant de la dextre grande ouverte, pour tancer le maître national.

– Notre seigneur très éveillé le dit lui-même, révérend : vous ne connaissez rien à ces choses-là ! Je vous jure que vous me remercierez !

– Il vous remerciera en effet, Yao Sing, dit le Bouddha, mais pour lui avoir donné l'occasion d'accomplir exactement le contraire de ce que vous allez le contraindre de tenter !

Le roi se retourna : il nous vit tous qui, sauf quelques-uns, ne le voyions pas, du moins ailleurs que sur son trône, à la droite du maître. Comme d'une main tremblante il cherchait à masquer son sexe, Kumârajîva lui passa un bras autour des épaules en le rassurant avec toute l'impudeur de sa virginité naturelle.

– Ne désespérez pas, Majesté ! S'il le veut bien, le seigneur Bouddha va vous expliquer, autant qu'à moi, pourquoi je suis un ignorant lorsque, en toute sincérité, je refuse d'accéder à votre requête.

Le roi se serra contre son maître. Tels deux gamins au

bord de l'océan, ils regardaient le soleil couchant s'immobiliser pour eux : dans le giron du Bouddha se condensèrent les plus blancs reflets de l'astre sur la mer ; telle une vaste langue, tous les scintillements les plus éblouissants roulèrent jusqu'à la bouche de la forme rouge qui occupait l'espace ; aux lèvres du Bouddha s'accrocha sa lumière en un baiser extraordinaire qui lui donna lèvres, langue, visage, cou et le plus féminin des dos – une femme de blancheur aux lents déhanchements ignés.

Agrippé à maître Che, le roi tremblait de tout son être et, comme tous deux ils découvraient que de sa main gauche l'épouse du Bouddha lui faisait l'offrande, dans un bol crânien, de l'ambroisie de toutes les apparences, ils entendirent une voix de tonnerre et de rose leur tenir un discours où le roi crut comprendre que la chair transmettait la chair et que le génie, qui relève de l'esprit, était un accomplissement intime, et non le résultat de quelque combinaison de semences grossières.

– Vous, entendit le maître de son côté, vous avez traduit d'interminables textes en chinois, à commencer par les *Soûtras de la Pure Terre de Félicité*. Bravo, Kumârajîva !

» Vous qui avez saisi la suprématie de l'esprit sur la lettre, sachez que votre souffle corporel dit “omniprésent” est l'objet d'un admirable mystère : au contraire des quatre autres, ce souffle est incontrôlable pour la bonne raison que, lien vivifiant des particules inanimées qui composent votre corps, il est le dernier à disparaître au moment de la mort : parviendriez-vous à le concentrer dans votre cœur, par exemple, qu'immédiatement vous tomberiez en poussière.

S'interrompant pour boire encore au crâne que lui tendait son épouse, le Bouddha se rubifia par-delà le rouge.

Enfiévrés de volupté – l'un centré sur le vide et l'autre sur ce plaisir qui excédait tous les plaisirs –, le moine et le roi perçurent non seulement la même voix mais les mêmes mots :

– Le ciel étreint la terre sans la moindre émotion : obéissez au roi, Koutchéen, et donnez à ce généreux protecteur de la Loi merveilleuse l'enfant – *Kumâra* – de longue vie – *Jîva* – dont vous portez déjà le nom dans votre ventre.

» Ô moine, dit la vision avant de se dissoudre, la grande compassion aime l'autre le plus autre, et le plus autre du moine parfait, c'est la femme.

– Après un tel rêve..., crut entendre le roi.

Le maître lui avait-il adressé la parole ? Quand donc ? Il ne cessait de transmettre, ramenée toute en sa main droite, la chaleur de l'esprit d'éveil de tous les bouddhas à tous ces êtres plus subtils que des dieux dont l'affluence, en termes ordinaires, ne diminuerait jamais.

– Maître, je vous promets, balbutia le roi.

« Na-mo A-mi-t'o Fo, na-mo A-mi-t'o Fo... »

– Toute guerre conduit à la défaite ! entendit-il alors, de même que le général Yao Chouo-tö, son oncle entièrement concentré sur la récitation du Nom.

Le confucianiste Kiang K'an, ami intime du général, ainsi que quelques-uns de leurs collègues, hauts fonctionnaires civils et militaires, avaient simultanément eu l'impression que le maître s'était adressé à eux en particulier et, captivés, ils écoutaient :

– Général Yao Chouo-tö et vous, marquis d'An-tch'eng, pourquoi déployer tant d'ardeur à perdre la guerre ? Il n'est pas un royaume voisin de Ts'in qui ne lorgne Tch'ang-an, l'éternelle capitale de la Chine.

» N'aspirez qu'à la paix ! Dans le royaume de votre esprit, n'agitez pas vainement vos pensées et le peuple jouira de la tranquillité. Quand votre sagesse s'engouffrera dans la passe mystérieuse, le peuple accédera à la prospérité. Et à ceux d'entre vous qui honorent le Vieux Maître Lao-tseu et ses grands héritiers inconditionnellement, je dirai sans ambages que la seule guerre possible, c'est la quête du cinabre au plus loin de chez soi ; et la seule victoire : le contrôle absolu du souffle des cieux d'avant même le chaos primordial.

» Nobles guerriers, l'esprit d'éveil est une précieuse arme invincible, l'épée même de la sagesse et de la connaissance transcendante. Si vous honorez le Tao, elle vous décapitera en vous rendant immortels, elle vous triturera jusqu'à vous faire cracher votre divinité. Ô très chinois confucianistes seigneurs, l'immense marteau de l'esprit d'éveil vous enfoncera votre ministère dans les tripes jusqu'aux tréfonds de l'invariable milieu ! Pour les enfants du Bouddha que nous sommes tous à cet instant, l'esprit d'éveil est une arme d'amour qui devrait nous permettre de nous sacrifier à bon escient !

» Seigneur Kiang K'an, ô mon maître confucianiste, restez éveillé comme votre grand ancêtre ! Lorsque vous ceignez les riches pendeloques de votre rang, que vos jugements semblent bois mort ! Et quand à l'audience vous assistez Sa Majesté, ne songez plus qu'aux montagnes d'Orient ! Ainsi resterez-vous dans l'incorruptible centre où les mandarins trouvent l'harmonie, les taoïstes l'absolue souplesse, et les tondus dont j'essaie d'être, la longanimité.

» Le centre est unique, quels que soient ses noms.

» En tous sens il mène à l'essence de l'homme qui jamais ne se fige en sa centrale pureté. Au centre inébranlable de notre essence, le feu est eau, le métal bois, le plomb mercure, la tortue serpent et le tigre dragon.

Assis bien droit sur le troisième trône et ainsi que ses yeux agrandis l'attestaient, l'abbé Houo-kie contemplait le vide même, la vive insubstantialité de l'amour et de la compassion dont il avait enfin accueilli quelques lumières. Tel vide ne lui faisait plus peur, qui était au néant ce que le ciel grouillant d'univers est aux ténèbres sidérales.

– Ô moine, lui soufflait son cœur – ses proches et les membres de la communauté, à la notable exception de Shîlaratna, écoutèrent avec lui leur cœur parler.

» Ô moine qui cherches la quiétude, sache qu'en son intime nature ton esprit est déjà la plus quiète des quiétudes. Ton esprit ? N'aie surtout pas peur des pensées qui te troublent et te font croire que jamais tu ne connaîtras la paix. N'aie peur que d'une seule chose, à savoir, de trop tarder à te rendre compte que, en dépit de ta vigilance, de ton attention et de ta volonté, tes pensées t'ont emporté ailleurs que dans la quiétude.

» Lorsque tu seras capable de regarder une pensée prendre fin et disparaître, ne va pas au-devant de la suivante, n'invite rien ni personne et regarde mieux encore cette semblance d'extinction. Ne commets pas alors l'erreur de confondre le maître de maison et ses invités ! Car c'est cette erreur précise, cette immémoriale méprise qui nous précipite dans le cercle vicieux où l'on meurt inutilement pour renaître en vain.

» Ô moines et vous, laïcs plus moines que les moines, la différence entre l'homme libre et l'esclave ne tient qu'à peu de chose : à l'espace qui “sépare deux pensées”. L'homme libre se libère plus encore dès qu'il sombre dans cette faille proprement subtile, profonde et merveilleuse.

Mais les nains de l'être et de la conscience constamment enjambent cet espace sans même le remarquer.

Petit et grand, le révérend Shîlaratna du Cachemire entendait d'autres révélations en répétant le saint nom d'A-mi-t'o.

– Parler, toujours parler, parler jusqu'à épuiser tous les vocabulaires, cela ne vaudra jamais garder le centre un seul instant !

» Broyez-vous le corps et les os, Shîlaratna, pourvu que votre esprit ne frémisse pas d'un poil !

A ces mots, le rigoriste indien bondit comme un lapereau et entreprit de se prosterner sans fin devant le trône de Kumârajîva.

– L'absence d'émerveillement vous a tant fait souffrir, pauvre collègue ! Rasseyez-vous donc et n'hésitez pas à vous illuminer dans le corps absolu du Bouddha !

Un peu de paix démesurée.

– Dans cet état naturel, ô Shîlaratna, les moines aussi tressaillent de souffle sapiential, et ce souffle a sa perfection dans la déité que vous avez toujours été : aucune règle extérieure ne vous a jamais contraint de haïr le printemps et la fécondité. La connaissance transcendante, Shîlaratna, n'est autre que le lotus bleu de votre cœur !

Et dans ce lotus l'omniscient Shîlaratna eut l'heur de s'engouffrer juste avant qu'aux maltenanciers de la semence blanche et rouge un discours ne tombât du ciel, qui disait :

– Oyez bons oyeurs qui malement trouez tant de gentes pastèques ! Vous me faites bien rire, oh, que vous êtes bizarres, petits surhommes ! Que cherchez-vous en engrossant les innocentes demoiselles ? Si vous aviez un tant soit peu de virilité vraie, vous croiseriez le fer avec vous-mêmes pour touiller comme il vous plaît les ingrédients de votre bonne drogue. Votre cœur est une alcôve où décidément s'aiment des jeunes mariés toujours nouveaux : n'est-ce pas merveilleux ? Si l'âme sœur pourtant éclôt dans le ciel qu'enclosent vos quatre pupilles, prélevez habilement vos semences, car, bien cuites, elles vous donneront une claire idée de l'or des immortels !

» Il n'est qu'une seule route pour la grande cour jaune : la passe mystérieuse. Suivez-moi, purs parleurs, et parlons langue et langues encore ! Toi, mon frère à la toque étoilée, ivre penseur du Bois des Cygnes, tu sais que la langue vulgaire œuvre comme un bouchon à la sortie de ton cœur et de tes reins : les mots empêchent tes dives eaux de tourner en vin d'améthyste, les concepts t'empêchent de retrouver dans tes liqueurs notre sainte confiture.

» A toi et à tous, voici !

De ses lèvres, le maître laissa filer un peu de salive cristalline jusqu'au creux de sa paume et, d'un geste indescriptible, tous il nous en ondoya : je louchai sur un grain de cinabre éclatant de mille feux qui fonçait vers ma gorge et, au même instant, ce fut comme une pastille rouge orangé qui séduisait de son sucre fort les papilles gustatives de tous mes vocabulaires.

Or, jamais né, jamais rien ne prend fin, et j'entendis comme une plainte d'adolescent inconsolable :

– Pour vous prouver encore que je n'ai pas menti, lorsque je serai mort et qu'on aura brûlé ma dépouille, les uns accapareront ma langue et les autres ce qu'elle a dit.

Le grand scripturaire Fang Long s'était rapproché du palanquin de la princesse Ming. Il la dévisageait, si pâle, si folle, si enfuie, et il ne put retenir un cri au moment où votre sœur, marquis, lâcha son dernier soupir. Le soupir et le cri s'éteignirent ensemble dans un effroyable claquement d'ailes : des chauves-souris noires zébrèrent de vols saccadés et de stridences l'espace du Temple Central, des vampires dont les mamelles et les crocs dégoulinaient de sang.

– Paix ! tonna le maître.

Instantanément, toutes les rougettes pirouettèrent en étincelles avant de se résorber, rayons noirs, dans le cœur d'un néant.

– Princesse Kuntî, dit alors le maître à celle que d'aucuns virent naguère comme un capitaine, il y a mille ans que vous avez formé devant le seigneur Shâkyamuni le vœu de protéger tous les adeptes du *Lotus blanc* : nous ferez-vous aujourd'hui l'honneur de partager notre communion ?

Fang Long écarta les voiles du palanquin pour tendre la main à la princesse qui, miraculeusement, avait repris quelques couleurs. A peine leurs doigts s'effleurèrent qu'il se passa un autre prodige : elle posa le pied sur une natte parfumée qui se transforma en lotus. La princesse s'agenouilla sur le réceptacle de la fleur et joignit les mains devant son cœur en répétant avec toute l'assemblée :

L'esprit d'éveil est le plus précieux des joyaux :
Engendrons-le, si ce n'est chose déjà faite.
Engendré, que jamais il ne faiblisse
Mais ne cesse de s'intensifier !

A présent, la voix de Kumârajîva dominait notre chœur :

– Amis dans le bien, il ne manque plus personne dans la grande salle du Temple Central de la Paix Eternelle :

pourquoi ne nous recueillerions-nous pas dans l'espace absolu de l'amour et de la compassion ?

Et cela même, sans rien faire, toute l'assemblée l'accomplit.

En réencrant mon pinceau pour inventer le colophon de ce texte, je constate que sur l'écritoire se pressent les vagues de trois rouleaux de soie rosée couverts d'une cursive au ductus impavide.

Je n'ai que quarante printemps, mais une mansuétude de vieillard désillusionné m'arrache du cœur un sourire. N'avons-nous pas suffisamment regardé les enfants jouer ?

Voilà donc, sur un rouleau, les dix-neuf brefs chapitres du traité que je vous avais promis : *Le Nirvâna n'a pas de nom* ; et, sur les deux autres, une introduction à vous dédiée, marquis, qui portera le nom imagé de « La Perle du Dragon » : s'il se trouve la moindre cause de bien dans tout cela, puisse-t-elle rejoindre l'océan des circonstances favorables à l'éveil universel !

Me parviennent des voix de métal, des senteurs de cuir ; un pas héroïque ébranle le plancher de ma cellule. Cette fois, marquis, je crains qu'il ne me faille poser mon pinceau pour de bon : de tout cœur je vous salue !

Mon corps n'a jamais eu de maître.
Mon esprit vous inquiète ? Il est vide. Il n'est pas !

Ho-lien Po-po a juré de gracier tous ceux qui lui soumettront allégeance, fussent-il membres du clan Yao des K'iang du Kiosque Rouge. Mais aucun haut fonctionnaire k'iang ni chinois, aucun moine influent n'est venu se soumettre et, parjure immédiat, l'envahisseur a ordonné qu'on arrête tout le monde indistinctement.

Dégradé en prince de Tch'ang-an, le roi Yao Sing assiste son fils Yao Hong à la tête du défunt royaume de Ts'in, lequel n'est plus à ce jour qu'une province du septentrional empire des Sia Nouveaux ! Grands et petits, nous fuyons tous la capitale. Moi non plus, je n'ai plus rien à faire ici ; je ne vais plus tarder à m'enfoncer dans les montagnes du Midi pour me réfugier dans le Sud. Indécis, j'essaie d'évaluer l'horreur des événements et chaque jour j'ajourne mon départ.

A la nouvelle de l'arrestation de Seng-tchao, Houo-kie et Houei-kouan, entre autres grands moines proches de la famille royale, je me suis senti fantôme chez moi et j'ai procédé à un tour rapide des lieux pour ramasser, prétendument, ce que j'avais de plus précieux. Ma vie m'a suffi et, déguisé en quidam sans bagages, j'ai pris mes jambes à mon cou en me précipitant dans la direction des montagnes du Midi.

Je n'étais guère seul sur la route qui serpentait dans la forêt. Riche toutefois de mes sandales de randonnée, je quittai la foule des fuyards et grimpai droit devant moi par les bois et par mainte corniche, pour une course qui me déposa aux abords du Temple Chaumière.

Les murs ocre ondoyaient sous les pins, les toits vernissés s'envolaient des bambous, les stoûpas blancs et les pagodons à couronne mordorée dominaient un silence absolu. Retenant mon souffle à l'image des lieux, je m'approchai de l'entrée principale. Le grand portail était ouvert : un criquet sauta sur ma robe et j'entrai. Après une première cour vide, j'en traversai une deuxième, une troisième... Derrière le temple du Grand Héros, un escalier me porta à l'étage, dans une galerie dont le plancher craqua soudain en produisant deux sons qui ressemblaient aux syllabes de mon nom. Arrivé au bout de la galerie, je la parcourus en sens inverse en poussant au hasard la porte d'une cellule, d'une autre, et d'une autre encore : rien qui retînt mon attention. Il me sembla toutefois que, lorsque je passais devant une porte bien précise, en tout point semblable aux autres, il me venait des concepts plutôt mystiques dont deux, particulièrement, l'emportaient sur les autres : expédients... dragon de sagesse... expédients... dragon de sagesse – *fang-pien tche-long, fang-pien tche-long...*

J'eus tout à coup la certitude de me trouver devant la cellule de Seng-tchao : « expédients » et « dragon », c'était mon nom ! Poussée la porte, je découvris une cellule identique à toutes les autres dont la fenêtre encadrait justement le disque du soleil couchant. Affligé à l'idée de l'arrestation de mon ami, je m'assis en rêvassant sur quelques antiques souvenirs et le sommeil m'emporta dans ses douceurs.

Que de rêves oubliés !

Quand l'aube me décolla les paupières, j'eus une première pensée pour Seng-tchao, une autre pour son maître Kumârajîva et la troisième me redressa sur mon séant, possédé par l'envie de fouiller la chambrette. Sous la fenêtre il y avait davantage de lumière et le torchis du mur n'avait pas le même aspect que partout ailleurs. Me retenant de l'éventrer comme un voleur indélicat, j'y glissai une main, puis un bras, par une forte lézarde ; un pan d'argile s'effrita en dénudant un faisceau de paille confite, quand, ne sachant guère ce que je cherchais, je distinguai un petit morceau de soie calligraphique. Excédé de curiosité, j'arrachai un long paquet mou composé de trois rouleaux écrasés. Le premier que j'entrouvris s'intitulait « La Perle du Dragon » et commençait par un hommage au Bouddha : unique et impeccable, l'écriture de Seng-tchao m'extirpa des sanglots.

Il est tôt encore, me dis-je. Avant de m'engager plus vers le Sud, je vais faire un détour par le Kouei-feng : il faut absolument que j'aille à la Perle du Dragon, si toutefois le secret de la vallée me laisse entrer.

Trois ânes croquaient les dents-de-lion perdues entre les dalles de la cour du Pic des Vautours. Une femme chauve, une nonne, apparut soudain. Elle semblait me connaître ; du moins s'approcha-t-elle de moi avec un sourire bienveillant et me pria de la suivre en m'appelant monseigneur malgré mon accoutrement pour le moins villageois.

Dans la chambre de la Perle du Dragon, les deux grands moines Seng-jouei et Seng-jong étaient penchés sur l'immense lit où ils avaient entassé plusieurs centaines de rouleaux manuscrits.

– Nous aurons au moins sauvé les traductions du seigneur Kumârajîva, dit l'honorable Seng-jouei en se relevant pour m'accueillir : asseyez-vous, seigneur scripturaire... Quel bon vent ?

– On ne peut plus tenir en bas ! m'exclamai-je. Les Sia sont en train de tout détruire. J'ai décidé de m'enfuir dans le Sud, et vous, révérends ?

– Nous aussi. Le poète Sie Ling-yun nous attend à Siang-yang. De là, il nous conduira au mont Lou.

Ce n'est qu'alors que je sentis mes poings se décrisper sur les trois précieux rouleaux de Seng-tchao. Les défroissant à peine, je les tendis au révérend Seng-jouei avec dévotion.

– Je les ai trouvés au Temple Chaumière dans la cellule de Seng-tchao, je ne sais pas comment, mais je pensais si fort à lui ! Ils l'ont arrêté, lui et tant d'autres...

Le vieux Seng-jouei saisit les rouleaux avec délicatesse et, sans les ouvrir, les tint longtemps posés au sommet de sa tête. De ses paupières pudiquement closes perlèrent de grosses larmes.

– Je ne sais ce que ces rouleaux contiennent, mais je serais si heureux qu'ils rejoignent les autres, fis-je en désignant la montagne de manuscrits qui occupait l'alcôve.

– Ce sont les chroniques de l'éternité, dit Seng-jouei en pressant les rouleaux froissés contre sa poitrine.

» Ah, dame Rouette, fit-il à la femme qui m'avait reçu, ne voulez-vous pas vous asseoir quelques instants avec nous ? Connaissez-vous le seigneur Fang Long, notre scripturaire ?

– Il ne m'est pas inconnu, sourit mystérieusement la nonne : il fréquentait certain lieu que mon métier me forçait à fréquenter aussi...

Avec l'équanimité qui devait être la marque de Kumârajîva, Seng-jouei commenta brièvement :

– Avant d'être nonne, dame Rouette aurait pu vous recevoir au Petit Ferghana.

Pour la première fois de ma vie, je rougis de honte.

La moue de dame Rouette exprimait le courage qu'il lui fallait pour se taire.

– Le révérend Tchao ! m'écriai-je. Et Houei-kouan, et l'abbé Houo-kie, nous n'allons pas fuir en les abandonnant !

– Nous n'abandonnons personne, seigneur Fang ! m'apaisa Seng-jouei. Auriez-vous l'intention de tirer nos amis des geôles du palais ? Si vous avez une idée claire de ce que nous pourrions faire en ce sens, de ce pas je vous suis !

Le vieux moine était déjà debout, flanqué de Seng-jong qui, s'arrachant aux manuscrits qu'il manipulait comme les fleurs d'un bouquet, s'écria lui aussi :

– Allons libérer nos amis !

– Non, révérends ! S'il me venait une idée de ce genre, je préférerais l'exécuter avec certains spécialistes de mes connaissances. Vous autres, saints hommes, préservez la

Loi merveilleuse où sont tous les secrets qui finiront par nous sauver.

Comme je parlais, un plan d'attaque m'apparut, évident.

– Avec vos bénédictions, révérends, madame, je vous ramènerai nos amis, sinon...

– Sinon, dit Seng-jong en riant, laissez-vous emporter par eux !

L'idée me parut lumineuse et nous nous embrassâmes.

– Revenez quand même, Fang Long ! dit Seng-jouei.

– A bientôt ! m'assura dame Rouette en me serrant les mains.

La nuit m'attendait dans les faubourgs et, en dépit du couvre-feu, j'entrepris de visiter tous les mauvais lieux libres de soldatesque, à la recherche de quelques hommes de main sans foi ni loi que je comptais associer à mes exploits mais, de bouge en bouge, c'est une nuit sans fin, une fatigue solitaire animée de visions belliqueuses qu'en vain je traversai. Eussé-je rencontré le roi des cambrioleurs lui-même que le désordre de ma pensée, dont l'obsession ne manquait pas d'étonnante douceur, m'eût ôté tout moyen de l'aborder en lui contant mon histoire. J'invoquai alors les bouddhas et les bodhisattvas, et plus particulièrement le grand être Mañjushrî, dont Seng-tchao aimait à dire que ce n'était pas une épée qu'il brandissait, mais un pinceau. Et j'invoquai la mémoire de maître Che dont la persuasion, depuis quelque six années, déjà, me convainquait encore et encore d'étudier les subtiles réalités du réel absolument vide.

Titubant de fatigue, d'inespoir et de visions, je me dirigeai avec l'aube vers le centre de la ville. La place de l'Oiseau Rouge, qui s'étend devant la porte sud du palais, grouillait déjà de monde. Sur une estrade haute de deux hommes et vaste de trois, un corps gisait, les mains nouées dans le dos, la tête tranchée net, un peu plus loin, chauve.

L'âme en feu, je me frayai un passage dans la foule lorsque, tel le soleil au faîte d'un toit, le visage de Seng-tchao rayonnant d'impossibles pensers m'apparut s'élevant au-dessus de la place : le moine venait de poser le pied droit sur la plate-forme et semblait en contempler l'extrémité. Son crâne parfaitement chauve, ses joues glabres et son franc menton n'en paraissaient que plus lumineux. Haletant, j'écrasai maints orteils, arrachai ceintures et jurons, et je ne fus plus qu'à quelques pas de l'échafaud.

Un soldat Sia fit signe à Seng-tchao de lui remettre son long châle. Torse nu, maigre et pâle, Seng-tchao plia son châle instantanément, avec une agilité miraculeuse, et le tendit au soldat. Médusé, celui-ci mit un instant à comprendre qu'il devait encore lier les mains du moine.

L'épée au poing, le bourreau jeta à un acolyte le chiffon qu'il venait d'ensanglanter à sa lame et, musculeux, il s'inclina raidement devant sa victime en évitant de croiser son regard. Tchao lui répondit par un léger hochement de tête.

Il s'était agenouillé, mais il avait levé le front et s'adressait à son bourreau qui, penché sur lui, l'écoutait avec concentration. Brusquement, le bourreau se redressa pour chercher dans la foule quelque chose ou quelqu'un qu'il ne trouvait pas. Il eut un haussement d'épaules et brandit des deux poings son arme au-dessus de sa tête.

« Tenez, entendis-je alors, voici mon cou.

» Votre lame ne tranchera qu'un souffle de printemps. »

DU MÊME AUTEUR

Le Palais des nuages,
roman, Phébus, 1989.
Prix du Premier Roman,
Prix Gutenberg.

Yavana,
roman, Phébus, 1991.

D'Elis à Taxila, éloge de la vacuité,
Criterion, 1991.

L'Immortel,
roman, Philippe Picquier, 1992.

Les Petits Chaos de l'étudiant Liu
roman, Albin Michel, 1992.

Un rêve tibétain,
roman, Albin Michel, 1994.

TRADUCTIONS

Les Entretiens de Houang-po,
maître tch'an du IXe siècle,
Les Deux Océans, 1985,
rééd. Seuil, 1994.

Le Mangeur de brumes :
l'œuvre de Han-shan, poète et vagabond,
Phébus, 1985.

La Montagne vide :
Anthologie de la poésie chinoise
(en collaboration avec Zéno Bianu),
Albin Michel, 1987.

Les Saisons bleues :
l'œuvre de Wang Wei, poète et peintre,
Phébus, 1989.

*Cet ouvrage a été transcodé
et achevé d'imprimer sur Roto-Page
par l'Imprimerie Floch à Mayenne,
pour les Éditions Albin Michel
en janvier 1999.*

*N° d'édition : 17921. N° d'impression : 44998.
Dépôt légal : février 1999.
Imprimé en France.*